Sylvia Bäßler

Im Schatten der Buchen

Zurück zu den Wurzeln

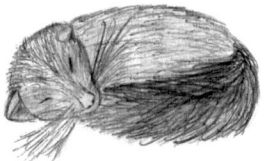

Sylvia Bäßler

Im Schatten der Buchen

Zurück zu den Wurzeln

Impressum

Abbildung Titelseite: „Klingenmühle" von Erika Dangel, Murrhardt

Copyright © 2020 Erika Dangel, Murrhardt

Cover-Gestaltung, Layout und Satz: Nils Hoffmann, Gschwend
www.nils-hoffmann-design.de, info@nils-hoffmann-design.de

Kontakt zur Autorin:
E-Mail: sylvia.baessler@t-online.de

1. Auflage
Herstellung, Druck und Verlag:
BoD - Books on Demand, Norderstedt
ISBN 9783752689297

Das Leben ist das schönste Märchen

Hans Christian Andersen

Dieses Buch ist allen Menschen gewidmet,
die noch an Märchen, Wunder, höhere Mächte
und das Gute im Menschen glauben können.

Für Samantha, Jonathan
und Strix aluco

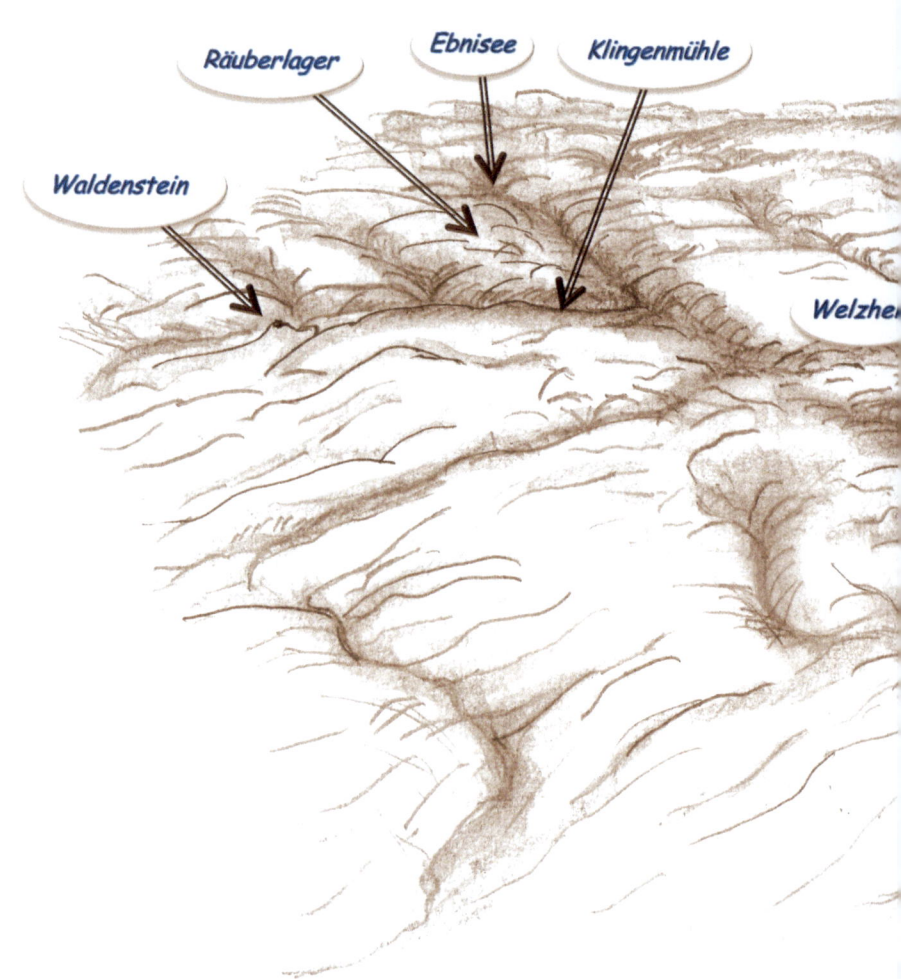

Waldenstein

Räuberlager

Ebnisee

Klingenmühle

Welzhe

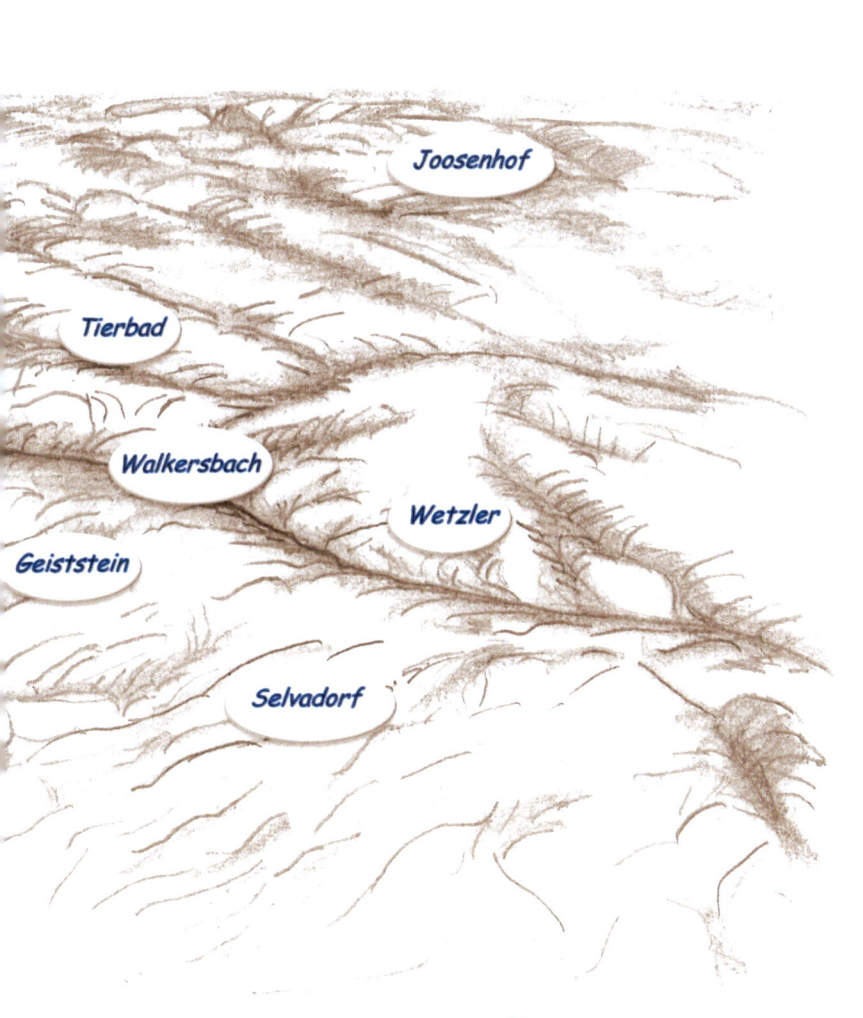

Weg zum Nördlinger Ries

Wiestauf

Selvadorf

Pein

Rems

Ursprungsfels

Hacher

Quelle

Nördlinger Ries

Prolog

Dieser Sommer hatte sich vorgenommen, als „Jahrhundertsommer" in die Geschichte einzugehen, so trocken, heiß und ausdauernd war er. Mit einer Tasse Kaffee und einer fesselnden Lektüre ausgerüstet, hatte ich es mir mal wieder an meinem Lieblingsplätzchen am Gartenteich gemütlich gemacht. Im Schatten der Weiden war es angenehm kühl, was die Mittagshitze erträglicher machte. Nirgendwo anders wollte ich in diesem Moment lieber sein. Tiefe Dankbarkeit erfüllte mein Herz. Zunächst sah ich den Seerosen ein bisschen beim Blühen zu, bevor ich meine Nase in ein interessantes Buch stecken wollte. Ich glaube, so lebendig kann man sich nur fühlen, wenn man vorher mit der eigenen Sterblichkeit konfrontiert wurde. Versonnen schaute ich den Goldfischen beim Schwimmen zu, als es im Weidengeflecht hinter mir raschelte. Das war sicher eine meiner beiden Katzen, die sich einen Weg durchs Grün in den Schatten bahnte. Ich versuche sie zu erspähen, als ich eine vertraute, aber lange nicht gehörte Stimme vernahm.

„Hallo, meine Liebe. Ich bin wieder da!", sagte sie fröhlich.

Verwundert sah ich ein kleines Männchen aus dem Weidenlaub krabbeln, das es sich sofort neben mir auf der Bank bequem machte.

„Du schon wieder!", entfuhr es mir, nicht besonders freundlich. Sofort bereute ich meine Unhöflichkeit. Meinen Besucher schien das jedoch nicht zu stören. Neugierig schnupperte er an meiner dampfenden Kaffeetasse und verzog angewidert das Gesicht. Sein vorwurfsvoller Blick sagte mir: „Du kannst also noch immer nicht von diesem ekligen Zeug lassen?" Womit er leider Recht hatte.

„Ja, genau, ich schon wieder." Er lachte etwas verunsichert. „Aber wieso ‚schon'? Wir haben uns lange nicht gesprochen. Es wurde höchste Zeit, finde ich."

Ich spürte, wie ein zwiespältiges Gefühl von mir Besitz ergriff. Ja, es war tatsächlich sehr lange her. In der Zwischenzeit war mehr geschehen als mir lieb war. Vieles hatte sich seither in meinem Leben verändert. So einige Narben an Körper und Seele waren seither hinzugekommen, vieles konnte aber auch ausheilen. An beidem war er nicht ganz unschuldig. Daher freute ich mich einerseits, ihn nach so langer Zeit wiederzusehen, andererseits stellte ich verblüfft fest, wie sehr mir sein Erscheinen Angst machte.

„Was ist?", fragte er irritiert, als er meine Zurückhaltung spürte, „ich dachte, du würdest dich freuen, mich zu sehen. Ich habe dir doch gesagt, ich komme wieder, wenn die Zeit reif dafür ist. Meine Geschichte ist noch nicht zu Ende erzählt."

Ich seufzte. Wie sollte ich ihm nur die Wahrheit begreiflich machen, ohne ihn damit zu verletzen? Ich entschied mich für meine übliche Methode: Freundliche Offenheit und Ehrlichkeit.

„Mein lieber Strix aluco. Deine Geschichte aufzuschreiben hat mir nicht nur Freunde eingebracht. Darum hält sich meine Wiedersehensfreude in Grenzen."

„Wieso, was ist denn geschehen?", wollte er erstaunt wissen.

„Dieses Buch hat viele meiner Leser in zwei Lager gespalten. Sowas haben sie von mir nicht erwartet. Die einen können oder wollen es nicht verstehen oder hassen es regelrecht."

„Was", rief er überrascht aus, „sie hassen es? Das musst du mir erklären."

„Es hat böse Kritiken im Internet gehagelt: Zu wenig Fantasie, zu wenig Magie, zu viel Esoterik, zu viel erhobener Zeigefinger und so weiter. Manche sind deswegen richtig aggressiv geworden. Einer fragte doch tatsächlich, was es mit der ‚Großen Macht' auf sich hat. Hat derjenige noch nie was von Gott gehört? Das Wort ‚Pseudophilosophie' fiel auch. Autsch!" Ich merkte, wie ich mich wieder total in diese Sache hinein zu steigern begann, anstatt sie endgültig unter „Erfahrungswerte" abzulegen. „Und das alles unter dem Deckmantel der Anonymität. Die meisten hatten Katzen als Profilbild. Das hat mich geärgert und verletzt. Ich weiß nicht, ob ich sowas nochmal erleben möchte!"

Zu meiner Überraschung zuckte Strix nur lässig mit den Schultern.

„Ich verstehe nicht ein Wort von dem, was du mir da erzählst. Für mich ist das alles unwichtiger Menschenkram", stellte Strix seelenruhig fest.

„Das sagst du so leicht", entgegnete ich empört. „Es war hart für mich, deine wunderbare Geschichte so missverstanden zu wissen."

„Es ist bedeutungslos, was Leute von sich geben die ihr Gesicht hinter einer Katzenmaske verstecken. Viel wichtiger sind die Menschen, die dir ins Gesicht schauen, wenn sie dir etwas zu sagen haben. Wenn tatsächlich niemand verstanden hat, von was du ihnen erzählt hast, sind die Menschen noch einfältiger als ich dachte."

Er begann mit den Beinen zu baumeln, wie er es schon bei unserer ersten Begegnung getan hatte.

„Naja", gab ich kleinlaut zu, „es gibt genügend Menschen, die das Buch sehr gut verstanden haben. Einige lieben es sogar und warten sehnsüchtig auf eine Fortsetzung."

Er hörte auf mit den Beinen zu wackeln und blickte mir mit seinen großen, runden Augen direkt ins Herz. „Ist das so? Und was ist mit denen? Möchtest du die alle enttäuschen, nur weil du Angst vor ein bisschen Kritik hast? Die Geschmäcker sind eben verschieden und wer es nicht lesen will, der soll es lassen. Mach es doch nicht so kompliziert."

Ich senkte beschämt den Blick in die Kaffeetasse, dessen restlicher Inhalt inzwischen nicht mehr dampfte.

„Du hast ja Recht. Ich möchte sehr gerne die Fortsetzung deiner Geschichte hören und auch aufschreiben. Ich bin total gespannt darauf wie es weitergeht!"

Er klatschte begeistert in die Hände. „Wunderbar, dann hol dir was zu schreiben und lass uns sofort damit beginnen!"

Das erste Kapitel

Hüttenzauber

N un komm schon!" Wütend stampfte das Selvamädchen mit dem nackten Fuß auf den weichen Waldboden. Immer musste sie auf diesen Langweiler warten. Wenn sie sich nicht beeilten, würde ihnen die Dunkelheit noch alles verderben. Und das nur, weil er mal wieder rumtrödelte. Ungeduldig bohrte sie mit dem Zeh kleine Löcher in den Schlamm, bis ein etwa gleichalter Junge gemächlich neben sie trat. Am liebsten hätte sie ihn am Kragen geschnappt und kräftig durchgeschüttelt, so gereizt war sie.

„Sei doch nicht so furchtbar ungeduldig, Tilia", sagte der Junge, betont gelassen. „Und hab es nicht immer so eilig, zu diesen verrückten Humanos zu kommen. Diesen Narren begegnet man am besten nur im Mondschein oder noch besser überhaupt nicht, wie es sich gehört. Aber das Fräulein Tilia pfeift ja bekanntlich auf alle Regeln und macht am liebsten was es will. Je riskanter desto besser."

Der Junge wäre in diesem Moment lieber in der behaglichen Wohnhöhle bei seiner Mutter gesessen, um mit ihr über das Leben zu philosophieren, als auf dieser lebensbedrohlichen Mission unterwegs zu sein. Schließlich war es den Selvas strikt verboten, sich auch nur in die Nähe der Humanos zu begeben, doch Tilia wollte einfach nicht einsehen, was an ihnen so gefährlich war.

„Wie oft denn noch, Falco?" Tilia verdrehte die Augen. „Deine ständigen Ermahnungen hängen mir schon lang zum Halse raus. Diese närrischen Wesen sind vielleicht gefährlich, aber dadurch umso interessanter. Und sie stellen schöne Dinge her, für die sich ein wenig Risiko lohnt."

Falco schnaubte verächtlich. Ihm waren diese riskanten Spielchen, die Tilia bei den Humanos immer bunter trieb, zu gefährlich. Ihm graute beim Gedanken daran, was geschehen konnte, wenn sie bei diesem Schabernack letztendlich doch einmal in die riesigen Hände dieser Kreaturen geriet. Wie könnte er ihr dann noch beistehen? Bei diesen unberechenbaren Wesen bestand doch keine Möglichkeit der Gegenwehr. Warum nur kam sie nicht endlich zur Vernunft?

„Wegen dir ziehen wir ja nur in der Abenddämmerung los", versuchte sie ihn von diesem Abenteuer zu überzeugen. „Dann brauchen wir uns erst recht nicht mehr vor ihnen zu fürchten. Sie sind nachts doch so blind wie ein Maulwurf im Sonnenschein. Jämmerliche Geschöpfe, die nur tagsüber richtig leben können und dennoch für ihre merkwürdigen Arbeiten ständig die Nacht zum Tage machen. Aus denen muss man erst einmal schlau werden, doch dazu muss man sie erforschen."

Falco wurde ungeduldig: „Zuerst muss ich mal aus dir und deinem Verhalten schlau werden. Wir verstehen diese Wesen nicht und sollten sie daher unbedingt meiden, damit kein Unheil geschieht! Die Regeln sind in dieser Hinsicht mehr als eindeutig!" Er fühlte sich wie in einem Albtraum gefangen. Schon wieder steckte er in dieser fruchtlosen Diskussion fest. Jeder Versuch, diesen Sturkopf zu überzeugen, war doch nur vergebliche Liebesmüh. Dennoch würde er immer weiter an ihre Vernunft appellieren, denn auch er konnte hartnäckig sein. Tilia winkte ungeduldig ab:

„Nachts haben sie doch genug von diesem stinkenden Zeug aus den Krügen getrunken und können dadurch noch schlechter sehen als sonst. Selbst das Laufen fällt ihnen dann schwer. Was soll da schon groß passieren?"

Falco ließ nicht locker: „Sie aus sicherer Entfernung zu beobachten und zu erforschen ist eine Sache, aber warum musst du dich ihnen immer wieder zeigen?"

„Weil es lustig ist", erwiderte Tilia leichthin. „Die Humanos erzählen die Geschichten über ihre Begegnung mit mir am nächsten Morgen den anderen. Die verspotten sie dann und machen mit der Hand eine Trinkbewegung. In dem Zeug muss irgendetwas sein, das nicht nur stinkt, sondern sie auch dafür empfänglich macht, uns zu sehen, obwohl sie ja sonst nicht an uns glauben wollen. Merkwürdig – sehr merkwürdig." Tilia rieb sich grinsend das Kinn. Irgendwann würde sie herausfinden, was es mit diesem Getränk auf sich hatte, wie es wirkte, und vor allem, wie es schmeckte. Falco verriet sie von diesem Vorhaben natürlich nichts. Im Moment war sie drauf und dran, ihn zurückzulassen und alleine weiterzugehen.

„Los, nun mach schon, Falco. Beweg dich ein bisschen schneller, wenn ich bitten darf!", drängte sie den Jungen zur Eile.

„Also ganz ehrlich", entgegnete dieser, „mir ist nicht wohl in meiner Haut, weil du mich immer so nah zu den Humanos mitschleppst. Das ist ein zu gefährliches Spiel!"

Tilia winkte verächtlich ab. „Die sind dumm und genauso feige wie du. Sie fürchten sich einfach vor allem. Vor Raubtieren, der Dunkelheit und vor Dingen, die sie sich nicht erklären können. Und davon gibt es wahrlich mehr als genug. Ihr Verstand scheint nicht besonders groß zu sein. Und dennoch tun und bauen sie merkwürdige Dinge, die es zu ergründen lohnt. Das fasziniert dich doch auch, gib es zu. Wenn du dich fürchtest, kannst du ja nach Hause zu Mama gehen und an ihrem Rockzipfel nuckeln. Die hat ja noch mehr Furcht vor den Humanos als du. Feige Bande – alle miteinander!", empörte sie sich und setzte ihren Weg fort.

Wenn Falco sich nicht für Tilia verantwortlich gefühlt hätte, wäre er nie und nimmer mit ihr mitgegangen, aber einer musste schließlich auf sie aufpassen. Sie kannte keine Furcht und keine Grenzen. Er starb jedes Mal tausend Tode, wenn sie vor diesen schrecklichen Humanos ihre Faxen machte. Währenddessen hielt er sich unsichtbar im Hintergrund verborgen, wo er scheinbar deren Technik zu ergründen suchte. In Wahrheit behielt er dabei aber Tilia im Auge, um ihr beizustehen, falls die Sache doch einmal schiefgehen sollte. Wenn seine Mutter davon erfahren würde, wäre beiden eine saftige Strafe für diese unerhörte Regelverletzung sicher. Daher mussten diese „Humanos Operationen", wie Tilia sie zu bezeichnen pflegte, unbedingt geheim bleiben. Keiner im Clan durfte jemals davon erfahren. Er betete täglich zur Großen Macht, dass sie niemals dabei erwischt würden.

Wo sich einst dichter Wald erstreckte, klafften immer größere Rodungsflächen. Die Gier der Humanos nach Holz war unersättlich. Der Lebensraum der Selvas ging immer mehr zugrunde. So häufig, wie sie ihren Clansitz deswegen schon verlegen mussten, konnte man sie inzwischen als Nomaden bezeichnen. Vielleicht lag Tilia mit ihrer Aussage gar nicht so falsch, wenn sie behauptete, man müsse die Humanos verstehen lernen, damit man sich nicht mehr vor ihnen zu fürchten und zu verstecken bräuchte. Wenn sie den Wald letztendlich niedermachen würden - was ganz offensichtlich nur noch eine Frage der Zeit war - blieb den Selvas sowieso nichts anderes übrig, als in den Schoß der Großen Macht zurückzukehren, oder bei den Humanos Quartier zu beziehen und mit ihnen auszukommen.

Inzwischen hatten die beiden die Rodungsgrenze am Rande des engen Tals erreicht, an dessen breitester Stelle bereits vor langer Zeit eine Menschensiedlung angelegt worden war. Nicht zum ersten Mal sahen sie die merkwürdige große Hütte, die sich - seit nunmehr über fünfzig Sommern – etwas abseits, gegen Mitternacht des Ortes, befand. Sie besaß keine Wände, sondern lediglich ein großes, festen Dach, das als Regenschutz diente. In der Mitte dieser Halle stand ein gewaltiger Ofen, daneben mehrere kleine. Durch reine Beobachtung konnten die beiden jungen Selvas nicht klären, was genau sich dort abspielte. So wussten sie nicht, dass es sich bei dem großen Ofen um einen Glasofen handelte, und die kleinen Öfen mit geringerer Hitze zum Abkühlen der geblasen Gläser dienten. Der Grund für die fehlenden Außenwände der Hütte war die enorme Hitze, die darin entstand. Sie hatten jedoch beobachtet, aus was für Rohstoffen diese Gegenstände gefertigt wurden. Die Humanos gewannen Quarzsand aus den untersten Schichten der Sandsteine, die es hier in der Gegend sehr häufig gab. Direkt neben der Hütte stand eine Mühle. Das Wasser des Baches wurde durch einen Kanal auf das Mühlrad geleitet, um dieses zu drehen. Das Rad trieb ein Pochwerk an, das die Steine zu feinem Sand zerstieß. Außerdem wurde die Hütte immer wieder von Fuhrwerken angefahren, die etwas anlieferten. Dank ihrer Neugier wussten sie inzwischen, dass es sich dabei um Asche handelte, welche die Humanos der umliegenden Siedlungen sammelten und hier zur Weiterverarbeitung abgaben. Sie hatten ausgiebig die Stampfmüller, Ascheknechte, Holzschlepper, Schürer, Ofenmaurer, Glasmacher, Glasbläser, Laboranten, Packer und Glasträger bei der Arbeit beobachtet und belauscht. Es hatte den Anschein, alle männlichen Einwohner des Dorfes waren an dieser Stätte beschäftigt. Die Humanos hatten zur Herstellung des Materials, welches in den Öfen geschmolzen wurde, die zermahlenen Sandsteine mit der

Asche vermischt, welche sie zuvor sehr lange in einem großen Pott über einem Feuer gesiedet hatten, und anderen geheimnisvollen Substanzen, die Falco gänzlich unbekannt waren. Wenn sie das Material erhitzten, wurde es flüssig. Aus dieser Flüssigkeit formten sie wunderschöne Gegenstände, die durch Abkühlung fest wurden. Zumindest einige von diesen Humanos waren echte Künstler. Vielleicht waren sie ja Magier, denn so etwas konnte ganz offensichtlich nicht auf natürlichem Wege entstehen. Falcos Mutter betonte immer wieder, die Humanos hätten von Magie keine Ahnung, weil ihnen die Sinne und der Glaube daran fehlen. Er stellte sonst nie das Urteil seiner Mutter in Frage, aber seit er dieses Wunderwerk gesehen hatte, begann er ernsthaft daran zu zweifeln.

Es herrschten unglaublich hohe Temperaturen bei den Öfen. Die Hitze trieb einem den Schweiß aus allen Poren. Tilia wischte sich damals, als sie sich so nah herangewagt hatten, lachend mit dem Handrücken die Stirn trocken und meinte dann grinsend: „Ist ja kein Wunder, dass die ständig durstig sind. Bei dieser Hitze hilft nur trinken, trinken, trinken!"

Tilia zog es seit der Erbauung der Glashütte häufig an diesen unheimlichen Ort. Falco musste sich eingestehen, wie sehr auch ihn dieses Mysterium zunächst fasziniert hatte. Inzwischen war jedoch alles erforscht und er war dennoch nicht hinter das Geheimnis gekommen, was genau das alles bedeutete. Daher begann es ihn zu langweilen. Er fand nicht, dass weitere Besuche das Risiko wert waren. Grimmig appellierte er ein letztes Mal an ihre Einsicht: „Lass uns verschwinden. Ich habe keine Lust mehr hierher zu kommen. Es ist nicht nur gefährlich, sondern auch heiß, laut und trostlos. Was zieht dich nur immer wieder an diesen Ort des Grauens?"

Tilias wütender Blick machte ihm beinahe noch mehr Angst als die Humanos.

„Weißt du was?", schnauzte sie ihn an, „es ist wirklich am besten, du verschwindest jetzt von hier. Ich mach das lieber allein. Du verdirbst mir jede Freude an meinem Vorhaben!"

„Was hast du vor?", fragte Falco.

„Nichts, was dich in Zukunft noch etwas anginge. Geh heim, ich brauch keine Kindsmagd. Ich bin alt genug!"

„Das bezweifle ich", brummte Falco unwillig.

„Es ist mir sowas von egal, was du denkst. Es reicht mir endgültig mit dir! Ich gehe jetzt da runter und du gehst heim zur Mama. Da bist du besser aufgehoben!"

Falco wandte sich von ihr ab und verschwand wortlos im Wald. Verblüfft blickte Tilia ihm hinterher. Damit hatte sie nicht gerechnet. Entschlossen bewegte sie sich alleine den Wiesenhang hinunter, auf die Hütte zu. Der Qualm stieg aus dem Rauchabzug in den grauen Abendhimmel empor, wobei er von jedem Luftzug ein wenig zum Tanzen verführt wurde. Umso besser, dann konnte sie schon ungestört herumschnüffeln und schauen, was es heute zu holen gab. Ihre Sammeltasche freute sich schon auf die besondere Beute.

Das zweite Kapitel

Licht in der Finsternis

Seit ihrer heftigen Auseinandersetzung begleitete Falco Tilia nie mehr bei ihren Ausflügen zur Glashütte. Zu ihrem Erstaunen fühlten sich beide seither wie befreit. Tilia erlaubte sich nun immer dreistere Diebeszüge. Ihr heimliches Beutelager füllte sich mit immer wertvolleren Schätzen. Manchmal saß sie einfach nur in ihrem sicheren Versteck und streichelte über die wundervollen Humanos-Kunstwerke, deren Schönheit und Exotik ihr Herz berührten. Nur manchmal überkam sie das Verlangen, dieses Erlebnis mit jemand anderem teilen zu wollen. Ihr fiel jedoch niemand ein, der ihre Faszination dafür verstand. Daher bewahrte sie dieses Geheimnis weiter in ihrem Herzen. Das machte es umso wertvoller für sie.

Als sie sich eines Nachts gerade wieder von einem ihrer Beutezüge in der Glashüttensiedlung auf dem Heimweg befand, vernahm sie hinter sich ein ungewöhnliches Gemurmel. Sie drehte sich um und erkannte die Umrisse mehrerer Humanos, die ihr zu folgen schienen.

Die wollen mich zur Strecke bringen!, durchfuhr es sie.

Tilias Herz klopfte heftig in ihrer Brust. Gewandt wie ein Eichhörnchen erklomm sie einen hohen Baum, um sich vor ihren Häschern zu verbergen. Sie wollte auf keinen Fall nach Hause laufen, um die Humanos nicht zu ihrem Clan zu führen und dadurch alle anderen ebenfalls in Gefahr zu bringen. Falls jene sie tatsächlich erwischen sollten, dann wenigstens nur sie allein. Die Humanos zogen mit ihren Fackeln in einem kleinen Zug durch den nächtlichen Wald. Merkwürdigerweise hatte es nicht den Anschein, als ob sie auf der Jagd nach ihr oder irgendjemand anderem wären.

Bald nahm Tilia nur noch einen schwachen, flackernden Lichtschein in der Dunkelheit war, der alsbald im dichten Wald verschwand. Sie erholte sich schnell von ihrem Schrecken. Ihre

Neugier war viel zu groß, um jetzt noch nach Hause zu gehen. Sie wollte unbedingt erfahren, warum sich die Humanos mitten in der Nacht in den Wald begaben. Flink kletterte sie vom Baum, um dem Fackelzug in gebührendem Sicherheitsabstand zu folgen. Während sie sich noch ausmalte, was wohl hinter diesem geheimnisvollen und ungewöhnlichen Verhalten der Humanos steckte, bogen diese von dem etwas breiteren Waldweg ab und beschritten einen schmalen Trampelpfad, der am Rande einer Schlucht entlang führte. Es dauerte nicht lange, bis der Pfad von einem Bachlauf gekreuzt wurde, welcher den festgetretenen Waldboden in Morast verwandelt hatte. Dies schien die Humanos jedoch nicht zu stören. Jemand hatte ein Brett darüber gelegt, um das Passieren bequemer zu gestalten. Manche Männer halfen den Frauen und Kindern beim Überschreiten der matschigen Furt. Tilia verfolgte fasziniert das Schauspiel. Ganz in der Nähe hörte sie andere Humanos leise sprechen. Es handelte sich offensichtlich um ein Treffen beim merkwürdig geformten Felsen, zu dem sie sich oft begab, um seine Kraft in sich aufzunehmen. Hier fühlte sie sich ihren Wurzeln nahe. Ihre Mutter hatte ihr erzählt, dass es sich um einen der alten Kultplätze handle, an dem sich die Selvas, als sie noch ihre Rituale zu Ehren der Großen Macht durchführten, versammelt hatten. Schon seit Jahrhunderten gab es keine rituellen Feste mehr. Die Lieder und die Musik der Selvas waren verstummt und der Tanz eingestellt worden. Den Selvas stand seit langer Zeit der Sinn nicht mehr danach, weil sie immer mehr Angst davor haben mussten, dadurch die Humanos auf sich aufmerksam zu machen. Tilia und die anderen jungen Selvas kannten diese Feste und Riten daher nur noch vom Hörensagen. Diese alten Geschichten faszinierten sie sehr. Viele der Alten sagten:
„Was soll das für ein trostloses Leben ohne gemeinsame Feste sein? Ebenso gut kann ich diese Welt verlassen." Einige der älteren Selvas waren darüber trübsinnig geworden oder tatsächlich in den Schoß der Großen Mutter zurückgekehrt.
Die Humanos hatten den Felsen einst mit Werkzeugen bearbeitet. Tilia fiel das damals sofort auf. Der Sinn dafür blieb ihr allerdings verborgen. Doch sie konnte sich ja bei den meisten Taten der Humanos keinen Reim darauf machen, was sie damit bezwecken wollten. Sie formten ja ständig etwas um. Nichts in der Natur erschien ihnen gut genug zu sein. Der Trampelpfad

am Rande der Schlucht führte zu der breiten, etwas abschüssigen Fläche, die sich hinter dem Felsen befand. Tilia suchte sich einen sicheren Platz auf einem Baum, um die Lage gut überblicken und belauschen zu können. Sie hatte bisher geglaubt, sie wüsste genug über diese Wesen, um von ihnen noch überrascht zu werden, doch dies war eine ganz neue Seite an ihnen. Fasziniert sah sie zu, wie sich die Humanos zur Begrüßung die Hand reichten, sich auf die Schulter klopften oder umarmten. Danach lagerten sich alle auf dem moosigen Waldboden, der sich sanft die Anhöhe hinter dem Felsen hinaufzog. Die Fackeln hatten sie rings herum in die Erde gesteckt. Die tanzenden Flammen ließen sie wie Wesen aus einer andern Welt erscheinen. Tilia war fasziniert von diesem Anblick. Als sich alle auf dem Waldboden niedergelassen hatten, betrat ein sehr würdevoll und entschlossen wirkender Mann die Einbuchtung des Felsen, welche die Humanos mit ihren Werkzeugen erschaffen hatten. Nun erkannte Tilia, wozu diese Arbeit diente. Der Mann hatte den hohen Felsen wie einen umhüllenden Mantel im Rücken und stand dadurch leicht über den Zuhörer, die erwartungsvoll zu ihm emporblickten. Der Mann räusperte sich kurz, ehe er nochmal alle Anwesenden begrüßte:

„Der Friede Gottes sei mit euch allen, meine lieben Brüder und Schwestern im Herrn. Wir haben uns heute hier versammelt, um Gottesdienst zu feiern und Taufen durchzuführen. Ich danke auch herzlich für euer mutiges Erscheinen, denn mir ist eure berechtigte Angst vor Entdeckung und Bestrafung durch die Obrigkeit bewusst. Der passt es freilich überhaupt nicht, dass wir die Gleichheit aller Menschen vor dem Herrn vertreten und ihre wirtschaftlichen Abhängigkeiten sowie ihre Herrschaftsstrukturen in Frage stellen. Sie wollen nicht wahr haben, dass wir die Wegbereiter der Wiederkunft Christi sind und daher einen Eid auf die Obrigkeit strikt verweigern."

Tilia verstand nicht so recht, wovon dieser Mann sprach. Geistesabwesend ließ sie ihren Blick über die Anwesenden schweifen und erkannte das ein oder andere Gesicht wieder. Einer von ihnen war derjenige, welcher in der Glashütte die Arbeit koordinierte. Die Arbeiter nannten ihn „Meister Greiner", Mitglieder seines Hausstandes riefen ihn „Blasius". Der Prediger begann seine leidenschaftliche Ansprache. Er sagte Dinge, von denen Tilia noch niemals etwas gehört hatte und von denen sie daher auch nur wenig verstand. Dennoch hing sie, genau wie die Humanos, fasziniert an seinen Lippen. Irgendetwas an seiner Art und seinen Worten zog sie in ihren Bann, auch wenn sie nicht genau sagen konnte, was es war. Das spielte aber auch keine Rolle.

„Wie ihr alle sicher bereits erfahren habt, ist der edle, von Gott hochbegnadete Herr Caspar von Schwenckfeld letztes Jahr im Dezember nach Hause zu unserem lieben Herrn abberufen worden. Viele von uns kannten ihn persönlich, andere kennen ihn durch seine Schriften. Er wird nicht nur in der Ewigkeit weiterleben, sondern auch in seinen Abhandlungen und in unseren Herzen. Lasst uns, jetzt erst recht, an seinen Lehren festhalten und sie beherzigen - Gott und ihm zu Ehren. Ihr wisst, wie heftig ihm seine Gegner das Leben schwer machten. Doch er hat sich niemals davon den Mund verbieten lassen. Ganz im Gegenteil hat er, bis zum Ende seines Erdendaseins, an seiner Überzeugung festgehalten und wurde dadurch zu unser aller Vorbild. Lasst es uns ihm gleich tun, auch auf die Gefahr hin, dass wir für diese Gedanken bestraft werden sollten. Lasst uns nach seinem Leitspruch leben: ‚Unser christlicher Glaube ist keine Finsternis, sondern ein helles Licht'. Davon bin ich überzeugt und werde seine Thesen weiter vertreten. Wenn es sein muss, bis in den Tod. Denn je mehr ein Mensch Christ wird und somit Christus in sich aufnimmt, desto mehr wird er von der Welt verachtet und gehasst. Doch die Früchte Christi sind es wert, nicht davon abzulassen. Seine Früchte sind Geduld, Liebe, Frieden, die Furcht Gottes und gottseliger Wandel."

Der Prediger redete noch lange weiter, während die Zuhörer ihm andächtig lauschten. Tilia verstand nicht, von was der Mann da sprach und merkte sich daher auch nicht viel davon. Nur ein Satz der vielen Worte blieb in ihrem Gedächtnis haften:

„Unser christlicher Glaube ist keine Finsternis, sondern ein helles Licht."

Auch wenn sie nicht so recht verstand, was das zu bedeuten hatte, wollte sie es sich dennoch merken.

Das dritte Kapitel

Unmenschlich oder menschlich?

Einst beherrschte Wildnis diesen Ort. Der dichte Wald, welcher die Hänge diesseits und jenseits des Tales säumte, bestand damals aus prachtvollen Tannen. Durch ihn hindurch schlängelte sich ein klarer, fischreicher Bachlauf. Bedingt durch die Unstetigkeit der Erdschichten bildete dieser fortwährend neue Mäander. So veränderte sich sein Bild wieder und wieder aufs Neue. Das muntere Plätschern des Baches untermalte das Gezwitscher der zahlreichen Vögel, die ihre Revierlieder in die Welt hinausschmetterten. Damals gab es noch viele Fleckchen, die diesem sehr ähnlich waren. So betrachtet, wäre es nur ein weiteres von vielen anderen gewesen. Doch dieser Ort besaß etwas, das ihn von den anderen unterschied und ihn zu etwas ganz Besonderem machte. Er zog nämlich krankes und verletztes Wild an, das genau wusste, wohin es sich wenden musste, um Linderung und Heilung für seine Leiden zu erfahren. Eines Tages beobachteten Jäger, die ein waidwundes Tier bis an diese heilsame Schwefelquelle verfolgten, wie es sich dort ins Wasser begab. Und so kam es, dass die Menschen diesen Ort „Wild- oder Tierbad" nannten. Dem Bach hatten sie schon lange Zeit zuvor den Namen „Lein" gegeben. Später rodeten sie den dichten Tannenwald und legten neben dem Bach eine Wiesenmahd an. Zwei Familien siedelten sich in diesem kleinen, aber lieblichen Tal an. Zu diesem Zweck errichteten sie an der Quelle ein umfriedetes bäuerliches Anwesen mit Haus, Hof und Wirtschaftsgebäuden. Sie fassten die Quelle zu einem Brunnen und bauten Wasserleitungen. Immer wieder wechselten die Bewohner, welche dieses Örtchen bewirtschafteten. Schon damals gab es hier ein Heilbad, das man im Lauf der Zeit häufig um- und ausbaute. Dadurch entwickelte sich das Tierbad rund um den Heilbrunnen zu einem Ort, in dem es zudem ein Herrenhaus mit einer separaten Badstube für die Herrschaften, ein großes Badhaus und ein geräumiges, massives Wirtshaus gab. Rings um den Weiler entstanden Alleen und andere Wege durch den inzwischen lichten Wald ringsherum, welche die Menschen zum Spaziergang einluden. Bei dem Herrenhaus und in der Nähe des Weilers stand jeweils eine steinerne Kapelle. Erstere war dem Märtyrer St. Georg, die zweite dem Heiligen Wolfgang von Regensburg geweiht.

Aus einem harten Steinfelsen entsprang das Heilwasser in großer Menge aus zwei Spalten. Die Quelle war in einer Brunnenstube mit Holzdielen eingefasst und mit einer hübschen Haube bedeckt. Das kalte Wasser wurde in einen Kanal geschöpft, welcher es in drei Kessel führte. Diese Kessel waren fest im Badhaus eingemauert. Unter ihnen wurde ein Feuer entfacht, um das Wasser für die Gäste zu erwärmen. Die Kessel wurden von außen befeuert, damit der Rauch die Badenden nicht belästigte. Die Kranken saßen im Badhaus in Butten oder Zubern, entweder in einem gemeinschaftlichen oder abgetrennten Raum, je nach Belieben. Nach dem Bad begaben sich die Menschen in das Gasthaus, wo sie essen, sich unterhalten und ruhen konnten. Es gäbe noch vieles darüber zu berichten, doch das ist eine andere Geschichte.

Freilich wussten die Selvas von der Heilkraft des Wassers und hatten es einstmals ebenso genutzt wie die Tiere, doch nun war alles anders als früher. Die Zeiten waren unsicherer und gefährlicher geworden. Die Humanos machten sich nahezu überall breit und nutzten alles für ihre Zwecke, was ihnen hilfreich erschien. Sie wurden immer klüger und ließen sich daher ständig neue Dinge einfallen, um ihr Leben zu verbessern und zu verlängern. Das wollte ihnen ja niemand streitig machen, aber es fehlte ihnen eben immer am rechten Maß.

Die Selvas zogen es gewöhnlich vor, sich von den Humanos fernzuhalten, aber manchmal mussten sich selbst die Vorsichtigsten unter ihnen in die Nähe der Humanos wagen. So erging es eines Tages einer Selvafrau, die den Humanos noch nie etwas abgewinnen konnte und deren Abneigung gegen sie größer als nötig war. Doch heute brauchte sie etwas von dem heilenden Wasser, das sie nur aus diesem Brunnen schöpfen konnte. Sie war die weise Frau und somit die Heilerin ihres Clans und hätte liebend gern auf dieses Abenteuer verzichtet. Geduldig wartete sie den Schutz der Dunkelheit ab, um ja nicht entdeckt zu werden. Sie wusste, dass die meisten Humanos nachts in ihren Betten lagen. In der Dunkelheit hielten sich nur wenige von ihnen im Freien auf. Es galt, den exakt richtigen Zeitpunkt abzupassen. Denn bereits weit vor Tagesanbruch machten sich die ersten Männer auf, um Wasser zu schöpfen und damit die Kessel zu füllen, unter denen sie dann ein Feuer entfachten, um deren Inhalt zu erwärmen. Sie hatte dies alles genauestens ausgekundschaftet, um im Notfall kein unnötiges Risiko eingehen zu müssen. Heute war solch ein Notfall. Sie fühlte sich sehr gut vorbereitet und rechnete nicht mit irgendwelchen unvorhersehbaren Geschehnissen. Unsichtbar betrat sie das Gelände, um ihr Vorhaben schnellstmöglich hinter sich zu bringen und danach umgehend wieder im dichten Wald zu verschwinden. Eben hatte sie ihre Transportbehälter gefüllt. Sie atmete erleichtert auf. Geschickt kletterte sie vom Rand des schönen Gefäßes, in dem das Heilwasser aufgefangen wurde. Gerade als sie dazu ansetzte, über die Wiese in den Wald zu laufen, hielt sie inne. Hörte sie da nicht ein Geräusch? In unmittelbarer Nähe schien eine schwere Tür ins Schloss gefallen zu sein. Sie duckte sich neben der Brunnenstube, obwohl sie unsichtbar war, und blickte suchend in die Dunkelheit, aus der sie das Geräusch gehört hatte. Inzwischen war es wieder ruhig, dennoch war sie vorsichtig genug, sich nicht zu bewegen. Angespannt lauschte sie in die Schwärze der herbstlichen Nacht. Ein leichter, kühler Windhauch umstrich sie und trug ein leises Schluchzen an ihre Ohren. Es schien, als weine eine Frau bittere Tränen des Schmerzes. Die weise Frau wand den Kopf in Richtung des schmerzvollen Lauts. Es bereitete ihren Augen keine Mühe, in der Dunkelheit die Umrisse einer Humanosfrau auszumachen, die in einen weiten Umhang gehüllt war, welcher sie vor der nächtlichen Kühle schützte. Dem edlen Stoff nach zu urteilen, schien sie wohlhabend zu sein. Mit gesenktem Kopf tastete sie sich vorsichtig den Weg von der Kapelle, deren Tür eben ins Schloss gefallen war, zum Herrenhaus entlang. Sie hatte wohl beim Beten die Zeit vergessen und auch keinen Kienspan zum Ausleuchten des Weges bei sich. Dies alles erschien der unsichtbaren Selvafrau sehr ungewöhnlich. Was eine Kapelle und eine Kirche war und wozu sie genutzt wurden, wusste sie inzwischen. Mehrere von ihnen waren auf den ursprünglich heiligen Plätzen der Selvas erbaut worden. Die Humanos riefen darin die Große Macht an und sangen ihr zu Ehren Lieder. Sie musste sich eingestehen, dass ihr diese Lieder sogar recht gut gefielen, auch wenn es ihr lieber gewesen wäre, es wäre nicht so. Schon oft hatte sie den Humanos bei diesem Gesang zugehört und auch ihrer Musik gelauscht. Die Heilerin beneidete die Humanos, die sich allem Anschein nach durch nichts und niemanden von dieser Freude abbringen ließen. Aller Armut und Gewalttaten zum Trotz, denen sie ausgesetzt waren, ließen sie sich das Feiern und Singen nicht verbieten.

Ach, wenn das den Selvas doch nur auch vergönnt wäre. Sie seufzte leise. Einst war bei einem der fröhlichen Humanosfeste eines der Lieder in den Wald gedrungen. Just in diesem Moment machte es sich in ihren Gedanken breit. Dieser Zeitpunkt war wahrlich unpassend! Das Lied wurde in ihrem Kopf immer lauter. Sie schlug sich erschrocken auf den Mund, als sie es sich leise summen hörte:

„Wenn alle Brünnlein fließen..." Mit einem Lächeln auf den Lippen schüttelte sie den Kopf über sich und verstummte.

Die Humanosfrau hatte sie offenbar nicht gehört, denn diese betrat nun das große Steinhaus und verriegelte die Türe hinter sich. Neugierig geworden, wollte die Selva mehr wissen. Sie brachte zunächst ihre gefüllten Wasserbehälter im Dickicht des nahen Waldes in Sicherheit und kehrte dann zurück in den Weiler. Nur aus einem der Fenster des Steingebäudes, in dem die Frau verschwunden war, drang ein schwacher Lichtschein nach draußen. Ansonsten herrschte überall stille Dunkelheit und Frieden. Die weise Frau kletterte geschickt ans Fenster, um in die spärlich erleuchtete Stube zu blicken. Die Eingetretene hatte ihren Umhang abgelegt und saß nun auf einem Holzschemel neben einem Bett, in dem ein Mann lag, der einen sterbenskranken Eindruck machte. Die Frau hatte sich ein Tuch vor Mund und Nase gebunden. Es sollte sie wohl vor einer Ansteckung bewahren. Eine andere Frau verließ eben den Raum. Wahrscheinlich hatte sie sich bisher um den Kranken gekümmert. Die Hände der frisch Eingetretenen streichelten sanft über ihren gewölbten Bauch. Sie trug eindeutig ein Kind unter ihrem Herzen. Es konnte höchstens noch anderthalb Monde dauern, ehe es das Licht der Welt erblicken würdet. Die Frau weinte. Mit einem feuchten Tuch verschaffte sie dem Mann Kühlung. Er hatte allem Anschein nach hohes Fieber. Nachdem sie das Tuch auf seiner Stirn platziert hatte, erhob sie sich schwerfällig, um das Fenster zu öffnen. Die Selva schaffte es gerade noch, sich vor ihren Blicken zu verbergen. Ihre Augen waren so verweint und blickten derart ins Leere, dass sie die kleine Beobachterin wahrscheinlich sowieso nicht bemerkt hätte. Wieder setzte sie sich auf den Hocker neben dem Bett. Dank des geöffneten Fensters konnte die Lauscherin verstehen, was die Frau zu dem Mann sagte.

„Ach, mein geliebter Georg Friedrich. Womit nur haben wir uns Gottes so heftigen Zorn zugezogen? Jetzt haben wir uns doch eigens aus unserem Schloss hierher begeben, um der Pest zu entgehen, und dennoch hat sie uns eingeholt und wird dich dahinraffen. Mein geliebter Gatte, du hast dich doch niemals derart versündigt, um solch eine Strafe zu verdienen. Den halben Tag habe ich den heiligen Georg angefleht, dich vor diesem schrecklichen Schicksal zu bewahren, dennoch sehe ich den Sensenmann ums Haus schleichen. Du darfst nicht von uns gehen. Was soll denn aus mir, der kleinen Barbara Dorothea und unserem ungeborenen Kindle werden. Es wird ein Knabe, das kann ich spüren. Endlich ein Stammhalter, wenn uns schon der kleine Hans Friedrich gleich wieder genommen wurde." Sie nahm ihm das bereits wieder warm gewordene Tuch von der Stirn, tauchte es in eine Schüssel kaltes Wasser, wrang es aus und legte es ihm erneut auf. Der Sterbende öffnete stöhnend ein letztes Mal die Augen, beugte sich seiner Frau entgegen und ergriff ihre Hand. Leise sagte er: „Nenne unseren Sohn nach mir." Seine Frau nickte stumm. „Wenn ich heimgegangen bin, begebe dich zu deinen Eltern auf den Waldenstein und bring unser Kind dort zur Welt. Ich hab vernommen, die Pest hat die Gegend um Rudersberg noch nicht erreicht, dort werdet ihr sicher sein. Versprich es mir." Wieder nickte die Frau. Tränen rannen ihr übers Gesicht. Der Kranke legte sich mit dem Rücken zurück aufs Lager und schloss, mit einem letzten Seufzer, die Augen für immer. Seine Frau ahnte nicht, dass sie in diesem Moment nicht alleine um den Verlust ihres Mannes trauerte.

Der Heilerin ging die schwangere Witwe nicht mehr aus dem Sinn. Sie wollte wissen, welchen Verlauf ihr Schicksal nehmen würde. Daher kehrte sie in den nächsten Tagen immer wieder an diesen Ort zurück, um die Frau im Geiste zu begleiten, zu unterstützen und für sie zu beten. Inzwischen war es ihr egal, ob es Tag oder Nacht war. Sie wollte der Unglücklichen einfach nur so nah wie möglich sein. Alles andere hatte an Bedeutung verloren, selbst ihre eigene Sicherheit.

Zur Beisetzung des Freiherrn Georg Friedrich vom Holtz fanden sich nur wenige Menschen ein, da sich alle vor einer Infektion mit der Pest fürchteten. So erhielt der Tote nicht die ihm gebührende letzte Ehre. Auf dem Welzheimer Friedhof hatten die Witwe und ihr verstorbener Mann erst ein Jahr zuvor ihren Sohn Hans Friedrich, kurz nach seiner Geburt, zu Grabe tragen müssen. Die schmerzhafte Erinnerung an dieses Ereignis war auch heute noch in der Mutter lebendig.

Unmittelbar nach der Beisetzung ihres Mannes machte sich Anna von Gaisberg mit ihrem zweijährigen Töchterlein und wenigen Bediensteten auf den Weg zur Burg Waldenstein, die unweit von Rudersberg lag, um bei ihren Eltern Hans Georg von Gaisberg und Anna Maria Nothaft von Hohenberg um Aufnahme zu bitten. Sie sollte das Limpurgische Herrenhaus in Welzheim danach nie mehr ihr Zuhause nennen.

Von der Tatsache verwirrt, wie viel ihr diese Humanosfrau bedeutete, sprang die weise Selva zum ersten Mal im Leben über ihren Schatten und folgte dem kleinen Tross. Ihr lag das traurige Schicksal der Schwangeren am Herzen. Sie war der erste Humano, zu dem sie eine echte Beziehung aufbaute, auch wenn diese Frau nichts davon ahnte. Sie wollte gewiss sein, dass es der werdenden Mutter bei ihren Eltern gut ging und sie dort wirklich in Sicherheit war. Bei der Burg angekommen, blieb das Tor jedoch für die verzweifelte Tochter und ihre Begleiter verschlossen. Ihre Eltern ließen sie, aus Angst vor einer Pestinfektion, nicht ins Innere der Burg und verwiesen sie auf eine Wohnung im Vorhof. Diese Anfechtungen und die Kleinmütigkeit ihrer Eltern erschütterte die Seele der Schwangeren zutiefst. Zwischen der immer stärker werdenden Abneigung gegen die Humanos im Allgemeinen und die wachsende Zuneigung zu dieser werdenden Mutter und ihrer Tochter hin und her gebeutelt, verblieb die Selva stets in ihrer Nähe. Sie betreute das Mädchen und betete für die Mutter. Die kleine Barbara Dorothea besaß noch nicht genug Verstand, um sich über das putzige Wesen mit den spitzen Ohren, welche so frech aus ihrem zerzausten Haar hervorlugten, zu wundern. Der Geist des Kindes war noch unverdorben und fähig, die andere Welt zu erblicken. Die kleine Gestalt erzählte ihr immer neue, sagenhafte Geschichten. Die beiden gewannen sich lieb. Anna konnte sich dadurch ganz auf sich und ihr Ungeborenes konzentrieren.

Als die Zeit gekommen war, begab sich die werdende Mutter in den nahen Wald hinter der Burg, um dort, ganz ohne menschliche Hilfe, an einem Brunnen ihren Sohn zu gebären. Im Nebel ihres körperlichen und seelischen Schmerzes bemerkte sie das hilfreiche Wesen nicht, welches ihr zur Seite stand. Wäre es ihr aufgefallen, hätte sie es sicher für eine Fieberphantasie gehalten. Nach der Geburt sorgte das Wesen dafür, dass die Mutter das Neugeborene in ihre wärmenden Arme legen konnte, denn es war der zweite Tag von Samhain und bitterkalt geworden. Sie wich nicht von ihrer Seite, um sie und ihr Neugeborenes im Notfall sogar mit ihrem Leben zu verteidigen. Letztendlich tauchten andere Humanos am Brunnen auf und brachten Mutter und Kind zur Burg zurück. Nun endlich ließen sie die Eltern ein. Doch kurz darauf starb die Frau, vielleicht an gebrochenem Herzen. Auch in der Selvafrau zerbrach im Augenblick dieses Todes etwas. Sie schwor sich, niemals wieder einen Humano in ihr Leben und ihr Herz zu lassen.

Das vierte Kapitel

Wer hat Angst vorm schwarzen Mann?

Die Menschen hatten wieder einen dieser Haufen aus Holz-
scheiten errichtet. Der typische Geruch vom Rauch eines
frisch entzündeten Meilers erfüllte die Waldluft. Meist hatten die
Köhler mehrere Meiler gleichzeitig in Arbeit. Es war eine Kunst
für sich, diese zu errichten. Eine Unterlage aus Fichtenstangen
und Schwarten diente als Belüftung des Kohlenmeilers. In die
Mitte dieses „Rosts" stellten sie senkrecht eine Richtstange, welche die Mittelachse des Kohlenmeilers bildete und als Orientierung zum Aufrichten diente. Zwei weitere Stangen stützten die
Richtstange ab. Um diese herum wurden zunächst kurze Scheite
aufgeschichtet, um eine Innenneigung und somit Stabilität zu
erlangen, worüber längere Scheite folgten. So setzten sich die
Lagen Schicht für Schicht fort. Die Köhler achteten darauf, die
gespaltenen Scheite sehr dicht zu schichten, damit so wenig
Hohlraum wie möglich dazwischen entstand. Kurz bevor der
Meiler seine endgültige Form erreichte, erklommen die Männer
mit einer Leiter den Haufen, um ihn zu vervollständigen. Anschließend stopften sie die äußeren Hohlräume mit Heu und
Stroh zu, um sie abzudichten. Rund um den Haufen wurden Höl-
zer auf den Rost genagelt, um ein Abrutschen der Scheite zu
verhindern. Der Rost wurde auf die Form des Meilers zugesägt,
die Stangen, welche die Richtstange hielten, wurden entfernt,
die Richtstange selbst abgesägt. Nun trugen die Männer die
Deckschicht auf, welche sie „Lösche" nannten und die sie als
„Gold des Köhlers" bezeichneten. Diese Lösche hatten sie von
den vorherigen Meilern abgetragen und in großen Säcken bis
zur weiteren Verwendung aufbewahrt. Sie bestand aus einer Mischung von nicht zu toniger, humusreicher Erde, Sand, Kohlen-
staub und Holzkohlestückchen. Dieses Gemisch verrührten die
Köhler mit Wasser zu einem zähen Brei, der nicht zu nass und

nicht zu trocken sein durfte, damit er gut auf der Oberfläche des Meilers haftete. Sie trugen die Lösche auf den Meiler auf und klopften sie mit Schaufeln gut fest, damit die Außenhülle möglichst vollkommen dicht war. Diese Dichtheit war für die spätere Kontrolle der Luftzufuhr und den Erfolg der Köhlerei entscheidend. Danach entzündeten die Köhler den Meiler an der Spitze mit gut brennbaren Holzspreißeln und ein paar Schaufeln Glut. Die oberste Schicht musste einige Zeit gut brennen und die nötige Hitze erzeugen, um den Verkohlungsvorgang einzuleiten. Wenn der richtige Zeitpunkt gekommen war, stachen sie mit dünnen Stangen zuerst unter dem Rost, danach ganz oben, wo zu diesem Zeitpunkt die Verkohlung stattfand, mehrere Belüftungslöcher in den Meiler, um die nötige Luftzufuhr zu erreichen. Nun dichteten sie auch die Spitze des Meilers mit feuchter Lösche ab, damit die Luftzufuhr nur noch kontrolliert über die Belüftungslöcher erfolgte.

Der aus den Löchern austretende Rauch musste immer weiß sein. Blauer Rauch wies auf einen Brennvorgang hin, was nicht gewollt war, denn das Holz sollte kontrolliert verkohlen. Trat blauer Rauch aus, mussten die Belüftungslöcher verschlossen werden. Ließ der Rauch nach, war es nötig neue Löcher zu stechen, denn dann war die Hitze im Meiler zu gering. Daher kamen die Köhler nicht umhin den Meiler während des gesamten Verkohlungsvorgangs zu beobachten. Das Volumen des Meilers nahm dabei ständig ab und brach immer wieder ein. Wenn das geschah, dichteten die Köhler zeitnah alle dabei entstehenden Löcher mit neuer Lösche ab oder verschlossen sie mit Erde, um eine unkontrollierte Luftzufuhr zu verhindern. War der Verkohlungsvorgang beendet, schlossen sie den Meiler luftdicht ab, damit die Glut im Inneren erlosch. Frühestens am darauffolgenden Tag durfte der Meiler geöffnet werden, indem die Männer die Lösche abtrugen und für den nächsten Meiler aufbewahrten oder gleich verwendeten. Die fertige Holzkohle zogen sie zum Abkühlen auseinander, Glutnester löschten sie mit Wasser. Danach verluden die Köhler die Holzkohle auf Wagen, um sie entweder an Schmiede in der Umgebung oder an Eisenhütten zu liefern. Die Holzkohle war nicht nur leichter zu transportieren als das Holz, sondern erreichte auch einen deutlich höheren Brennwert.

Von all dem wussten unsere beiden jungen Selvas, die beim Köhlervorgang schon häufig zugesehen hatten, natürlich nichts.

Dennoch beobachteten sie die dunkel gekleideten Humanos aufmerksam dabei, wie diese mit rußverschmierten Gesichtern und ebenso düsteren Blicken kontrollierten, ob das Holz in dem Haufen zu ihrer Zufriedenheit verkohlte.

Tilia hatte sich in der Vergangenheit bereits einige Stücke Holzkohle sicherstellen können und in ihrem Geheimlager versteckt. Wenn die Humanos solch einen Aufwand betrieben, um es herzustellen, war es bestimmt ziemlich wertvoll und zu irgendetwas zu gebrauchen. Doch heute stand ihr der Sinn nicht nach einem Beutezug, sondern nach etwas völlig anderem. Falco hatte sie von ihrem Vorhaben nichts verraten. Er würde sowieso nur versuchen, es ihr auszureden. Zu gefährlich, unvernünftig, gegen die Regeln, bla, bla, bla... Das übliche Unken eben. Das wollte sie sich nicht nochmal antun. Es war ihr gar nicht recht, dass er ausgerechnet heute darauf bestanden hatte, sie zu begleiten. Er hatte wirklich ein Gespür dafür, ihr immer dann in die Quere zu kommen, wenn sie ihn am allerwenigsten gebrauchen konnte. Da es ihr nicht gelang ihn abzuwimmeln, nahm sie seine Begleitung notgedrungen in Kauf. Wahrscheinlich würde er ihr nach ihrer Tat sowieso nie mehr mit seiner Anwesenheit auf die Nerven gehen.

Noch ehe Falco sich zum wiederholten Male Gedanken über das Warum dieses unheimlichen Handelns der Humanos manchen konnte, drehte sich Tilia bereits schwungvoll um die eigene Achse und verschwand vor seinen Augen. Sie kicherte vergnügt. „Es wäre besser, wenn du die ganze Zeit unsichtbar bleiben und dich nicht zeigen würdest. Irgendwann nimmt das noch ein böses Ende", sagte er streng.

„O nicht doch, jetzt geht das schon wieder los! Du willst mir dauernd das Vergnügen verderben", vernahm er ihre vorwurfsvolle Stimme direkt vor sich. „Trotzdem werde ich jetzt tun, was ich tun muss. Ich gehe meinen Forschungen nach. Ende des Geredes", sagte sie entschlossen.

An den raschelnden Blättern des Waldbodens konnte Falco erkennen, dass Tilia bereits auf dem Weg zum Köhlerhaufen war. Mit der Frage, warum er es einfach nicht lassen konnte, sich mit ihr immer wieder in solche Gefahr zu begeben, drehte auch er sich um sich selbst und war nun ebenfalls unsichtbar. *Bäume fällen, Holz verarbeiten, Holz verbrennen, Holz verkohlen. Etwas anderes fällt denen wohl nicht ein!*, dachte er grimmig.

An sehr vielen Orten der umliegenden Wälder qualmten inzwischen nicht nur diese Köhlerhaufen, sondern auch immer mehr Glasöfen. Vor allem die Glashütten waren es, die dem Baumbestand zusetzten und immer mehr Siedlungen in diesen unwegsameren Teil der Landschaft brachten.

Unsichtbar und auf gebührenden Sicherheitsabstand bedacht, beobachtete Falco, was Tilia trieb. Sie schien einen Plan zu haben, da sie so entschlossen losmarschierte. Um genauer zu verfolgen, was sie vorhatte, hätte er allerdings näher an die Humanos heran müssen. Das wollte er jedoch lieber nicht riskieren. So wartete er ab, ob etwas Ungewöhnliches geschehen würde.

Es dauerte nicht allzu lange, bis sich die zwei Humanos lautstark stritten. Der eine beschuldigte den anderen, seinen Krug leergetrunken zu haben. Der Streit wuchs sich zu einer handfesten Keilerei aus. Falco begann sich ernsthafte Sorgen um Tilia zu machen. Hoffentlich war sie vernünftig genug, unsichtbar zu bleiben. Noch schien sie es zu sein, denn sehen konnte er sie nicht, aber hören.

„He, ihr da! Was soll das Gezeter? Ihr seid ja närrisch!", rief sie.

Die Männer stoben auseinander. Ihre Wut schlug in Angst um.

„Was war denn des, Johann?"

Der Angesprochene zog die Schultern hoch. „Koi Ahnung, Georg", entgegnete er mit schwerer Zunge. "Hosch du scho mol davon g'hört, ob's hier spukt?", fragte Johann zurück.

Georg erbleichte. „Freilich spukts hier an elle Ecka ond Enda.

Ond Hexa treibet sich in dere Gegend au rom - Unmenga von Hexa, die nix Guats im Schild führet!"

Beide lauschten, vor Schreck erstarrt, in die hereingebrochene Dunkelheit. Tilia lachte so laut und bösartig, dass nicht nur den beiden Köhlern, sondern auch Falco die Haare zu Berge standen. Da bewegte sich einer der Bierkrüge wie von Geisterhand. Den Männern fielen beinahe die Augen aus dem Kopf, als sie sahen wie der Krug sich immer weiter neigte und irgendwann zu Boden fiel.

Da Neugier ja bekanntlich über Angst siegt, trat Georg an den Krug heran und hob ihn hoch. Langsam drehte er ihn mit der Öffnung nach unten. Kein Tropfen Bier rann heraus.

„Der isch leer", stellte er überrascht fest. Der Mann tastete die Stelle am Boden ab, an der der Krug gelandet war, konnte aber keine Feuchtigkeit erspüren.

„Die Hex hat oser Bier g'soffa", stammelte Johann, verdrehte die Augen und sackte in sich zusammen. Georg ließ den leeren Krug fallen. Spornstreichs suchte er das Weite, ohne sich weiter um seinen Kollegen zu kümmern, der besinnungslos am Boden lag. Tilias Lachen schallte über die dunkle Köhlerlichtung. Falco hatte genug gesehen. Er rannte auf das Gelächter zu, schnappte sich die unsichtbare Tilia aufs Gradewohl und zerrte sie ins schützende Dickicht. Sie zappelte und wehrte sich aus Leibeskräften gegen diese Rettungsaktion.

„Nein!", schrie sie, „Lass mich sofort los, du Blödmann! Der Spaß hat doch eben erst begonnen. Finger weg von mir oder ich beiß sie dir ab."

Falco entzog sich geschickt ihrer Gegenwehr und behielt sie im Schwitzkasten. Sie strampelte wie wild, als er sie immer weiter in den dichten Wald zog, wobei beide allmählich wieder sichtbar wurden. Falco hielt ihr den Mund zu, weil sie einfach nicht aufhören wollte zu schreien. Erst als sie sich in sicherer Entfernung zu den Köhlern befanden, ließ er sie wieder los und ihren Mund frei. Mit einem groben Schubs stieß sie ihm gegen den Brustkorb, was ihn beinahe zu Fall brachte. Er taumelte nach hinten, während Tilia ihm, flink wie ein Wiesel, entkam. Er hatte Mühe mit ihrem Tempo mitzuhalten.

„Spielverderber. Fang mich doch, da bin ich doch!", sang sie herausfordernd, während sie, schon wieder albern kichernd, davonpreschte.

Das fünfte Kapitel

Badefreuden

Wenig später stürmte Tilia auf eine an den Waldrand angrenzende Wiese. Falco bekam sie erst am Bachlauf zu fassen. Mit funkelnden Augen wandte sie sich zu ihm um. „Lass mich los, du Depp! Ich werde jetzt da rübergehen und diesen doofen Baumtötern erklären, dass sie sich nicht einfach alles unter den Nagel reißen können, was ihnen gefällt. Die wollen alles für sich haben, alles nehmen sie uns und den Tieren weg, diese nimmersatten Kreaturen! Denen werde ich's, werde ich's...", sie schnappte nach Luft, als wolle sie damit die richtigen Worte einsaugen. „Denen werde ich's geben! Es ist genug! Im Namen aller Waldbewohner!" Sie wollte sich losreißen, aber Falco behielt sie fest umklammert. Während sie versuchte, sich aus seinem Griff zu winden, knurrte sie wild: „Das ist *unser* Heilwasser! Unseres und das der Tiere, nicht das dieser...dieser...dieser elenden...Baumtöter, Baumverstümmler, Waldzerstörer, Tierschinder!"

Sie hatte durch ihren Wutausbruch neue Kräfte entwickelt, mit denen sie sich aus Falcos Klammergriff lösen konnte. Sofort sauste sie weiter in Richtung Tierbad. Viele Humanos befanden sich hier. Sie waren Bewohner, Knechte oder auch Kranke, welche sich durch die heilenden Bäder Genesung erhofften. Es gab hier genug von ihnen, um auch nachts bemerkt zu werden. Falco blieb nichts anderes übrig als ihr zu folgen.

„Was hast du vor? So bleib doch stehen! Die Wohnkästen der Humanos sind viel zu nah, sie werden dich entdecken!"

Tilia bremste abrupt ab, drehte ich sich zu ihm um und blickte ihn mit großen Augen an. Beinahe wäre er auf sie draufgerannt. Auch er blieb stehen. Sie legte ihm die Hände auf den Brustkorb und schob ihn, zu seiner großen Verwunderung, den Hügel wieder hinauf. Er ließ es geschehen. Wenigstens bewegten sie sich so in die richtige Richtung, nämlich weg von den Humanos. Erst als sie das schützende Unterholz erreicht hatten, hörte sie auf, ihn vor sich herzuschieben:

„Bleib hier stehen und beweg dich nicht. Ich komme gleich wieder", sagte sie langsam, damit ihre Zunge keine Kapriolen schlug.

„Wo willst du hin?", flüsterte Falco ihr zu.

„Ich geh dahin, wo jeder Selva allein hingeht - in den Wald", antwortete sie.

„Was soll das nun wieder bedeuten?", fragte er irritiert. Sie lehnte ihre Stirn gegen seine Brust und brummte: "Ich muss mal..."

Mit großen Sätzen sprang sie in den Wald Richtung Morgen und war verschwunden. Falco sah ihr verblüfft hinterher, musste dann aber doch schmunzeln. Mit etwas Glück war sie danach ja wieder normal und er konnte sie dazu bewegen, endlich mit ihm nach Hause zu gehen. Er wartete eine sehr lange Zeit auf sie. Vielleicht war sie ja irgendwo im dichten Wald eingeschlafen. Umso besser, denn auch so wäre die Gefahr gebannt gewesen. Falco setzte sich, die Beine angewinkelt, mit dem Rücken an den Stamm einer mächtigen Tanne gelehnt, um etwas zu dösen. Dieses Weib raubte ihm wirklich seine ganzen Kräfte. Das ermüdete ihn mehr als ihm lieb war.

Falco wusste nicht, wie lange er so vor sich hingeschlummert hatte, ehe Tilia wieder mit lautem Geraschel aus dem Unterholz trat. Ihre Sammeltasche, die um ihre Schulter hing, sah gefüllter aus als vor ihrem Austritt. Nachdem Falco seine Sinne wieder beisammen hatte, bemerkte er das sofort.

„Was hast du da in deiner Tasche?", fragte er misstrauisch. „Niemand geht nachts Beeren sammeln."

„Das geht dich gar nichts an", raunte sie und war sofort wieder in Richtung Weiler unterwegs. „Es heißt Tierbad und nicht Humanobad. Ihr habt da nichts zu suchen, ihr doofen Baumtöter", brummte sie unwillig. Immer lauter werdend sprach sie weiter. „Aber wenn *ihr* da sein dürft, dann darf *ich* das auch!"

Falco folgte ihr. Er rechnete mit dem Schlimmsten. Tilia hatte bereits den Brunnengumpen erreicht und wollte eben ihre Sammeltasche neben das Wasserbecken werfen, als zwei Knechte aus einem der Gebäude traten. Wie ein geölter Blitz huschte sie auf die Rückseite des Badhauses. Falco raste ihr schweißgebadet hinterher. Hinter dem Gebäude atmeten beider erleichtert auf. Falco

wischte sich mit zitternder Hand Schweißperlen von der Stirn. Tilia kicherte leise:
"Hui, das war ganz schön knapp! Die sind früh auf, um die Kessel zu befüllen. Umso besser für mich." Falco starrte sie verständnislos an. „Ich bin mir nicht sicher, ob ich wirklich wissen will, woher du weißt, was die hier mitten in der Nacht zu schaffen haben", murmelte er grimmig. Tilia kicherte wieder. Sie schien nach dem Schrecken, so unvermutet auf Humanos zu treffen, ein klein wenig ausgenüchtert zu sein.

„Das sind die Badknechte. Der eine wird jetzt das Wasser in die Rinnen schöpfen. Das läuft dann in den Kessel, der in diesem Gebäude steht. Der andere Knecht entzündet derweil das Feuer unter dem Kessel. Das Wasser wird darin erwärmt und ist dann für die Kranken bereit, die darin baden, wenn das große, tickende Ding in dem riesigen Gebäude da drüben fünf Mal schlägt."

Falco starrte sie völlig entgeistert an. Seine Knie begannen zu zittern und sein Magen zog sich zusammen. Woher wusste sie das alles so genau? Wie oft war sie hier schon ohne ihn? Sie hatte doch nicht etwa mit einem der Humanos gesprochen? Er wagte nicht, sie danach zu fragen. Tilia bewegte sich zielstrebig zu einer Stelle in der Rückwand und verschwand alsbald in einem Durchschlupf, den sie ganz offensichtlich bereits früher und am hellichten Tag ausgekundschaftet hatte. Falco wurde übel. Am liebsten wäre er davongelaufen. Dennoch folgte er ihr unter höchster Anspannung durch die lockere Latte, die sich in der Rückwand des Gebäudes befand. Hoffentlich hatte sie nicht auch noch damit etwas zu tun!

Im Inneren sah er verschiedene Holzzuber und Bottiche stehen, in die später sicher die Humanos steigen würden. Mit klopfendem Herzen lauschte er in die Dunkelheit, um ein Geräusch von Tilia zu vernehmen. Alsbald stand er vor einem riesigen Metallkessel, der tatsächlich gerade mit Wasser befüllt wurde. Tilia hatte sich ihre Kleidung abgestreift, die nun achtlos neben ihrer Sammeltasche vor dem Kessel auf dem Boden lag. Gerade war sie gewandt zum Rand des Kessels geklettert und ins Wasser gesprungen, das es nur so spritzte. Zaghaft trat Falco näher an den Kessel heran und kletterte ebenfalls an ihm empor. Dabei betete er, kein Humano möge Tilias Plantschen hören.

„Tilia, um der Großen Macht Willen, komm da sofort wieder

raus. Das geht eindeutig zu weit. Die Humanos werden dich entdecken. Dann ist es aus mit dir!", flehte er sie an. Fröhlich planschte Tilia derweil im Kessel herum, der sich immer mehr mit Wasser füllte. Sie dachte nicht daran so schnell wieder aus dem Becken zu steigen. Falco hockte sich an den Rand und sah ihr beim Baden zu. Vielleicht würde sie das kalte Wasser ja wieder zur Vernunft bringen. Doch diese Hoffnung konnte er umgehend wieder begraben, denn eben stöhnte Tilia wohlig auf:

„Aaaah, das Wasser wird immer wärmer. Ich hab noch nie im Leben in solch einem warmen Wasser gebadet. Es ist herrlich. Komm auch rein!"

Falco schüttelte entschieden den Kopf. "Niemals. Außerdem stinkt es ganz furchtbar. Den Geruch wirst du so schnell nicht mehr von dir runterkriegen, das garantiere ich dir! Komm da sofort raus!"

Tilia lachte laut auf. Falco erschrak. Was wenn die Knechte sie hörten? Sie durchschaute seine Gedanken.

„Hasenfuß. Los, bring mir meine Sammeltasche und entspann dich mal ein bisschen."

Vor lauter Angst, sie könnte wieder lauter werden, kletterte er den Kessel hinunter und brachte ihre Tasche und die Kleidung mit nach oben an den Beckenrand. Mit einer geschickten Handbewegung zog Tilia ihre Sammeltasche zu sich heran und entnahm ihr einen kleinen Stoffbeutel und mehrere Tiegel, die eindeutig nicht von Selvahand geschaffen worden waren. Falco beobachtete jeden ihrer Handgriffe.

„Was hast du vor?", fragte er ruhig, um sie nicht zum Schreien zu reizen. Doch Tilia schrie nicht, sondern lachte viel zu laut, was die Sache nicht besser machte. Falco stockte der Atem. Er hatte nicht die geringste Ahnung, was sich in dem Beutelchen und den Tiegeln befand, welche Tilia nun mit ungeschickten Bewegungen öffnete.

„Was ist das?", fragte er erschrocken.

„Das", flüstere sie geheimnisvoll, „sind allesamt magische Pulver, die ich den Baumtötern einst stahl. Ich habe sie für einen besonderen Moment aufgehoben und der ist nun gekommen." Sie schüttete den Inhalt der Behälter genüsslich ins Wasser und ließ sie dann achtlos hinterhergleiten.

„Was soll das für eine Magie sein?", fragte Falco verunsichert.

Wieder lachte Tilia übermütig. „Woher soll ich das denn wissen?

Ich bin doch kein Humano." Angewidert vom bloßen Gedanken daran ein Mensch zu sein, spuckte sie ins Wasser.

„Aber du kannst doch nicht einfach.....Tilia, es ist gefährlich was du da machst. Halte ein! Du weißt nicht was du damit auslöst!"

Tilia warf den Kopf in den Nacken und lachte nochmals laut auf. Es grenzte an ein Wunder, dass noch keiner der Knechte nach dem Rechten gesehen hatte - sie mussten sie doch hören. Stattdessen sagte sie:

„Ich werde dir nun beweisen, dass die Magie der Humanos und die der Selvas zusammen etwas gaaaanz Großartiges hervorbringen. Pass auf und lerne."

Beschwörend fuchtelte sie mit den Händen auf der Wasseroberfläche herum. Noch ehe Falco: „Tu's nicht!", rufen konnte, sprach Tilia eine magische Beschwörungsformel. Entsetzt schlug er die Hände vors Gesicht, als Tilia ins stinkende Schwefelwasser abtauchte.

Nachdem sie wieder auftauchte, lächelte sie ihn an. Freundlich lud sie ihn nochmal ein zu ihr ins Wasser zu steigen, doch Falco lehnte wieder dankend ab. Da begann sie unvermittelt zu weinen. Aller Übermut und die Fröhlichkeit hatten sich in Luft aufgelöst. Endlich durfte er ihr aus dem Wasser helfen und ihr die Kleidung reichen. Während sie sich anzog, hängte er sich ihre Sammeltasche um. Rasch kletterten die beiden vom Kessel, der inzwischen eine gefährlich hohe Temperatur erreicht hatte. Den Arm stützend um ihre Taille gelegt, führte er die schwankende Tilia zu demselben Loch, durch das sie das Gebäude betreten hatten. Erleichtert atmete er auf, als sie endlich den schützenden Wald erreichten, wo sie sich alsbald im Moos niedersetzten. Sie weinte immer noch.

„Geht's dir nicht gut?", fragte Falco besorgt. Tilia schüttelte heftig den Kopf. Dabei verlor sie das Gleichgewicht und kippte nach hinten um, wo sie zum Liegen kam.

„A...alles ist gut, es ist nur...." Traurig blickte sie zu dem sitzenden Falco auf. Er wartete. „Falco...du hast so einen schönen Namen. Falco. Ein guter Name, ein starker Name, der Name unseres Großvaters. Der Name eines Helden und wie heiße ich? Benannt nach einem Baum! Nicht etwa nach einem starken Baum wie Quercus, oooooh nein! Mutter musste mich ja unbedingt Ti-i-i-lia nennen. Ausgerechnet der Baum der Liebe. Was für ein

Humbug ist das? Sehe ich aus wie eine Liebende oder gar wie eine Geliebte?"

Falco wusste darauf nichts zu sagen. Mühsam rappelte sich Tilia wieder auf. Unvermittelt schloss sie den erschrockenen Falco in die Arme.

„Du bist mein lieber Bruder. Weißt du das? Mein über alles geliebter Bruder bist du", schluchzte sie. Er glaubte seinen Ohren nicht zu trauen. So etwas hatte sie noch nie zu ihm gesagt. Nur Feigling, Blödmann, Klugscheißer, Spielverderber, Langweiler, Mamasöhnchen und andere entzückende Kosenamen. Und nun das! Er errötete und konnte ein Lächeln nicht unterdrücken. Sanft streichelte er ihren Rücken, um sie zu trösten.

„Ja, Tilia, ich weiß", flüstere er.

„Falco, mein über alles geliebter Bruder", murmelte sie noch einmal, ehe sie, den Kopf in seinen Schoß gebetet, einschlief und leise zu schnarchen begann.

Die Nacht verstrich und ein neuer Morgen dämmerte herauf. Im Wald begann es sich zu regen. Falco erwachte vom Tirilieren einer Amsel. Tilia lag noch genauso auf seinem Schoß, wie sie eingeschlafen waren. Ihr leises Röcheln ließ Falco schmunzeln, noch ehe er seine Augen öffnete. Sie hatte offensichtlich durch ihre nächtlichen Eskapaden keinen Schaden davongetragen. Sanft strich er ihr übers Haar und öffnete danach die Augen. Erschrocken zog er seine Hand zurück, die sie eben noch gestreichelt hatte. Das Lächeln war mit einem Schlag von seinem Gesicht gewischt. Entsetzt starrte er auf das, was er sah. Er glaubte in einem Moment der Hoffnung, er schlafe noch und dies sei alles nur ein Albtraum, der sich nach dem Erwachen verflüchtigen würde. Vorsichtig versuchte er sich unter Tilias Kopf herauszuwinden, was ihm nicht gelang, ohne sie dabei zu wecken. Mit einem leicht verzerrten Lächeln, blickte sie zu ihm empor. Ihr Kopf dröhnte, als sitze er in einem Bienenstock fest und schmerzte zum Bersten. Was war doch gleich gestern geschehen? Sie konnte sich nur schemenhaft daran erinnern. Aber Falco war bei ihr - das war gut! Er konnte ihr erzählen, was vorgefallen war. Erst als sie ein vorsichtiges: „Guten Morgen", hervorwürgte, damit sich ihr Magen nicht umstülpte, fiel ihr Falcos entsetzter Blick auf. Das allein wäre nicht weiter ungewöhnlich gewesen, denn er schaute immer wieder mal so, wenn sie etwas tat, das ihm nicht gefiel, was meistens der Fall war. Doch sie hatte ja nichts getan und sein Blick ruhte auf ihrem Haar. Irritiert fragte sie:

„Was ist denn, warum schaust du mich so an? Stimmt was nicht?"

Nach einem Moment des Schweigens entgegnete er: „Dein Haar - es ist..."

Tilia fuhr sich schnell ins Haar um zu prüfen, ob es noch vorhanden war. Erleichtert stellte sie fest, dass es exakt da war, wo es hingehörte.

„Was ist damit?", fragte sie. Falco suchte nach den richtigen Worten. „Nun ja, wie soll ich sagen, es hat eine andere Farbe."

„Eine andere Farbe?" Vorsichtig setzte sie sich auf. *Nur keine zu schnellen Bewegungen machen.*

„Was soll das bedeuten? Wie kann sowas überhaupt geschehen?" Sie ließ sich nur ungern anmerken, dass sie nicht so recht wusste, was in der letzten Nacht vorgefallen war.

„Vielleicht war es die Magie", startete Falco einen Erklärungsversuch.

„Die Magie, welche Magie denn?" Tilia war zum ersten Mal in ihrem Leben verunsichert und dadurch etwas kleinlaut geworden. Dieses Gefühl behagte ihr ganz und gar nicht. Die Haare der Selvas standen wild in alle Richtungen von ihrem Kopf ab. In etwa wie ein zerzaustes Langhaarfell. Daher waren sie zu kurz, um eine Strähne davon selbst zu begutachten. Und einen Spiegel besaßen sie auch nicht. Tilia war der Verzweiflung nahe, weil Falco etwas sehen konnte, das sie nicht sah. Was hatte das alles zu bedeuten? Eine andere Farbe? Die Haarfarbe der Selvas war perfekt an ihren Lebensraum angepasst. Eine Mischung aus unterschiedlichen Brauntönen verschaffte ihnen in der Natur die nötige Tarnung, welche sie vor den ungebetenen Blicken der Humanos schützte, falls diese sie doch einmal erspähen sollten, wenn sie gerade nicht unsichtbar waren. Das mit der Unsichtbarkeit war sowieso eine Sache für sich. Sie diente im Grunde mehr zum Verstecken oder Beobachten als zum Handeln. Jede Tat, welche die Selvas unsichtbar durchführten, schwächte sie viel mehr als im sichtbaren Zustand. Daher strengten Tilia ihre riskanten „Humanos Operationen" auch viel mehr an, als sie zugeben wollte. Darüber hinaus machte sie sich im Übermut immer seltener unsichtbar, als es angebracht war, denn sie wollte nicht nur beobachten, sondern vor allem handeln. Wenn sie doch nur noch wüsste, was sie gestern getan hatte! Falco alles aus der Nase ziehen zu müssen, war ihr äußerst unangenehm. Bestimmt hatte er längst ihren Gedächtnisverlust bemerkt. Klug genug war er ja. Aber auch wenn er es schon wusste, war er eben immer noch ganz Falco - höflich und schlau. Wenn sie diese beiden Eigenschaften nicht so unglaublich gelangweilt hätten, wäre er ihr damit durchaus ein Vorbild gewesen. Und wenn ihr Kopf nicht so sehr geschmerzt hätte, hätte sie ihn wegen dieser Gedanken jetzt geschüttelt. Daher fragte sie ihn, auch auf die Gefahr hin; sie könnte sich dadurch verraten, nochmals: „Welche Magie?"

„Nun, den Magie-Mix, den du heute Nacht im Badkessel der Humanos angewendet hast", antwortete er so gelassen, als bemerke er ihre Unsicherheit nicht. „Dein Hokuspokus; von wegen: ‚Die Magie der Humanos und die der Selvas bringen etwas gaaaanz Großartiges hervor. Pass auf und lerne!' Ja, genau das waren deine Worte. Nun, ich habe aufgepasst und hoffe; nicht nur ich, sondern auch du hast etwas daraus gelernt."

Tilia spürte, wie sich ihr Unbehagen verstärkte. Das sollte sie gesagt haben? Die Gedächtnislücke war schlimmer als erwartet. Was hatte sie nur getan! Der gute Falco wollte sie offensichtlich beim Clan nicht in Erklärungsnöte bringen und erzählte ihr deshalb nun auch den Rest ihres nächtlichen Tuns. Tilia schämte sich für diese Taten, die selbst für ihre Verhältnisse ungeheuer dreist waren. Was war nur in sie gefahren? Ob es wohl an dem bitteren Gesöff lag, das sie bei den Köhlern getrunken hatte? Mit einem Mal wurde ihr klar: Wenn Falco nicht bei ihr gewesen wäre und sie gerettet hätte, säße sie womöglich bereits in solch einem Käfig, wie ihn die Humanos benutzten, wenn sie unvorsichtige Vögel fingen, um sie auf einem ihrer Märkte feilzubieten. Dann wäre sie genauso verstummt wie diese unglücklichen Geschöpfe. Sie dankte der Großen Macht für diesen wunderbaren Burschen, der ihr mehr bedeutete als sie jemals zugeben würde. Falco beendete seinen Bericht mit den Worten:

„Und nun gehen wir nach Hause und du erklärst den Clanmitgliedern diesen Schlamassel auf deinem Kopf, denn das werde ich ganz gewiss nicht tun!"

Tilia war sehr verlegen: „Das werde ich, aber dazu muss ich erst einmal selbst wissen, was denn überhaupt mit meinen Haaren geschehen ist."

Falco entgegnete ernst: „Zukünftig wirst du alle Blicke auf dich ziehen. So bringst du nicht nur dich selbst, sondern auch alle andern in deiner Nähe in große Gefahr. Du strahlst so unnatürlich, wie irgendein künstlich geschaffenes Humanosding. Dein Haar leuchtet so kräftig rosa wie Weidenröschen auf einer Lichtung im Sommer!"

Das sechste Kapitel

Feuerkraut

Wie isch's mit euch, meine Süßa, möget ihr no an Pfannakuacha?" Die Bäuerin wandte sich ihrem vierjährigen Töchterchen und einem kleinen Wesen zu, das vor ihm auf dem Dielenboden der Küche saß. Das Wesen ließ sich von dem Kind geduldig das zerzauste Haar bürsten.

„Also ich für meinen Teil bin pappsatt! Wie steht's mit dir, Sophie?", fragte es das Mädchen, das nicht von ihrer Haarbändigung aufblickte.

„I au, Mama. Du siehsch doch, dass i was Wichtig's zum Schaffe han!"

Die Mutter schmunzelte über die Ernsthaftigkeit, mit der ihre Tochter dies verkündete. Die kleine Sophie zog sanft den hölzernen Kamm durch das Haar der winzigen Besucherin.

„Jetzt ko's nimmer lang daure, bis die Farb los bisch. Bloß no a paar hondert Johr oder so", stellte sie feierlich fest.

„Na, das lässt ja hoffen", erwiderte die Angesprochene lachend. „Das ging dann wohl schneller als erwartet. Ich lauf ja auch erst seit fast hundertfünfzig Sommern damit herum und ziehe dadurch neugierige Blicke auf mich."

„Also i find's sehr hübsch. I ko garnet verstanda, worum du die Farb so dringend loswerde willsch. Deine Hoor leuchtet wie a Feuerkrautblüte", stellte die Mutter lächelnd fest. „Hach, da kommt mir doch grad en Gedanka", setzte sie erfreut hinzu. „Wenn du os schon dein Name net verrote willsch, dann werdet mir di eba ‚Feuerkraut' nenna. Wie findsch des? I moin des basst sehr gut zu dir. Du spielsch gern mit dem Feuer und hasch au g'nug davon in dir."

Das Wesen klatschte begeistert in die Hände. „Ja, genau, das ist es – nennt mich Feuerkraut. Wenn ich ein bisschen weniger Feuer hätte, wäre das Ganze auch nicht passiert. Aber was soll ich machen - ich bin eben wie ich bin."

„Wie alt bisch du eigentlich?", fragte Sophie. Die Mutter wollte sie wegen dieser direkten Frage rügen, war aber selbst neugierig genug, um lieber die Antwort abzuwarten. Tilia, alias Feuerkraut, wusste nicht so recht, was sie darauf antworten sollte. Immerhin hatte sie sich hier mit Menschen eingelassen. Die durften nicht so viel von den Selvas erfahren. Am besten gar nichts, aber dazu war es längst zu spät. Sie waren zwar überaus freundlich, dennoch war die ganze Situation ungeheuer verwegen von ihr. Es hatte sich aber nun mal so ergeben.

Als sie das niedliche Humanosmädchen auf der Ostbaumwiese herumspringen sah, dachte sie vor lauter Entzücken überhaupt nicht daran, sich unsichtbar zu machen und schon war es geschehen. Sie war von ihr entdeckt und vom ersten Augenblick an ins Herz geschlossen worden. Seither spielte sie mit der Kleinen und passte auf sie auf, während die Eltern im Stall, auf dem Feld, den Wiesen oder im Garten arbeiteten. Nur wenn andere Menschen in Sichtweite kamen, verbarg sie sich im dichten Laub der Bäume oder im Gebüsch vor ihnen. Das Mädchen war sehr klug für ihr Alter, daher verriet sie niemandem ihr Geheimnis. Doch eines Tages kam es wie es kommen musste – die Mutter des Mädchens trat völlig unerwartet zu den beiden, als sich diese gerade vergnügt einen abschüssigen Wiesenhügel hinunterrollen ließen. Die Gebäude des Joosenhofs befanden sich auf dem höchsten Punkt einer von Wiesen bedeckten Anhöhe, welche sich in einem von Wäldern umrahmten Talkessel befand. Der Hof hatte einen schönen, sonnigen Standort, lag jedoch trotz seiner Nähe zu den Orten Frickenhofen und Mittelbronn recht abgelegen und einsam. Es dauerte einen Schreckmoment, in dem sich alle drei wie versteinert anstarrten. Die beiden Kleinen, die Mutter und die Mutter das Wesen. Tilia war bereit zur Flucht, wenn diese nötig geworden wäre. Als die Mutter ihre Sprache wiederfand, fragte sie leise:

„Bisch du a Erdluitle?"

Tilia hatte schon davon gehört, dass die Humanos ihre Art als Erdluitle bezeichneten. Sie fand diesen Namen drollig, daher kicherte sie hinter vorgehaltener Hand.

„Ja", gab sie zurück, „ich bin ein Erdluitle." Tilia fragte ihre kleine Freundin: „Ist das nun gut oder schlecht?" Das Mädchen zog die Schulter hoch, wobei sie das Gesicht verzog. Das bedeutete wohl, sie wusste es auch nicht. Die Mutter prüfte, ob sie niemand sonst beobachtete oder belauschte. Sanft lächelnd sagte sie:

„No sei os herzlich willkomma uff oserm Hof, weil's ja hoißt, ihr brengat Glück."

Die beiden Mädchen strahlten sich an. Das war gerade nochmal gut gegangen. Seither durfte Tilia, wenn der Rest der Familie außerhalb des Hauses beschäftigt war, ins Haus kommen und bekam sogar immer wieder ein paar Leckereien, wenn die Bäuerin das Abendessen vorbereitete. Alle genossen dieses Beisammensein sehr.

„Nun", antwortete Tilia Feuerkraut gedehnt, „so genau kann ich dir gar nicht sagen wie alt ich bin. Ich hab allerdings schon ein paar hundert Sommer auf dem Buckel."

„A paar hundert?" Diese Antwort überraschte die beiden Menschen sehr.

„Wie alt könnt ihr denn werda?", fragte die Bäuerin.

„Keine Ahnung, sehr alt schätze ich. Das kommt ganz darauf an, wie wir leben und wann wir sagen, das war's, ich hab keine Lust mehr und kehre deshalb zurück in den Schoß der Großen Mutter."

„Ihr könnt also au sterba, genau wie mir?", fragte die Mutter weiter.

„Das schon, aber es ist anders als bei euresgleichen, wenn wir gehen."

Die Bäuerin erschrak. „Woher woisch du denn von oserm Sterba?"

Tilia schnaubte. „Pff. Es sind schon genug Leute von euch im Wald geblieben. Es riecht nicht sehr gut, wenn das zu lange geht. Genau wie bei den Tieren. Daher vergrabt ihr eure Toten bestimmt auch auf den Feldern um die Kirchen oder außerhalb eurer Siedlungen. Und die Umfriedung soll sie wohl vor ungebetenen Gästen schützen."

Die Mutter blickte ihre Tochter an, ob sie mit diesen deutlichen Worten ein Problem hatte. Aber die Kleine war - im Gegenteil - ganz Ohr.

„Ja, des hosch sehr gut beobachtet", erwiderte die Frau. „Wenn du wirklich scho so alt bisch wie du sagsch, na hosch du bestimmt au den schrecklicha Kriag ond des große Sterba mitbekomme?"

„Na, da war vielleicht was los! Ein Kommen und Gehen, ein Hin und Her. Da haben sich die Menschen ganz oft mitsamt ihren Tieren bei uns im Wald vor den Fremden versteckt. Schrecklich viele von euch sind gestorben, auf verschiedene Arten, die ich lieber nicht vor der Kleinen beschreiben möchte." Die Mutter war ihr sehr dankbar dafür. „Es war eine sehr gefährliche Zeit, sich für euch zu interessieren und ausgerechnet da habe ich am meisten geleuchtet." Sie deutete auf ihre Haare, deren Rosaschimmer nur noch im unteren Drittel erkennbar war, der Rest war inzwischen herausgewachsen.

„Sie haben geschossen, alles mögliche angezündet und was weiß ich noch alles angestellt." Sie blickte kurz auf die Kleine und entschloss sich, nun doch das Thema zu wechseln, weil das Kind erbleichte und allem Anschein nach Angst bekam. Daher winkte sie betont lässig ab und sagte: „Ist ja auch egal, das ist zum Glück schon lange vorüber. Ihr Menschen macht ziemlich verrückte Sachen, das muss man euch lassen. Ihr buddelt beispielsweise Höhlen in die Erde und holt alles möglich daraus hervor, um es dann irgendwo anders hinzubringen. Ich bin fasziniert von dem Aufwand, den ihr betreibt, bei allem was ihr tut."

„Du moinsch bestimmt den Steinkohlebergbau in Mittelbronn und die Vitriolsiederei in Frickenhofen", warf die Bäuerin ein.

„Kann sein, was weiß ich. Ist ja auch egal. Der Betrieb dort kommt und geht und wie es aussieht, wird das so schnell kein Ende finden. Ich war auf jeden Fall schon dort, als er ganz frisch angelegt war. Da hab ich reichlich Beute gemacht, aber die trug eben auch zu meiner Feuerkrautfrisur bei. Dauernd verändert ihr etwas an der Landschaft. Mal macht ihr einen See, dann ist er wieder weg, als ob euch nichts so gefällt wie es ist. Von früh bis spät rackert ihr euch ab und vergesst darüber sogar manchmal das Leben. So einen Eindruck macht es jedenfalls auf mich."

„Wahrscheinlich hosch damit sogar Recht", entgegnete die Frau etwas beschämt. Das Mädchen lauschte dem Gespräch, ohne einen Mucks von sich zu geben.

„Ich mag euch trotzdem!", stellte Tilia nüchtern fest. „Ihr lasst euch immer was Neues einfallen, da wird es mir nie langweilig."

„Des freut mich zu höre", sagte die Frau und ihre Tochter lächelte.

Als draußen auf dem Hof die Stimmen der heimkehrenden Feldarbeiter zu hören waren, trollte sich Tilia zur Hintertür hinaus, nicht ohne das Versprechen abzugeben, bald wieder vorbeizukommen.

Eines schönen Tages spielte sich ein inzwischen liebgewonnenes Ritual in der Küche des Bauernhauses ab. Sophie ließ mit Tilia auf dem Dielenboden einen kleinen Holzkreisel sausen. Unterdessen war die Mutter damit beschäftigt, Suppe abzuschmelzen. Dabei spritzte heißes Schmalz aus der Pfanne und traf Tilia auf die Hand.

„Autsch", rief diese aus, „du hast mich verbrannt!"
Die Bäuerin erschrak. Schnell zog sie die Pfanne vom Herdfeuer, um nach ihrer Feuerkraut zu sehen.
„Des tut mir so arg leid. Zeig mir mol dei Wunde. Tut's arg weh?" Tilia schüttelte tapfer den Kopf, während ihr eine Träne des Schmerzes über die Wange kullerte.
„Sophie", wies die Bäuerin ihre Tochter an. „spring schnell in de Vorratskeller und hol mir a Zwiebel." Die Kleine flitzte in den Gewölbekeller und kehrte alsbald mit einer Zwiebel zurück. Ihre Mutter hatte Tilias Hand bereits in einer Schüssel mit kaltem Wasser versenkt, um sie zu kühlen. Schnell schnitt sie die Zwiebel in Scheiben und legte ihr diese dann auf die verbrannte Haut.
„Wie goht dir's?", fragte sie besorgt.
„Ist nicht so schlimm", entgegnete ihre kleine Patientin, „Es tut kaum noch weh."
Die Bäuerin bat ihre Tochter die Ringelblumensalbe zu holen, mit der sie später die Brandwunde einrieb und mit einem frischen Tuch verband. Tilia war der ganze Aufwand wegen solch einer kleinen Wunde beinahe schon peinlich. Dennoch genoss sie die liebevolle Zuwendung. Sophie hatte sich mit ihr auf einen Stuhl gesetzt und sie wie eine Puppe auf den Schoß genommen, als es klopfte. Die Bäuerin trat verwundert zur Türe, da sie sich nicht vorstellen konnte, wer zu dieser Zeit etwas von ihr wollte. Vor lauter Aufregung dachte sie überhaupt nicht mehr an den kleinen Hausgast, der sich wie eine Katze an das Mädchen schmiegte. Beide waren über die ganze Aufregung eingeschlafen.
Als die Bauersfrau die Tür öffnete, stand sie einer Fremden gegenüber, die keinen besonders vertrauenserweckenden Eindruck machte. Ihre Kleidung war unordentlich und verschmutzt. Ihre ganze Erscheinung war äußerst ungepflegt. Außerdem ver-

strömte sie einen unangenehmen, aufdringlichen Geruch. Die Bauersfrau setzte alles daran, sie ganz schnell wieder loszuwerden, aber der ungebetene Gast machte keinerlei Anstalten, wieder zu gehen, ohne vorher etwas zu essen oder Geld erbettelt zu haben. Die Bäuerin drückte ihr zwar ein Stück Brot und ein wenig Speck in die fordernde Hand, dadurch wurde sie diese aber auch nicht los. Es begann zu regnen. Die Bauersfrau versperrte mit ihrem Körper den Zugang. Dies hinderte das Bettelweib jedoch nicht daran, dreist an ihr vorbei in die Stube zu blicken, als ob sie sehen wollte, was es sonst noch zu holen gäbe. Inzwischen hatten sich sogar noch andere Frauen ihrer Sippe dazugesellt und begannen die Hausherrin zu bedrängen, ihnen noch mehr zu geben. Diese betete inständig, ihr Mann oder ein Knecht möge früher als üblich vom Feld zurückkehren. Dieses Gesindel machte sich zurzeit immer mehr in der Gegend breit. Sie hatte das schon oft von den Bewohnern der Nachbarhöfe und der umliegenden Dörfer gehört, aber war selbst – Gott sei's gelobt - noch nie von diesen Außenseitern der Gesellschaft heimgesucht worden. Ach wenn es doch nur so geblieben wäre! Nun hatten sie all die Jahre so viel Glück gehabt auf ihrem Hof. Alles lief gut und selbst die Sperlinge blieben fern, worum sie die anderen Bauern regelrecht beneideten, weil diese gefräßigen, kleinen Diebe sich allzu gern am Saatgut zu schaffen machten und sich dadurch die Ernte verringerte. Außerdem hatten sie inzwischen ja sogar ein Erdluitle im Haus und dennoch...

Du meine Güte!, durchfuhr sie ein fürchterlicher Gedanke, *Feuerkraut!* Was würde geschehen, wenn diese schrecklichen Weiber sie entdeckten? Verzweifelt versuchte sie die Bettlerinnen davon abzuhalten, zu viel Einblick in die Stube zu erlangen, doch das impertinente Weib, das geklopft hatte, drängte sich bereits an ihr vorbei ins Haus. Was sollte sie nur tun?

„Da schau sich doch mol einer dieses nette Kindle a. Reizend, die Kleine, ganz reizend. Es wär doch schrecklich schad, wenn ihr ebbes zustoße tät. Koi Esse dieser Welt oder deiner Vorratskammer ko so viel wert sein wie des schlafende Engele da. Ond was für a entzückendes Püpple se an sich drückt. Ein herzallerliebstes Bild bietet die beide. Wer so reich gesegnet isch wie du, kann doch ebbes mehr für die armen Leut entbehra, dene's so viel schlechter goht."

Herr im Himmel steh mir bei!, betete die Bäuerin in ihrer Verzweiflung.

Eben wollte die Bettlerin nach der vermeintlichen Puppe greifen, um sie dem Kind zu entreißen. Mit dieser Geste wollte sie ihrer Drohung den nötigen Nachdruck verleihen. In diesem Moment betrat der Bauer mit seinen Knechten die Bauernstube.

„Was geht da vor?", war alles was er zu sagen brauchte, um die Weiber zum Verschwinden zu bringen. Beim Verlassen des Hauses zischte die Anführerin der Bäuerin ins Gesicht: „Mir kommet wieder!"

Mit zitternden Knien ließ sich die Hausherrin auf einen Stuhl sinken, nachdem ihre Knechte die schrecklichen Weiber zur Tür hinaus gedrängt hatten und im Hof darauf achteten, dass sie auch tatsächlich das Gelände verließen. Die besorgte Stimme ihres Mannes drang wie von Ferne an ihr Ohr:

„Sybilla, isch elles in Ordnung mit dir und der Sophie?"

Das Kind erwachte von der Stimme seines Vaters. Was machte er denn schon so früh zu Hause? Vom Eindringen der Fremden hatte sie gottlob nichts mitbekommen. Vor Schreck über den unverhofften Anblick ihres Vaters drückte sie Feuerkraut so fest an sich, dass diese ebenfalls erwachte, um sich mühselig aus der Umarmung ihrer Freundin zu befreien. Der Vater glaubte seinen Augen nicht zu trauen.

„Was isch denn des?" Er zeigte auf das kleine Wesen im Arm seiner Tochter, ohne den Blick davon zu wenden. Als seine Frau keine Anstalten machte, ihm zu antworten, übernahm das seine Tochter.

„Papa, darf i vorstella? Des isch mei Freundin Feuerkraut. Sie isch a Erdluitle."

„Also sowas aber au...", brummte ihr Vater, „Heut kommt wohl elles z'samme. Zuerscht en Platzrega, der os - Gott sei's gedankt - vorzeitig vom Feld nach Haus trieba hat. Danach die schrecklichen Weiber und jetzt henn mir au no a Erdluitle im Haus. I glaub, i brauch jetzt erscht amol an ordentlicha Schluck Branntwei, um des elles zu verdaue." Es sollte nicht bei dem einen Schluck bleiben.

Das siebte Kapitel

Lieblingsmenschen

Auch der Bauer schloss den munteren, kleinen Hausgeist schnell in sein Herz, hielt es aber für besser, dem Gesinde und auch sonst niemandem davon zu berichten. Tilia konnte sich dadurch nun auch nachts bei ihren Lieblingsmenschen aufhalten und schlief ab und zu sogar bei ihnen auf der Eckbank. Wenn Falco das gewusst hätte, wäre sie sicher längst von ihm an einen Baum gebunden worden. Aber er wusste es ja nicht und war klug genug, nicht danach zu fragen, wenn sie sich doch ab und zu im Clan blicken ließ, um ihre Kleidung zu wechseln. Die Bauersfrau Sybilla hatte ihr schon vor einer Weile hübsche neue Kleider aus einem wunderbaren, selbstgewebten, eingefärbten Leinenstoff genäht, sie wagte aber nicht sie zu tragen, weil sie sonst im Clan in große Schwierigkeiten geraten wäre. Sie weinte sogar vor Bedauern, weil sie dieses wunderbare Geschenk eigentlich nicht annehmen konnte. Letztendlich nahm sie es dann doch an sich und versteckte es in ihrem Beutelager vor neugieren Blicken.

Inzwischen war der Winter nahe. Vor allem die Nächte waren bereits empfindlich kalt und sicher würde es bald die ersten Nachtfröste geben. Tilia war froh, ein so festes Dach über dem Kopf zu haben und vor allem einen so warmen Platz auf der Eckbank, auf der sogar ein Kissen und eine weiche, gestrickte Decke für sie bereitlag. Dieses Leben war wunderbar. Warme Stube, gutes Essen, Leute, die sie genauso mochten, wie sie war und nicht dauernd an ihr herumnörgelten oder sie zu verändern versuchten. Sie schaute Sybilla beim Spinnen des zuvor geriffelten Flachses zu. Dafür nutzte sie ein Spinnrad, was die Selvas so nicht kannten. Die spannen nur mit einer einfachen Spindel. Ihr Mann, der Bauer Jakob, saß an einem Webstuhl, der in Tilias

Augen ein Wunderwerk der Technik darstellte. Mit den einfachen Webrahmen der Selvas war dieser nicht zu vergleichen. Er webte herrliche Leinenstoffe aus dem Flachsgarn, das seine Frau zuvor gesponnen hatte. Den Flachs bauten sie selbst an und verkauften das meiste davon auf den Märkten der Umgebung. Nur einen geringen Teil verwendeten sie zum eigenen Bedarf. Der Flachs dieser Gegend, aber vor allem rund um die große Menschensiedlung, welche diese Welzheim nannten, und die so nah an ihrem Clandorf lag, war sehr begehrt bei den Menschen. Sie kamen von weit her und bezahlten viel Geld dafür, so besonders war er. Tilia hatte viel von den Menschen gelernt und betrachtete sie als ihre Freunde. Ihr war schon lange nicht mehr klar, weshalb ihr Volk solch eine Angst vor ihnen hatte und nichts mit ihnen zu tun haben wollte. Aber fragen konnte sie niemanden danach, weil sie alle so verbissen darauf bestanden, die Regeln einzuhalten. Am schönsten aber fand sie es, wenn ihre Menschen bei der Arbeit im Haus gemeinsam sangen. Selbst die kleine Sophie trällerte schon aus voller Kehle die schönen Lieder mit. Am besten gefiel ihr das Lied „Die güldne Sonne voll Freud und Wonne", aber auch „Geh aus mein Herz und suche Freud" fand sie ganz wunderbar. Zuerst summte sie nur die Melodien, aber schon bald konnte sie die Texte auswendig und sang voller Freude mit. Sie verstand zwar nicht alles, um was genau es da ging, es war ihr aber nicht wichtig genug danach zu fragen. Ihr kam jedoch der Satz in den Sinn, den sie sich einst gemerkt hatte. *Unser christlicher Glaube ist keine Finsternis, sondern ein helles Licht.*
Er schien etwas damit zu tun zu haben, das genügte ihr. Dieses Licht wollte sie auch in sich leuchten lassen. Sie fühlte sich umso heller, je öfter sie diese Lieder mit ihren Menschen zusammen anstimmte. Am liebsten wäre sie für immer bei dieser wunderbaren Familie geblieben und ganz sicher hätten diese auch nichts dagegen gehabt, aber es sollte anders kommen - ganz anders.

Die Nacht war hereingebrochen. Sophie schlief bereits friedlich in ihrem Bettchen, als es heftig an die Türe klopfte. Verwundert sahen sich die Eheleute an. Wer konnte das um diese Uhrzeit sein? Einen Moment lang stieg in Sybilla dasselbe beklemmende Angstgefühl hoch, als diese aufdringlichen Frauen sie im

Sommer heimgesucht hatten und nur durch ein Wunder kein Unglück geschehen war. Doch nun war ja ihr Mann im Haus. Vielleicht wollte sich nur ein Nachbar etwas borgen. Jakob öffnete die Türe, vor der ein dunkelhaariger, bärtiger Mann mit kräftiger Nase und dunkelbraunen Augen stand. Er trug merkwürdige Kleidung und vor allem einen seltsamen Hut, was ihn als einen außerhalb der Gesellschaft Lebenden kennzeichnete. Der Bauer war sofort in Habachtstellung, als er diese Gestalt vor seinem Haus stehen sah. Er hatte schon öfter „Zinken", die geheime Zeichensprache der Vaganten an der Scheunenwand entdeckt, wusste sie aber nicht zu deuten. Was wollte dieser Mann von ihm? Noch ehe er ihn fragen konnte, drängte sich dieser bereits an dem Bauer vorbei in die warme Stube und ließ die Tür hinter sich zufallen.

„Ach was habt ihr's doch schee warm in eurer großa, g'mütlicha Stub. A hübsch's Weib am Spinnrad ond a goldig's Töchterle, des sicher schon friedlich in der Schlofstub liegt."

Jakob beschlich ein ungutes Gefühl. Sybilla begann zu zittern. Tilia hatte sich vor dem Öffnen der Tür in einem eigens dafür präparierten Handarbeitskorb verkrochen. Sie konnte jedes Wort verstehen und lugte durch das Flechtwerk des Korbes, um die Szene zu beobachten. Der Fremde blickte sich unverfroren in der Stube um.

„I such a Bleibe für de Winter. Des freie Leba isch lustig im Wald, aber bloß wenn's warm und trocka isch. Ihr nennt an scheene großa Hof euer Eiga, da isch's ganz sicher wohl sein. Des Schicksal moint' s wohl guat mit euch, Bauer. Da habt ihr doch sicher koi Problem, euer Heim mit mir und meiner Sippe zu teila."

„Des kommt garnet in Frog!", entgegnete Jakob ruppig.

Der Fremde sah ihm direkt in die Augen. „Mei Weib isch a Wahrsagerin, musch wissa. Aber für dui Antwort hab i se net braucht. Also gut, Bauer. Na gib mir reichlich Geld, damit ich mit meiner Sippe ins Wirtshaus zieha ko."

„Den Deifel werd' i tun!", wetterte der Angesprochene. „Mir kommet selbst grad so über d Runda, da ko i net au no euch aushalte. Ond wieso sott i des au mache? Ganget schaffe wia anständige Leut und verdienet euer Geld uff redliche Art und Weis. No brauchet er net bettela und stehla."

„Potzblitz!", donnerte ihn der Fremde an. „Du hasch mehr Mut im Leib als ma dir zutraut. Hasch anscheinend gar koi Angscht, dass was mit deiner Familie oder deinem Besitz g'schehen könnt." Der Eindringling grinste höhnisch und bewegte sich auf die Bäuerin zu, die sich von ihrem Stuhl erhob. Ihr Mann stellte sich schützend neben sie. Der Fremde betrachtete die Frau unverhohlen von oben bis unten.

„Ja, mir wurd net zu viel versprocha", stellte er genüsslich fest. „Bei so rer hübscha Mutter bin i uff des Kindle g'spannt. Des soll ja au ganz reizend sei, hab i mir saga lasse."

Jakobs Angst verwandelte sich in Zorn. Er ballte die Hände zu Fäusten. Und die wollten unbedingt in das Gesicht dieses Banditen. Seinem Gegenüber entging das nicht.

„Du hosch die Wahl mei Lieber: Entweder mir ziehet hier ei oder bekommet was Wertvolles von dir, des mir zu Geld mache könnet. Ond wenn du des elles net willsch, na wird mir scho no was anders eifalle. Entweder den rote Gockel uff dei wunderschees Dach setza, oder dei Weib und dei Kendle mitnehma und gucka an wen mer se verscherble könnet. Da gibt's ganz bestimmt jemand der für se tief in d Tasch greife tät."

Jakob wollte dem Vaganten eben seine Faust ins Gesicht donnern, als entsetzliches Kreischen erscholl. Alle blickten sich verwundert um. Mit einem Satz sprang Tilia aus dem Korb, um auf den Fremden loszustürmen. Dieser war über ihren Anblick so überrascht, dass sie ihn sogar tatsächlich kurz ins Straucheln brachte. Als sie ihn mit aller Kraft gegen sein Schienbein trat, dabei aber nur seine kräftigen Lederstiefel traf, schnappte er sie mit zwei Fingern am Kragen und hielt sie sich vors Gesicht. Das zappelnde kleine Wesen kreischte dabei so laut, dass unvermittelt die kleine Sophie in der Stubentür stand und sich verschlafen die Augen rieb.

„Mama, was isch denn los?"

Ihre Mutter eilte zu ihr und hob sie hoch, um schützend ihre Arme um sie zu schließen. Entsetzt erfasste das Mädchen sofort die bedrohliche Situation und wollte ihrer kleinen Freundin zu Hilfe eilen, doch ihre Mutter hielt sie eisern fest.

„Sapperlott!", sagte der Räuber und pfiff durch die Zähne. „Davon wurd mir allerdings net berichtet. Des Ding da isch pures Gold wert. I nehm's glei mit und mir sen quitt."

„Noi, Papa, des derfsch net zulasse!", schrie Sophie aus Leibeskräften und versuchte sich aus den Armen ihrer Mutter zu winden. Dabei entwickelte sie Bärenkräfte. Das Gehirn ihres Vaters arbeitete derweil auf Hochtouren, auch wenn dies in dieser angespannten Situation nicht ganz einfach war. *Was soll i mache?*, dachte er verzweifelt. In diesem Moment machte der Fremde den entscheidenden Fehler. Er hielt sich die kreischende Tilia so nah vor's Gesicht, dass sie ihn direkt in seine pockenvernarbte, rote Nase beißen konnte. Vor Schmerz und Überraschung ließ er sie fallen. Blitzschnell rappelte sie sich auf und rannte in Richtung Tür. In diesem Moment schaffte es auch Sophie, sich aus der Umklammerung ihrer Mutter zu befreien. Das Kind rannte ebenfalls zur Tür, riss sie auf und ermöglichte somit ihrer Freundin Feuerkraut die Flucht in die sternenklare Nacht.

Der Räuber wischte sich mit einem schmutzigen Tuch das Blut von der Nase. Unbändiger Zorn über diese Demütigung stieg in ihm auf. Seine Augen wurden zu kleinen Schlitzen, als er sich Jakob zuwandte.

„Des werdet ihr mir büße, soviel isch sicher. Morga in eller Früh komm i mit meine Leut wieder. Wenn i des kloine Biescht dann net ausg'händigt krieg, gibt's de rote Gockel uffs Dach! Ond wenn ihr jemand davon verzählet ond i dadurch uff am Steckbrief land, mach i euch elle kalt!" Er drehte sich um und verließ ebenfalls das Bauernhaus. Zurück blieb eine verzweifelte Familie, die keine andere Möglichkeit mehr hatte, als auf die Knie zu fallen und um ihr Leben zu beten.

Da Tilia sich vor lauter Todesangst nicht mehr bei der Familie blicken ließ, machte der Räuber seine Drohung war und brannte am nächsten Morgen den gesamten Joosenhof nieder. Die Familie, welche bei einem falschen Wort nun auch noch um ihr Leben fürchten musste, erzählte den Leuten eine merkwürdige Geschichte, welche nicht einmal gelogen war. Jakob sagte unentwegt:

„Des Erdluitle isch schuld, des Erdluitle isch schuld." Und Sybilla beschrieb auf Anfrage, wie derjenige, der ihren Hof und ihr Hab und Gut auf dem Gewissen hatte, denn genau ausgesehen habe, exakt den Räuber. Seinen bauschigen Bart und den Umhangmantel, unter dessen Kapuze er sein Gesicht verbarg, als er mit seinen Kumpanen zusammen den Joosenhof in Flammen aufgehen ließ. Auf einen Steckbrief schaffte es diese Beschreibung leider nicht. Sie wurde nur zum Aussehen eines Erdluitles umgedeutet, das angeblich den Joosenhof angezündet haben sollte.

Ein Sage, die sich bis zum heutigen Tage erhalten hat.

Tilia hatte in dieser Nacht, die ihr keine Ruhe brachte, vom schrecklichen Brand des Ortes Welzheim vor nunmehr fünfzig Sommern geträumt und darin ihre Menschenfamilie sterben sehen. Als sie am nächsten Morgen voller Entsetzen zum Joosenhof eilte und nur noch rauchende Trümmer vorfand, wusste sie, sie würde sich nie wieder mit einem Menschen anfreunden. Es war für beide Seiten viel zu gefährlich.

Das achte Kapitel

Wer bist du?

Über acht Jahrhunderte lang war Strix unterwegs gewesen, um die Humanos auf der anderen Seite des großen Wassers zu erforschen und etwas über seinen verschollenen Vater zu erfahren. Er hatte gehofft, ihn zu finden und mit nach Hause zu bringen. Diese lange Zeit hatte ihn geprägt und verändert. Er musste Dinge mit ansehen und erleben, die ihm besser erspart geblieben wären. Dabei war er an Leib und Seele schwer verwundet worden. Dies alles zu verdrängen war eine große Bürde. Er war darüber füllig und lethargisch geworden. Ein struppiger Bart verbarg sein Gesicht und sein Haar wurde bereits grau und licht. Die Augen hatten ihren einstigen begeisterten Glanz vor langer Zeit verloren. Er stützte sich auf einen Wanderstab, weil ihm das weite Laufen ohne Hilfsmittel schwer fiel. Nun hoffte er in der Heimat auf Heilung für Seele, Geist und Körper. Er konnte es kaum erwarten, zu seiner geliebten Galina und danach mit ihr zu seiner Familie zurückzukehren. Außer auf sie freute er sich vor allem auf das Kind seiner Schwester Loxia, das ja erst nach seinem Aufbruch geboren worden war. Hoffentlich hatte Loxia dem Kind vom Onkel erzählt. Bald würde er erfahren, ob er eine Nichte oder einen Neffen hatte. Doch je näher er seiner Heimat kam, desto fremder erschien ihm die Umgebung. Der größte Teil des einstigen Waldes war verschwunden. Das Gesicht der Landschaft hatte sich beträchtlich verändert. Dies alles war natürlich das Werk der unermüdlichen Humanos. Langsam begann er sich zu fragen, ob er hier überhaupt noch richtig war. Sein Orientierungssinn versagte. Der Verstand protestierte gegen das Weiterlaufen. Lediglich sein Instinkt versicherte ihm, dass er sich noch auf dem rechten Weg befand. Verunsichert folgte er dem Bachlauf, von dem er glaubte, er führe ihn an den Wasserfall, an dem er einst Galina kennen und lieben gelernt hatte. Wenigsten floss der Bach noch teilweise im Wald, durch die steile Klinge, die dieser vor langer Zeit geformt hatte. Auch wenn es zwischendurch immer wieder brenzlig wurde, weil es viele Wiesen, Felder und Mühlen am Bachlauf gab, die bei seiner Abreise noch nicht da waren. Überhaupt hatte sich der Rückweg hierher erheblich gefährlicher gestaltet als der Weg, den er bei seinem Aufbruch beschritt. Überall standen Siedlungen der Humanos, wo vorher dichter Wald und unwegsames Gelände ihr Vordringen verhinderte. Die gesamte Gegend war intensiv von den Humanos in Besitz genommen worden. Loxia wusste ja schon immer, es würde kein gutes Ende mit diesen nimmersatten Kreaturen nehmen. Offensichtlich sollte sie Recht behalten.

Strix seufzte tief und versuchte diese trüben Gedanken abzuschütteln, um sich ganz auf das Wiedersehen mit Galina einzustellen. Endlich würden sie für immer vereint sein. Es brannte eine unstillbare Sehnsucht in ihm, die ihn so manches Mal beinah zur Rückkehr bewog. Ihr Bild, das er in seinem Herzen bei sich trug, begleitete und tröstete ihn. Es erfüllte seine Sinne und sein Gemüt. Nun würde es nicht mehr lange dauern, bis er sie endlich wieder in die Arme schließen konnte. Wieder und wieder hatte er an ihre kurze gemeinsame Zeit zurückgedacht. Wie seltsam sie ihm doch bei ihrer ersten Begegnung erschienen war. Dieses verrückte Frauchen, das ihm sofort nach allen Regeln der Kunst den Kopf verdrehte. Sie pflegte ihn, reizte ihn, lockte ihn aus sich heraus. Mühelos knackte sie seine harte Schale, ohne einen Gedanken daran zu verschwenden, wie sehr sie damit sein bisheriges Leben auf den Kopf stellte. Bis zu diesem Zeitpunkt waren ihm nur so umsichtige Frauen wie seine Schwester Loxia oder seine Großmutter Oxalis, die weise Frau des Quercusclans, vertraut gewesen. Er wusste nicht, wie erstaunlich anders eine Frau sein konnte, die ihren eigenen Weg ging. Sie war so mutig, klug, frech, witzig und direkt. Zu Anfang wäre er am liebsten vor ihr davongelaufen. Ihre Wucht haute ihn beinahe um und zog ihn gleichzeitig in ihren Bann. Er wusste selbst nicht, warum er nicht einfach ging, um ihre Offenheit nicht weiter ertragen zu müssen. Es dauerte jedoch nicht lange und er war froh, durchgehalten zu haben. Sie war wie er und doch völlig anders. Sie wurde seine Heimat und sein Lebensinhalt. Als er das erkannte, wollte er nicht mehr von ihr fortgehen, sondern einfach nur für immer bei ihr bleiben. Daher brach es ihm beinahe das Herz, als sie ihn unvermittelt darum bat, seine Reise fortzusetzen. Zutiefst erschüttert forderte er sie auf: „Sag mir ins Gesicht, dass du mich nicht mehr liebst, damit ich verstehen kann, warum du mich loswerden willst."

Traurig entgegnete sie: „Das kann ich nicht, weil es nicht die Wahrheit ist. Und du weißt, ich lüge nie. Dennoch musst du nun gehen, denn sonst kannst du deine Bestimmung nicht erfüllen, und das darf niemals geschehen. Es gibt einen Grund, warum du diese Reise angetreten hast. Dem Willen der Großen Macht müssen wir uns beugen, ob wir das nun wollen oder nicht. Wenn wir beide uns genug sind, schauen wir nicht mehr auf die große Macht und den Grund unseres Daseins. Wir würden das Staunen über die Wunder der Schöpfung verlieren. Sei nicht traurig, wenn ich dich fortschicke, sondern sei vielmehr dankbar für die wunderbare Zeit, die wir zusammen erleben durften. Solch ein Geschenk ist nicht jedem vergönnt."

Erst als sie ihm ein Versprechen gab, ließ er sich zum Aufbruch bewegen.

„Ich werde auf dich warten. Wie lange es auch dauern mag. Wenn der Tag deiner Rückkehr gekommen ist, werde ich meine Freiheit für dich aufgeben und dir in den Quercusclan folgen. Das verspreche ich dir, denn du bist die Liebe meines Lebens."

Am Tag der Abreise erschien der Trennungsschmerz unerträglich. Als sie sich weinend in den Armen lagen, flüsterte sie: „Du musst mir auch ein Versprechen geben."

„Alles, was du möchtest."

„Komm wieder zu mir zurück und bring mir den Teil meines Herzens wieder, der mit dir nun in die Welt hinauszieht."

Bei dieser inneren Rückschau begann sein Herz zu rasen. Da vernahm er, in der Stille des abendlichen Waldes, das Brausen des nahen Wasserfalls. Beim Gedanken an ihre erste Begegnung lächelte er. Einen Moment spielt er sogar mit dem absurden Gedanken, Galina bade vielleicht gerade im kühlen Nass, wie sie es so oft gemeinsam getan hatten, in jenem Sommer, als die Welt noch eine bessere war. Doch als er um die letzte Biegung schritt, verschlug es ihm den Atem. Direkt neben dem für ihn schönsten Platz der Welt standen mehrere Holzkästen der Humanos! Der Wald war verschwunden, stattdessen befand sich rings um den Wasserfall eine Wiese. Strix schrie vor Schreck und Schmerz auf.

Zum Glück wurde seine Stimme vom kräftigen Rauschen des unteren Wasserfalls geschluckt, vor dem er sich gerade befand. Bis jetzt hatte er die massive Veränderung der alten Heimat und die Ausbreitung der Humanos noch nicht persönlich genommen, aber das hier war zu viel für ihn.

Sie hatten den heiligsten Ort seines Lebens entweiht!

Nachdem er den ersten Schock überwunden hatte, eilte er umsichtig den mit Gras und Moos bedecktem Hang hinauf in den Wald, um aus dem Blickfeld der Humanos zu entkommen. In seinem sicheren Versteck rang er nach Atem.

Junge, konzentriere dich!, ermahnte er sich im Geiste. *Du musst die Buche wiederfinden, auf der sie gewohnt hat! Reiß dich gefälligst zusammen und denk nach!*

Verbissen grübelte er, wo ihr Wohnbaum geblieben sein könnte. Sein Gehirn lief so lange auf Hochtouren, bis er erkannte, dass der Baum damals schon sehr alt war. Inzwischen war mehr als die Lebensspanne einer Buche vergangen.

Er raufte sich das Haar. *Wie konnte ich nur so dumm sein zu glauben, ihr Baum sei noch da!* Wütend schüttelte er den Kopf über sich selbst, warum er da nicht gleich draufgekommen war. Aber was nun? Wie sollte er sie denn finden, wenn ihr Heim zerstört und sie vertrieben war?

Ist sie gegangen, als die Humanos hier ihre Kästen erbauten? Ganz sicher haben die auch ihren Baum auf dem Gewissen. Bei diesem Gedanken knirschte er mit den Zähnen. Immer wieder rief er vorsichtig ihren Namen. Aus seiner Verunsicherung wurde Angst. Sie hatte ihr Versprechen nicht einhalten können. Er war zu lange weg gewesen. Sie war fort und er hatte keinen blassen Schimmer, wo er sie suchen sollte.

Seine Beine versagten ihm den Dienst. Er sank auf die Knie und weinte still um die Liebe seines Lebens.

Lange Zeit verharrte er so, ehe er in der Verfassung war, sich wieder zu erheben. Keinen einzigen Moment länger wollte er hier verweilen, an einem Ort, der sich von einem der glücklichsten seiner Vergangenheit zum schrecklichsten der Gegenwart entwickelt hatte. Wütend und enttäuscht lief er weiter der Heimat entgegen. Nur weit weg von diesem Schauplatz des Schreckens, der ihm den Glauben an das Gute raubte. Er begann sich zu fragen, ob ihr womöglich etwas zugestoßen war. Aber diesen Gedanken verwarf er sofort wieder. Er hätte ganz sicher gespürt, wenn ihr ein Unglück widerfahren wäre. So lief er und lief, wobei er seine letzten Kraftreserven einsetzte, um nur schnell zu seiner Familie zu gelangen. Er wollte vor dieser bitteren Enttäuschung fliehen. Durch die körperliche Anstrengung wurde er von der finsteren Wolke, die sein Herz umhüllte, abgelenkt.

Viel zu spät bemerkte er die junge Selva, die ihm direkt vor die Füße rannte und alle zwei zum Stürzen brachte. Nun lagen sie beide auf dem Waldboden und schnappten nach Luft. Die junge Frau rappelte sich als erste wieder auf und begann zu schimpfen:

„He du, was fällt dir ein, mir einfach in den Weg hineinzulaufen. Wegen dir bin ich gestürzt. Ich hätte mich ernsthaft verletzen können." Halbherzig wischte sie die Blätter, die sich in ihrem Kleid verfangen hatten, von sich. Die schienen sie in Wahrheit allerdings genauso wenig zu stören wie die Erde auf ihren Händen.

„Wer bist du überhaupt? Dich kenn ich nicht und ich kenne jeden aus der Gegend", fuhr sie schnippisch fort. „Auch die Humanos, damit du es gleich weißt", setzte sie provokant hinzu.

Strix saß immer noch auf dem Boden und wunderte sich über diese freche Person, die vor nichts und niemanden Angst zu haben schien. Einerseits erheiterte sie ihn, andererseits jedoch war er verärgert, weil sie anscheinend den Älteren nicht den Respekt entgegenbrachte, der ihnen gebührte. Und diese ungewöhnliche Haarfarbe! Er hatte noch nie einen Selva mit rosa Haarspitzen gesehen. Wer war sie?

„So, du kennst also die Humanos", sagte er gedehnt.

Sie warf trotzig den Kopf in den Nacken, schüttelte ihr verrücktes Haar und schob die Nase dabei frech in die Höhe. „Natürlich kenne ich die Humanos. Man muss sie im Auge behalten. Und da alle anderen zu feige dazu sind, habe ich das eben übernommen. Sie sind gefährlich und richten eine Menge Schaden an. Sie brennen alles nieder, klauen schlimmer als die Raben und hauen alles kurz und klein. Außerdem schlagen sie uns die Bäume über den Köpfen weg. Die sind ganz schreckliche Kreaturen. Gibt es etwa keine Baumtöter, wo du herkommst?"

Herausfordernd stemmte sie Ihre Hände in die Hüften. Ganz offensichtlich wartete sie auf eine Antwort. Strix lächelte bei ihrem

Anblick, der ihn so sehr an Loxia erinnerte. Da kam ihm ein Gedanke. Sollte diese freche junge Dame mit der großen Klappe etwa seine Nichte sein? Das Alter würde passen. Seine Augen weiteten sich. War das wirklich möglich? Eben wollte er sie danach fragen, als sie schon weiterplapperte:

„Schau mich nicht so eigenartig an, Fremder. Meine Mutter hat zwar gesagt, ich soll zu jedem freundlich sein, aber ich brauch mir von niemand was gefallen lassen. Sie hat gesagt..."

„Tilia!" Ihr Redeschwall wurde von einer Stimme unterbrochen, deren Besitzer sich nun zu ihnen gesellte. Es war ein sympathisch wirkenden jungen Mann, der die Angesprochene streng zur Rede stellte: „Sag mal, bist du toll geworden? Begrüßt man so einen Fremden?"

Ein schnippisches, „Pfff, du schon wieder. Ich dachte, ich hätte dich endlich los", war ihre Antwort.

Wie ist Loxia nur auf den Gedanken gekommen, diesen Wirbelwind ausgerechnet Tilia zu nennen? So ein zarter Name für solch ein ungestümes Wesen. Unpassender geht's nicht, dachte Strix und schmunzelte über diesen Fehlgriff, der seiner sonst so gescheiten Schwester da ganz offensichtlich unterlaufen war. Und das mit der Erziehung hatte sie anscheinend auch nicht im Griff. Doch der Junge war anders. War er vielleicht ihr großer Bruder? Er wirkte ein wenig älter als sie. Unterschiedlicher konnte ein Geschwisterpaar kaum sein. Naja, bei ihm und Loxia war es schließlich nicht anders gewesen. Strix war jedoch nicht gewillt, sich noch länger Gedanken über diese jungen Selvas oder seine eigene, längst vergangene Jugend zu machen. Er wollte endlich nach Hause.

Umständlich versuchte er sich vom Boden zu erheben und kam sich dabei sehr alt vor. Sein Reisegepäck, das aus zwei Sammeltaschen bestand, sowie dem inzwischen sehr zerschundenen und mehrfach geflickten Rucksack, den ihm seine Schwester zum Abschied geschenkt hatte, erschien ihm mit einem Mal so schwer wie Wackersteine.

„Schäm dich", schimpfte der junge Mann weiter mit dem frechen Fräulein. „Siehst du denn nicht, dass der Fremde nicht mehr alleine auf die Füße kommt."

„Soll er eben sitzenbleiben, wenn er nicht mehr hochkommt. Hätte mich ja nicht umzurennen brauchen. Selbst schuld!", entgegnete ihm Tilia spitz.

„Halt deinen frechen Mund und hilf ihm lieber", entgegnete er ärgerlich.

Tilia verschränkte trotzig die Arme vor der Brust. Der junge Mann hingegen trat zu Strix und reichte ihm zuerst den Wanderstab und dann die Hand, um ihm aufzuhelfen. Dankbar ließ sich dieser von ihm auf die Füße ziehen.

„Entschuldige bitte. Tilia ist unmöglich. Sie weiß nicht, wie man sich benimmt, und anscheinend hat sie auch nicht vor, endlich erwachsen zu werden. Es ist wirklich schlimm mit ihr. Sie ist manchmal über alle Maßen peinlich." Er warf ihr einen mahnenden Blick zu. Sie zog eine Grimasse und streckte ihm die Zunge heraus. Der junge Mann schüttelte den Kopf und schämte sich an ihrer Stelle für ihr Benehmen. Zu Strix gewandt sagte er:

„Ich würde dich gerne zu unserem Clan mitnehmen. Allerdings ist er ein ganzes Stück von hier entfernt und liegt in entgegengesetzter Richtung, in der du scheinbar unterwegs bist. Dort kann meine Mutter nachsehen, ob du dich beim Sturz verletzt hast. Sie ist nämlich unsere weise Frau, seit meine Großmutter in den Schoss der Großen Macht zurückgekehrt ist", erklärte er, nicht ohne Stolz. Strix wollte sein Angebot zunächst dankend ablehnen. Allerdings brachte er es nicht übers Herz, den netten jungen Mann so zu enttäuschen. Er bemühte sich so rechtschaffen darum, ihm behilflich zu sein. Das berührte sein Herz. Schon seit sehr langer Zeit war niemand mehr so freundlich und hilfsbereit zu ihm gewesen. Dann dauerte seine Heimkehr eben noch ein wenig länger, wer wusste schon, für was das gut war.

„Wir müssen Richtung Mittag zurück. Der Weg ist stellenweise gefährlich, weil wir dabei auch eine Straße der Humanos passieren müssen. Es ist aber nur ein ganz kurzes Stück, dann sind wir wieder im sicheren Wald. Darf ich dir etwas tragen helfen?", fragte er Strix zuvorkommend. Dieser überließ ihm dankbar seine Sammeltaschen. Der junge Mann hängte sie sich über die Schultern.

„Verzeih bitte, jetzt bin ich auch unhöflich. Ich habe mich dir noch gar nicht vorgestellt. Ich bin Falco peregrinus vom Quercusclan, aber du darfst mich einfach Falco nennen. Und wie heißt du?"

Der Quercusclan! Also sind die beiden doch Loxias Kinder und ich ihr Onkel.

Sein Herz hüpfte vor Freude. *Falco?* Der Junge war nach ihrem Vater, seinem Großvater, benannt. Das fand Strix sehr viel passender. Gerade wollte er sich vorstellen, als er sich eines Besseren besann. „Sei mir bitte nicht böse, aber ich möchte meinen Namen erst preisgeben, wenn ich mit deiner Mutter gesprochen habe."

Tilia war vorausgeflitzt, um das Auftauchen des Fremden, der sie im Wald umgestoßen hatte, ihrer Mutter zu melden. Falco und Strix folgten ihr langsamer. Es dauerte in der Tat eine Weile, ehe sie das neue Dorf des Quercusclans erreichten. Ohne die Begegnung mit den beiden hätte Strix es niemals gefunden. Er wäre tatsächlich in die falsche Richtung gelaufen. Wie naiv er doch war zu glauben, das Dorf befände sich noch an derselben Stelle wie am Tag seines Aufbruchs.
Heimat ist eben nicht nur der Ort, an dem man wohnt, sondern wo die Leute leben, die man seine Familie nennt und denen das Herz gehört.
Strix hielt einen Moment inne und atmete tief durch. Falco drehte sich zu ihm um. „Brauchst du eine Pause?", fragte er höflich. Er konnte ja nicht ahnen, dass seinem Onkel die Knie in der Nähe seines Heimatclans weich wurden. Dieser Augenblick berührte Strix mehr als erwartet. Er brauchte einen Moment der Sammlung. Falco wartete geduldig, bis er bereit war, seinen Weg fortzusetzen.
Strix' Herz klopfte bis zum Hals, als ihn der Junge zum Eingang seiner Wohnhöhle führte. Er bat ihn einen Moment draußen zu warten, dann betrat er die Höhle, um seiner Mutter den Gast anzukündigen. Strix legte derweil seinen Rucksack und den Wanderstab neben den Sammeltaschen ab, die Falco an den Stamm des Wohnbaumes gelehnt hatte. Kaum hatte er sich des Gewichts entledigt, öffnete sich die Tür wieder und die weise Frau trat heraus. Wie es ihre Art war, trat sie mit einem freundlichen Lächeln auf den Fremden zu, um ihn willkommen zu heißen. Als sie jedoch beim Blick in seine Augen erkannte, wer da vor ihr stand, fiel sie ihm mit einem Aufschrei um den Hals. Beide begannen zu weinen. Ihr Sohn beobachtete entgeistert dieses ungewöhnliche Verhalten. Seine Mutter küsste unentwegt das bärtige Gesicht des Fremden.
„Du bist wieder da! Ich wusste, du kommst wieder. Der Großen

Macht sei Lob und Preis dafür!"

Die beiden wären sicherlich noch lange Zeit so dagestanden, wenn nicht Tilia - ihre Mutter an der Hand hinter sich herziehend - zum Schauplatz des Geschehens geeilt wäre.

„Da schau, das ist der komische Kauz, der...." Es verschlug ihr die Sprache, als sie sah, wie Loxia den Fremden im Arm hielt und ihn wieder und wieder unter Tränen küsste.

„Mama, was ist denn in Tante Loxia gefahren? Sie..." Weiter kam sie nicht, denn ihre Mutter stieß einen spitzen Schrei aus, ließ die Hand ihrer Tochter los und stürzte auf den Fremden zu.

„Strix!", entfuhr es ihrer Kehle, dass es durch den Wald hallte.

„Oh Strix, mein geliebter Strix, du bist zurückgekehrt!"

Loxia stellte das Küssen ihres Bruders ein und löste die Umarmung, um ihn frei zu geben. Verblüfft wandte dieser sich um und plumpste gleich darauf wieder einmal auf den moosigen Waldboden. Auf ihm lag Galina und küsste ihn stürmisch. Tilia starrte völlig entgeistert auf dieses Spektakel. War ihre Mutter närrisch geworden? Sie konnte doch nicht einfach einen Fremden küssen. Und der schien das auch noch zu genießen. Was fiel denen denn ein! Sie wollte sich eben angewidert von diesem ekelhaften Szenario abwenden, als ihr etwas klar wurde: Wie hatte ihre Mutter den Fremden genannt - Strix? So hieß doch ihr Vater, der vor ihrer Geburt weggegangen war. Ihr großer Held. Sie begann zu beben. Ein einziger Gedanke machte sich in ihrem Kopf breit, als sie ihre Eltern ausgelassen auf dem Waldboden herumalbern sah:

Papa ist wieder da!

Das neunte Kapitel

Alles ist anders

Zur großen Enttäuschung ihres Vaters streifte Tilia auch weiterhin durch den Wald, wie sie es immer tat. Die Tatsache, dass er wieder zurückgekehrt war, schien sie nicht im Geringsten zu beeindrucken. Sie sah ihn nicht an, ging ihm, so gut es ihr möglich war, aus dem Weg und sprach nicht mit ihm. Strix schmerzte das sehr. Jeder Versuch, den er unternahm, um sich ihr zu nähern, scheiterte an ihrer Ablehnung.

„Sie braucht noch Zeit, um sich daran zu gewöhnen, nun einen Vater zu haben", versuchte Galina ihm Mut zuzusprechen.

„Und was ist mit mir?", fragte Strix. „Ich wusste nicht einmal, dass ich Vater bin. Wie soll ich mich denn mit diesem Gedanken vertraut machen, wenn sie mir nicht die geringste Gelegenheit bietet, sie kennen zu lernen? Sie weicht mir nicht nur aus, sie lehnt mich ab. Manchmal habe ich das Gefühl, es wäre ihr lieber, ich sei überhaupt nicht zurückgekehrt. Dabei hätte ich selbst sonst was dafür gegeben, wenn mein Vater wieder zu mir nach Hause gekommen wäre. Das verletzt mich zutiefst."

Galina streichelte ihm zärtlich übers Haar.

„Sei nicht traurig. Gib ihr noch etwas Zeit, das wird schon werden", beruhigte sie ihn.

„Sei froh, wenn sie nicht so oft hier ist, denn sie kann auf die Dauer unglaublich anstrengend werden."

„Wie kannst du nur so etwas sagen?", fragte er entsetzt.

„Sie hat ein Temperament wie zwei Würfe Fuchskinder zusammen", stellte Galina lachend fest. „Das muss man erst einmal aushalten können. Daher lass uns nun einfach die Zweisamkeit genießen, solange sie schmollt. Denn ich bin sehr glücklich, dich wieder bei mir zu haben. Manchmal erschien es mir unerträglich, auch nur einen Tag länger ohne dich überstehen zu müssen. Dazu kam dann noch das schlechte Gewissen dir gegenüber. Es war einfach schrecklich!"

„Hattest du ein schlechtes Gewissen, weil du mich weggeschickt hast?", fragte Strix.

„Nein, weil ich dich weggeschickt habe, als ich bemerkte, dass ich ein Kind von dir erwarte und es dir nicht gesagt habe", gestand sie ihm.

„Warum hast du es mir verschwiegen?"

„Du wärst sonst geblieben", entgegnete sie sachlich.

„Davon ist auszugehen", brummte er.

„Und genau dafür liebe ich dich so sehr. Du bist so ein wunderbarer Mann."

„Und du eine wundervolle Frau. Du hast deine Freiheit und Unabhängigkeit aufgegeben, damit unsere Tochter im Quercusclan aufwächst. Das hättest du nicht tun müssen."

„Als du fort warst, musste ich eine Entscheidung treffen. Ich hatte dir ja versprochen, meine Freiheit für dich aufzugeben und dir in deinen Clan zu folgen, wenn du wieder zurückkehrst. Bis dahin wollte ich aber nicht in meiner alten Behausung auf dich warten. Wenn das Kind auf dieser Welt eintreffen würde, sollte es gleich eine Familie um sich haben, an die es sich in einer fernen Zukunft sicher nicht mehr so einfach gewöhnt hätte. So wuchsen Tilia und Falco wie Geschwister auf. Ich durfte mir einen Baum abseits der Dorfmitte auswählen, um für mich zu sein. Sie gestatteten mir sogar meinen extravaganten Wunsch, wieder in einem Baumhaus zu wohnen, statt eine Wohnhöhle einzurichten, wie es eigentlich üblich ist. Der Clan lässt mir alle Freiheiten die ich brauche. Es ist ein guter Clan. Ich war und bin immer noch froh, hier zu sein. Und es macht mich glücklich, dich wiederzuhabe."

„Das geht mir genauso", entgegnete er. „Ich war in Sorge, ob dir die Humanos, die sich an unserem Wasserfall niedergelassen haben, vielleicht etwas angetan hätten."

„Ach ja, die Humanos", knurrte sie. „Jeden Sommer, kurz nach der Sonnwende, bin ich seit deinem Aufbruch mit unserer Tochter zum Ort unserer ersten Begegnung gegangen, um ihr beim Baden unsere Geschichte zu erzählen. Bis sie es irgendwann nicht mehr hören wollte und sich weigerte, weiterhin mit mir dort hinzugehen. Seit diesem Tag ging ich alleine und hab von dir geträumt. Aber eines Sommers standen da diese Mühlen. Zuerst war ich wütend und wollte diesen Ort nie mehr betreten.

Ausgerechnet eine Mühle, in der sie Bäume zu Brettern zersägen, mussten sie direkt an unseren schönen Wasserfall setzen. Unerhört!", schnaubte sie.

Ohne Frage, die Tochter hat das Temperament ihrer Mutter geerbt, dachte Strix schmunzelnd.

„Ich erzählte Tilia davon. Sie war so begeistert, dass sie mich seither wieder dorthin begleitet hat."

„Was?", entfuhr es ihm, „Ist das Mädchen verrückt, sich mit den Humanos einzulassen?"

„Nun, von mir und Loxia hat sie das jedenfalls ganz sicher nicht", entgegnete Galina lachend.

„Hat Loxia immer noch so eine Abneigung gegen die Humanos?", fragte er.

„Und ob. Allerdings hat der gute Galium den bösen Fehler begangen, seiner Großnichte von dir und deinem Mut den Humanos gegenüber zu erzählen", fuhr sie fort.

Strix senkte betrübt den Blick. Das war es also, was von ihm in Erinnerung geblieben war – sein jugendlicher Leichtsinn, der ihn dazu trieb, sich mit den Humanos einzulassen. Inzwischen hatte er diesen Wahnsinn schon mehr als einmal bereut. Heute wusste er es besser. Viel besser!

Was wohl aus dem flachshaarigen Humanomädchen Liesel und ihren Eltern geworden ist?, schoss es ihm durch den Kopf. Er würde es niemals erfahren. Sie waren schon seit so vielen Generationen tot, dass sich ihre Spur längst verloren hatte.

Erschrocken fuhr er zusammen, als ihn die Stimme Galinas aus seinen Gedanken riss.

„Seither ist Tilia von dem verrückten Gedanken besessen, die Verhaltensweise der Humanos zu studieren."

„Was? Du hättest ihr das unter allen Umständen verbieten müssen!", rief Strix aus.

Galina blickte ihn mit einem Gesichtsausdruck an, den er noch nie bei ihr gesehen hatte. Sofort bereute er, so heftig reagiert zu haben. Lange schwieg sie. Er schämte sich unglaublich. Kaum kehrte er nach über achthundert Sommern wieder zu ihr zurück, fiel ihm nichts Besseres ein, als ihr falsche Erziehungsmaßnahmen vorzuwerfen. Am liebsten hätte er sich selbst dafür geohrfeigt. Um nicht noch mehr Unsinn von sich zu geben, schwieg auch er. Als sie endlich wieder zu sprechen begann, war er sehr erleichtert.

„Es war das Einzige, was dich von den anderen abhob. Was sollte sie mit der Aussage anfangen, du seist ein Auserwählter und deshalb unterwegs. Was sollte es ihr nützen, wenn niemand ihr sagen konnte, wofür du von der großen Macht auserwählt worden bist? Aber das mit deinem Mut den Humanos gegenüber konnte sie begreifen und wollte es dir gleich tun. Das konnte und wollte ich ihr nicht verbieten. Denn genau das ist es, was sie mit dir verbindet", sagte Galina. „Sie verstand auch, dass du in ein anderes Land weit entfernt von hier ziehen wolltest, um dort Humanos zu treffen. Solche, die anders sind als die hier. Die Achtung vor der Natur haben und nicht alles für sich beanspruchen, weil sie wissen, dass alles der Großen Macht gehört und nur auf Zeit an uns verliehen ist. Solche, die den Namen Baumtöter nicht verdient haben. Hast du sie gefunden?", fragte sie.

„Ja, ich habe sie gefunden", flüsterte er.

„Und waren sie so, wie du sie dir vorgestellt hast?", fragte sie.

„Zu Anfang schon, doch dann begannen sie sich zu verändern. Alles veränderte sich. Die meisten von ihnen sind genauso gewalttätig und gierig wie die Humanos hier. Und mit der Zeit wurde es immer schlimmer. Irgendwann erschienen Humanos morgenwärts über das große Wasser, wo auch ich hergekommen war. Zunächst schien alles gut, doch dann nahm das schreckliche Schicksal seinen unerbittlichen Lauf." Sein Blick wirkte plötzlich wirr und leer. Sein ganzer Körper begann heftig zu zittern. Galina spürte die Qualen die in ihm hochstiegen.

„Möchtest du mir davon erzählen?", fragte sie leise.

„Nein", gab er entschieden zurück. Als sie seine zitternde Hand ergreifen wollte, um ihn zu beruhigen, stieß er sie abrupt weg. Galina erschrak. Er konnte auf einmal keine Berührung mehr ertragen. Sie ließ ihm Zeit und Raum, sich zu beruhigen.

„Irgendwann wurde es mir zu viel. So fasste ich den Entschluss, wieder nach Hause zurückzukehren. In meiner Seele verschaffte sich das fürchterliche Gefühl Raum, meine Berufung nicht erfüllt zu haben, denn ich habe rein gar nichts bewegt", sagte er traurig.

„Das kannst du nicht wissen", entgegnete ihm Galina.

„Doch, ich weiß es und das macht mich zu einem Versager", sagte er.

Schnell drückte ihm Galina einen Kuss auf die Wange.

„Sag doch sowas nicht. Du weißt nicht, was für eine Saat du gesät hast. Und nun sei froh, wieder zu Hause zu sein, denn du wirst hier gebraucht. Die Humanos haben inzwischen nämlich endgültig den Verstand verloren. Da brauchen wir Selvas mit Erfahrung im Clan. Wir brauchen einen Clanführer."

„Na, dann bin ich aber froh, wieder daheim zu sein", entgegnete er müde. „Denn mit wildgewordenen Humanos kenne ich mich inzwischen bestens aus. Im Moment ist mir aber viel wichtiger zu wissen, was mit unserer Tochter los ist. Wird sie mir jemals die Gelegenheit geben sie kennen zu lernen?", lenkte er vom Thema ab.

„Alles zu seiner Zeit, mein Lieber. Alles zu seiner Zeit."

Das zehnte Kapitel

Sag was!

Nach seinem morgendlichen Bad stieg Strix aus dem Bach. Als er sich anziehen wollte, stellte er mit Verwunderung fest, dass seine Kleidung verschwunden war. Nackt wie er war, machte er sich auf die Suche danach. Er hatte schon irgendein Tier in Verdacht, dem seine Kleidung wahrscheinlich als gefundene Bereicherung zur Nestpolsterung diente, als seine Hose vom Baum direkt auf seinem Kopf flatterte. Schnell schlüpfte er hinein - wundern konnte er sich später. Erstmal war er erleichtert, sie wieder zu haben. Durch die Blätter des Baumes hindurch versuchte er zu erspähen, wer da oben saß. Wo hatte er so etwas schon einmal erlebt? Seine verhängnisvolle Begegnung mit Liesel fiel ihm wieder ein, wegen der er in schlimme Gewissensnöte geraten war. Damals saß aber *er* oben und bewarf sie mit Blättern und nicht mit einer Hose.

„Heda, wer ist da oben?", rief er.

Dasselbe hatte Liesel damals auch den Baum hinaufgerufen, durchfuhr es ihn. Er bemühte sich den Blick in die Vergangenheit abzuschütteln.

„Was geht's dich an?", tönte es patzig zu ihm herab. Das war damals wahrlich nicht seine Antwort gewesen. Sofort verblasste die alte Erinnerung und machte der Gegenwart Platz.

„*Mich* geht es was an, denn du hast mir meine Kleidung gestohlen. Gib mir sofort mein Oberteil zurück, du diebische Elster, sonst...", drohte er.

„Sonst was?", flötete es den Baum hinunter. „Kommst du sonst rauf und holst sie dir wieder?"

„Sag mal, du keckes Ding da oben, dich kenne ich doch!"

Die Antwort war Schweigen.

„Was ist? Hat es dir die Sprache verschlagen? Ich sagte, ich kenne dich. Los, sag was!"

Er wartete eine ganze Weile lächelnd, denn längst war ihm klar geworden, dass dies eine erste Kontaktaufnahme seitens seiner Tochter war. Nun durfte er keinen Fehler machen, dann würde alles gut. Doch wie macht man keinen Fehler, wenn man nicht weiß was richtig ist? Er wartete eine lange Zeit.

„Nein, es kann nicht sein, dass du mich kennst", tönte es endlich vom Baum herunter. „Denn du warst nicht da, als ich geboren wurde. Und auch nicht, als ich laufen lernte. Und nicht mal, als ich auf den ersten Baum geklettert bin. Du kannst mich nicht kennen, weil du ein Fremder bist."

Er verspürte einen tiefen Stich ins Herz. Seine eigene Tochter hasste ihn. Wie konnte man da noch etwas richtig machen? Anscheinend war sie nicht willens, noch etwas zu sagen, daher musste er reagieren. Aber wie? Da war guter Rat teuer. Endlich fasste er sich ein Herz und rief den Baum hinauf:

„Du bist ungerecht. Ich wusste doch nicht einmal, dass es dich gibt. Deine Mutter..."

„Lass bloß meine Mutter aus dem Spiel", schallte es zornig zu ihm herab. „Sie wollte mir immer weismachen, dass sie dir nichts von mir erzählt hat, aber das glaube ich ihr nicht."

„Warum nicht?", fragte Strix erstaunt.

„Weil sie mir auch erzählt hat, du seist gutaussehend, schlank und gepflegt, muskulös, stark, mutig und entschlossen. Ein echter Held eben. Bla, bla, bla. Das war doch auch alles nur leeres Gerede." Strix schluckte. Also dahin führte die Reise.

"Und was du nun siehst, passt so gar nicht zu dem Bild, das du dir von mir gemacht hast", stellte er, um Fassung ringend, fest.

„Pff", zischte sie verächtlich. „Sieh dir doch an, wie du aussiehst. Dieses Gestrüpp in deinem Gesicht und dieser Körperbau!"

Da stand er nun, mit bloßem Oberkörper, der leider ihrer Feststellung unbedeckt Recht gab, und schämte sich. Als er einst loszog, war er ein anderer gewesen als heute. Seine Abenteuer waren anstrengend und lebensgefährlich. Darauf war er nicht vorbereitet gewesen. Sofort nach Ende seiner Magischen Ausbildung loszuziehen gehörte nicht zu seinen besten Einfällen, die er im Leben hatte. Das war ihm längst klar geworden. Und heute musste er sich mit den Vorwürfen seiner eigenen Tochter auseinandersetzen. Die Beleidigungen einer jungen Frau ertragen, die es überhaupt nicht gäbe, wenn er sich nicht vor so langer Zeit aufgemacht hätte, um seiner Berufung zu folgen. Die uralte weise Frau des Salixclans, die ihn einst nach seinem Blitz-schlag gesundpflegte, hatte ihm das Hirngespinst in den Kopf gesetzt, er sei ein Auserwählter. Er hatte ihr von Anfang keinen rechten Glauben geschenkt. Sie war eben alt und verwirrt und mit einem Fuß schon auf der anderen Seite, da kann man sich schon mal etwas einreden oder sich einfach von seinen Wunsch-vorstellungen täuschen lassen. Er war kein Auserwählter, son-dern ein Versager, und dieser Tatsache musste er sich jetzt stellen, ob ihm das nun passte oder nicht. Seine Tochter hatte ihn in der tiefsten Seele erkannt und scheute sich nicht, ihm diese Tatsache wie Backpfeifen um die Ohren zu klatschen. Die Demütigung ging tief.

„Kannst du bitte herunterkommen, damit wir in Ruhe weiterre-den können? Oder wirf mir wenigstens mein Oberteil runter", flehte er sie an.

„Komm doch du zu mir rauf, du Superheld. Wer die Welt bereist hat wie du, der wird doch wohl auf einen Baum klettern können. Oder bist du dafür zu alt?"

So behände wie möglich, begann er den Anstieg die Buche hi-nauf, um zu seiner Tochter zu gelangen. Alsbald saß er, wieder vollständig bekleidet, neben ihr auf einem Ast im Blätterzelt.

„Na also, das war ja gar nicht so schlecht. Du hast ja doch noch nicht alles verlernt, was du mal konntest."

Das sollte wohl ein Lob sein. Sich dafür zu bedanken erschien Strix allerdings etwas zu weit zu gehen. Stattdessen fragte er:

„Woher weißt du denn, was ich mal konnte? Ich denke, ich bin ein Fremder."

„Nun, Tante Loxia und Großonkel Galium haben mir von all dei-nen Streichen erzählt. Du warst ein ganz wilder Bursche, haben sie gesagt. Und dein bester Freund, das Eichhörnchen Sciurini, hat dich immer bei deinen Abenteuern begleitet."

Strix lächelte wehmütig, bei der Erinnerung an seinen früheren Jugendfreund.

Auch schon lange tot. Alle sind sie tot und kehren nie mehr wie-der!

„Du wolltest nicht erwachsen werden, doch dann kam Großonkel Galium und hat dich Kochen und Magie gelehrt. Als du deine Grundausbildung beendet hast, bist du zu deiner großen Reise aufgebrochen. Du bist aber erstmal nicht sehr weit gekommen, weil du bald meine Mama kennengelernt hast. Danach warst du mein Leben lang weg und bist jetzt wieder da."

„Du weißt gut Bescheid", stellte ihr Vater fest. „Und nun bin ich nichts als eine riesige Enttäuschung für dich, weil ich überhaupt nicht deinen Erwartungen entspreche", setzte er zerknirscht hinzu. „Was soll ich denn tun, um dir zu beweisen, dass ich es dennoch verdient habe, dich besser kennen zu lernen?"

„Ein Anfang wäre es, wenn du dir diesen scheußlichen Bart scheren würdest. Du bist doch noch nicht so alt wie Großonkel Galium. Der darf so ein Gestrüpp im Gesicht haben. Er sitzt ja nur noch den lieben langen Tag vor seiner Wohnhöhle auf seinem Mooskissenlager und verschläft die meiste Zeit des Tages mit seinem Freund, dem Siebenschläfer Glis glis, der sich auf seinem Schoß zusammenkringelt und unter seinem Bart versteckt. Die beiden passen wirklich gut zusammen, findest du nicht? Beide haben grauweißes Haar und ihre Lieblingsbeschäftigung ist schlafen."

Vater und Tochter mussten lachten.

„Ja, Onkel Galium ist alt geworden", bestätigte Strix. „Er war aber schon immer sehr viel gutaussehender und weiser als ich. Ihm werde ich niemals das Wasser reichen können. Was tut er denn sonst so, wenn er nicht gerade ein Nickerchen macht?"

„Wenn man eine Frage hat, darf man ihn wecken. Dann gibt er Antwort. So wie ein Orakel. Ich glaube, wenn er schläft, ist sein Geist schon auf der anderen Seite und wieder jung und fidel. Wenn du was von ihm willst, musst du aber viel Zeit mitbringen. Er redet nur noch gaaaanz laaaaangsaaaam."

Wieder lachten die beiden, als Tilia ihren Großonkel imitierte. Sie konnte das wirklich gut. Das Mädel hatte Talent. Doch in Strix stiegen Bedenken auf.

„Ist es nicht gemein, wenn wir uns über unseren Ahnen lustig machen?", fragte er vorsichtig.

„Ach wo, wenn ich das vor ihm mache lacht er selbst am meisten darüber. Etwa so: Hoooo, hooo, hooo!" Sie hielt sich den Bauch und ahmte dabei sein Lachen so täuschend echt nach, dass Strix es aus alten Zeiten wiedererkannte.

„Er ist mir noch nie wegen irgendetwas böse gewesen und hat mir früher immer viele Geschichten erzählt. Die meisten natürlich über dich." Tilia lächelte verschmitzt, als sie den verunsicherten Gesichtsausdruck ihres Vaters sah. Er wusste nicht so recht, was er von dieser Aussage halten sollte. Doch sie zerstreute seine Bedenken mit einer lässigen Handbewegung. „Er hat dein Andenken immer in Ehren gehalten und war sehr dankbar, solch einen Neffen wie dich zu haben. Er hat dich immer in den blumigsten Farben geschildert. Doch jetzt möchte er nicht mehr reden. Es strengt ihn zu sehr an, sagt er. Aber das stimmt nicht ganz. Es ist nun ungefähr hundert Sommer her, da kamen einige Humanos in unseren Wald. Sie hatten alle möglichen Gerätschaften dabei und begannen alles ganz genau mit Stangen und anderem Krimskrams zu vermessen und das Ergebnis direkt im Gelände aufzuzeichnen. Dazu haben sie sogar Tische in der Natur aufgebaut, stell dir das mal vor! Onkel Galium sagte, dass die Humanos so etwas schon einmal getan hätten und zwar zu der Zeit als du geboren wurdest. Danach haben sie eine große Schneise in den Wald geschlagen und eine geschlossene Grenze mitten durch die Landschaft gebaut. Mit Palisaden, Türmen und Siedlungen. Inzwischen ist der Grenzwall schon wieder zerfallen. Sie stellen jetzt nur noch Grenzsteine mit merkwürdigen Zeichen auf, um die man herumlaufen und draufsitzen kann. Auf jeden Fall war unser Großonkel Galium felsenfest davon überzeugt, es würde wieder genau so geschehen, weil es eben damals auch so war. Aber nichts dergleichen geschah. Dennoch habe ich damals ein ganz besonderes Andenken für meine Schatztruhe voller Humanoszeug von ihnen stibitzt. Bei Gelegenheit werde ich dir meine Schätze mal zeigen, wenn du magst."

„Ich brenne darauf, diese Sachen zu sehen", rief Strix begeistert. Tilia sprach weiter: „Die Humanos lieben es, alles zu vermessen, Grenzen zu ziehen und etwas an sich zu reißen. Großonkel Galium war sehr verblüfft, dass nicht mehr geschah. Er sagte, seine Erfahrungen wären zu nichts mehr nütze, weil sich die Welt inzwischen zu sehr verändert habe. Daraufhin zog er es vor, für sehr lange Zeit ganz zu verstummen. Es hat sehr lange gedauert, ihm wieder ein paar Worte zu entlocken. Aber er redet seither nur noch das Nötigste."

„Ja, das ist mir aufgefallen. Er hat mich mit den Worten begrüßt: ‚Ah, Strix, bist du auch schon wieder da?'" Sie kicherten ausgelassen.

„Wie ist Onkel Galium denn zu seinem Freund Glis Glis gekommen?", wollte Strix wissen. Tilia freute sich, ihm eine ihrer Lieblingsgeschichten erzählen zu dürfen.

„Also das war so: In einer eiskalten Winternacht ist Onkel Galium zum Wasser lassen nach draußen gegangen. Da hat er Glis Glis im Schnee liegen sehen. Er hat ihn mit in seine warme Höhle genommen. Der kleine Siebenschläfer war nicht nur aus der Höhle gefallen, in der er mit seinen Geschwistern Winterschlaf gehalten hatte, sondern war noch dazu schwer verletzt. Eine fiese Waldmaus hatte sein Ohr angenagt. Wenn du ganz genau hinsiehst, kannst du das Eckchen entdecken, das von seinem Ohr fehlt. Hätte Onkel Galium ihn nicht gerettet und gesund gepflegt, wäre Glis Glis in dieser Nacht gestorben. Die beiden sind im Sommer unzertrennlich und verschlafen gemeinsam den lieben langen Tag. Nachts geht Glis Glis auf Nahrungssuche und versorgt damit auch den Onkel mit Früchten, Beeren, Nüssen und was er sonst noch so benötigt. Aber er braucht nicht mehr viel. Da Galium tagsüber so viel schläft ist er nun auch eher nachts wach. Er ist sozusagen nachtaktiv geworden. Wen wundert's, bei dieser Gesellschaft!" Wieder lachten die beiden. „Den Winter verschläft Glis Glis in Galiums Wohnhöhle. Und jedes Mal hoffen wir, dass sich der Onkel nicht auch mal dazulegt und einfach so, mir nichts dir nichts, die sieben Wintermonde verschläft. Und wir bekommen ihn dann nicht mehr wach, wenn wir mal eine Frage an ihn haben. Zuzutrauen wäre es ihm. Die beiden verbindet eine sehr innige Freundschaft. Manchmal kann man sie nachts plaudern hören, wobei Glis Glis sehr viel mehr redet als der Onkel. Gesucht haben sich die zwei sicher nicht, aber gefunden. Ist es nicht schön, was für Überraschungen das Leben manchmal bereithält? Da werden einem genau die Begleiter geschickt, die man braucht. Die Große Macht ist großzügig zu ihren Geschöpfen." Die Begeisterung ließ ihre Augen erstrahlen. Strix senkte den Blick, damit sie die Tränen der Rührung in seinen Augen nicht bemerkte, doch ihr entging es nicht. Wie selbstverständlich legte sie ihre Hand auf seine und streichelte über seinen Handrücken. Das Eis, welches sich um ihr Herz gelegt hatte, begann zu tauen.

„Papa", flüsterte sie zaghaft. Er wagte kaum zu atmen. So hatte sie ihn noch nie genannt. „Erzählst du mir bitte die Geschichte, wie du und Mama euch damals kennengelernt habt?"

Überrascht blickte er seine Tochter an. „Nanu, ich dachte, deine Mutter hätte dir diese Geschichte so oft erzählt, bis du sie nicht mehr hören wolltest."

„Ja, aber diese Schilderung war ja nur aus ihrer Sichtweise. Ich möchte die Geschichte aber gerne aus deiner Sicht hören. Vor allem, weil ich dich nun persönlich kenne und daher alles mit anderen Augen sehe."

Strix wollte sich seine Verlegenheit darüber nicht anmerken lassen, aber es gelang ihm nicht.

„Also schön, dann werde ich dir nun die Geschichte unserer ersten Begegnung aus meiner Perspektive erzählen, und hoffe, sie ähnelt der deiner Mutter." Er zwinkerte ihr verschwörerisch zu. Tilia erwärmte sein Herz mit einem liebevollen Lächeln. Gemeinsam tauchten sie in längst vergangene Zeiten ab, als Strix seiner Tochter zu erzählen begann:

„Wie du ja bereits weißt, machte ich mich vor etwa achthundert Sommern, am Morgen nach dem Sonnwendfest, auf den Weg in eine ungewisse Zukunft. Niemand konnte mir sagen, wohin mich diese Reise führen würde, am wenigsten ich selbst. Dem mulmigen Gefühl, das sich seit meinem Aufbruch in aller Frühe in meiner Magengegend bequem eingerichtet hatte, schien es dort zu gefallen. Unentwegt nagten quälende Zweifel an mir. Was hielt die Zukunft für mich bereit? War es nicht töricht, solch eine lange Reise anzutreten? War ich wirklich schon bereit dafür? Mit jedem Schritt wurde ich unsicherer, ob dies überhaupt die richtige Entscheidung war. Noch konnte ich umdrehen, aber was dann? Die anderen würden mich auslachen und versichern, dass sie schon immer wussten, wie närrisch dieser Aufbruch war. Nein, ich konnte nicht mehr zurück, ohne dabei mein Gesicht zu verlieren. Ich musste weiter, auch wenn mir meine Selbstzweifel die Sinne raubten und mich in die Irre führten. In Gedanken versunken bemerkte ich nicht, wie mich meine Schritte immer weiter abendwärts leiteten. Eigentlich wollte ich einfach nur geradewegs gen Mittag laufen, um bald einen Fluss zu erreichen, der mich zum nächstgrößeren Fluss führte, und der dann bis zum Großen Wasser.

In sicherer Entfernung zu einer Humanossiedlung erreichte ich einen Bachlauf, der sich in sanften Bögen seinen Weg durch den dichten Wald bahnte. Alsbald stürzte sich der Bach neben einem anderen Wasserlauf wild in die Tiefe, um dort unten mit ihm die schwungvolle Vereinigung zu feiern. In lustigem Tanz bahnten sie sich ab hier gemeinsam weiter ihren Weg durch eine schroff abfallende Schlucht talabwärts, dabei nahmen sie an Fahrt auf. Ich folgte dem gluckernden Wasser und beneidete es um seine Gesellschaft. Schon bald ergoss sich das Wasser wieder wildrauschend über eine Felskante. Diese zauberhafte Kaskade sah ich als Zeichen, hier meine erste Rast einzulegen. Ein kleiner Teich, der sich unter dem rauschenden Wasserfall gebildet hatte, lud mich zu einem erfrischenden Bad ein.

Nachdem ich mein Gepäck abgelegt hatte, entledigte ich mich meiner Kleidung, um ins bewegte Wasser zu gleiten. Ich habe eben schon immer gerne gebadet. Und anscheinend beschert mir solch ein Bad immer wieder wunderbare Begegnungen." Beide lächelten sich kurz an, bevor er weitersprach. Der Blick seiner Tochter hing an seinen Lippen. „Das Wasser war so überraschend kalt, dass ich erschrocken aufschrie. Prustend planschte ich eine Weile herum. Anschließend wälzte ich mich zum Trocknen am Ufer auf dem weichen Moosboden. Arme und Beine weit von mir gestreckt, lag ich auf dem Moosteppich. Durch das dichte Blätterdach des Waldes blinzelte ich zum blitzeblanken Sommerhimmel empor und sah den Insekten beim Tanzen zu.

‚Ach könnte ich doch für immer hier bleiben - ich liebe diesen Ort!', sagte ich laut zu mir selbst.

‚So, so...'

Hatte ich da nicht eben eine weibliche Stimme gehört? Erschrocken warf ich mir meine Kleider über und spähte in ein verworrenes Buschwerk. Ob das wohl eine Nymphe war? Auf der anderen Seite des Wassers neigte sich das Blattwerk eines Busches zur Seite. Das hübsche Gesicht einer jungen Selvafrau wurde sichtbar, die dir sehr ähnlich sah. Ihre dunklen Augen glänzten schelmisch, die Nase war lustig gebogen und ihre für eine Selva winzigen Ohren lugten spitzbübisch aus ihrem verstrubbelten Haarschopf hervor. Neckisch fielen ihr einige widerspenstige braune Haarsträhnen über die Augen, die sie immer wieder nach oben pustete. Sie wirkte fast wie ein Kind. Wahrscheinlich war sie aber in etwa so alt wie ich. Vielleicht war sie sogar ein bisschen jünger als du jetzt. Neugierig betrachtete ich, wer da durch das Gebüsch langsam Gestalt annahm. Ihre Kleidung war genauso unordentlich wie ihr Haar. Alles an ihr schien ein bisschen durcheinandergeraten und zerzaust. Schmunzelnd watete sie durch den bewegten Bach, ohne Rücksicht darauf zu nehmen ob ihr Kleid dabei nass wurde. Ihre Sammeltaschen balancierte sie anmutig auf dem Kopf, um sie und ihren Inhalt vor Feuchtigkeit zu schützen.

‚Was ist? Warum starrst du mich so an?', fragte sie.

‚Du bist eine Selva', stellte ich ein bisschen enttäuscht fest.

‚Ja, das bin ich, genau wie du. Was hattest du denn erwartet?' Das Mädchen blinzelte mir neckisch zu. ‚Etwa eine Nymphe?'

Mein Erröten erweckte ihr Interesse. Sie hatte mich sofort durchschaut.

‚Donnerlotta, du hast dir in der Tat eine Nymphe erhofft! Hast du denn schon einmal eine kennengelernt? Sie sind sehr scheu und zeigen sich nicht jedem', sagte sie geradeheraus. Ertappt senkte ich den Blick.

‚Ujujui, das sieht nach einer köstlichen Geschichte aus', stellte sie fest. ‚Komm, wir setzen uns und du erzählst sie mir, ja?'

Sie legte ihre Sammeltaschen neben sich aufs Moos. Durchnässt wie sie war, streckte sie sich auf dem weichen Lager aus. Mit einer einladenden Handbewegung forderte sie mich auf, mich zu ihr zu gesellen. Nur zögernd setzte ich mich neben sie. Ich fühlte mich nicht besonders wohl in meiner Haut. Sie erwartete doch nicht etwa allen Ernstes, dass ich ihr jetzt die Geschichte meiner Begegnung mit der Nymphe erzählte? Da könnte sie lange warten."

Strix hielt in seiner Erzählung inne. Er war unsicher, ob er seiner Tochter diese Geschichte wirklich so ausführlich erzählen sollte. Verlegen räusperte er sich. Wie sehr wohl Galina bei ihrer Erzählung ins Detail gegangen war? Leider konnte er sie nicht danach fragen, daher erzählte er weiter:

„Den Kopf auf ihre Hände gebettet, wandte deine Mutter mir ihr Gesicht zu und fragte:

‚Was ist? Ich bin ganz Ohr, was du mir zu berichten hast. Ich liebe außergewöhnliche Geschichten.' Ich schwieg. Eine Zeit lang war nur das Rauschen und Gluckern des Wassers zu hören, bis Galina sagte:

‚Mir gefällt dieser Ort auch sehr gut, deshalb lebe ich hier und nicht in irgendeinem Clan.' Durch diese Aussage fand ich meine Sprache wieder.

‚Was, du lebst in keinem Clan? Das glaube ich dir nicht', entfuhr es mir.

‚Ja', entgegnete sie, ‚ich genieße dieses freie Leben. Es lässt mir Luft zum Atmen, verstehst du? Ich brauche meine Freiheit, sonst ersticke ich.'

‚Wer bist du?', fragte ich. Statt einer Antwort stupste sie mir mit dem Zeigefinger auf den Brustkorb.

‚Sag mir erst, wer du bist.' Ich sah ihrem Finger dabei zu, wie er nicht aufhören wollte auf meine Brust zu pieken.

‚Ich bin Strix aluco vom Quercusclan, doch jetzt sag mir, wie du heißt.'

‚Seit ich hier lebe, nennen sie mich Galina. Wie ich vorher hieß, habe ich vergessen. Ist ja auch nicht wichtig.'

‚Das ist ein wunderschöner Name', sagte ich, ‚Ich weiß nur nicht so recht, ob er wirklich zu dir passt.'

‚Vielen Dank für das Kompliment', stellte sie schmunzelnd fest, „Aber fang jetzt endlich mit deiner Nymphengeschichte an, sonst platze ich noch vor Neugier!'"

Wieder hielt er in der Erzählung inne. Er erröte, genau wie er es damals bei Galina getan hatte, und fragte sich, genau wie damals, was er jetzt tun sollte. Flüchten war heute wie damals keine gute Lösung, es ihr einfach erzählen noch eine viel schlechtere. Er entschloss sich daher, Tilia die Geschichte einfach weiter so zu erzählen, wie es sich einst zugetragen hatte:

„‚Du wirst dich in deinen nassen Sachen noch erkälten', versuchte ich Galina vom Thema abzulenken.

‚Soll ich sie ausziehen?' Sie schickte sich an ihr Kleid abzustreifen.

‚Nein, bloß nicht!', rief ich erschrocken.

‚Na gut, dann lass ich sie eben an.' Lag da etwa Bedauern in ihrer Stimme?

‚Aber ein wenig schade finde ich es schon', fügte sie mit einem schalkhaften Lächeln hinzu. Ihre Offenheit erschütterte mich."

Tilia kicherte kurz, dann lauschte sie weiter neugierig den Worten ihres Vaters.

„Ich bemühte mich erneut um ein unverfänglicheres Gespräch.

‚Was hast du in deinen Taschen?', fragte ich sie, ‚Ich hab einen Bärenhunger auf Beeren. Sind da welche drin?'

‚Nein, ich hab nur Steine gesammelt, die ich nachher in den Teich werfen möchte.' ‚Wirklich?' Ich glaubte ihr tatsächlich jedes Wort.

‚Natürlich nicht! Du glaubst wohl jeden Blödsinn, den man dir erzählt.'

‚Dir trau ich einfach alles zu', gab ich wahrheitsgemäß zurück. Was für eine unmögliche Frau sie war. Die würde mich sicher nicht auf meinem Weg weiterbringen. Eigentlich war es reine Zeitverschwendung, mich mit jemandem wie ihr überhaupt abzugeben. Mit einem empörten Kopfschütteln drückte ich daher meinen Unmut aus. Sie merkte natürlich sofort, was mit mir los war.

‚Was ist? Hast du ein Problem mit mir?', fragte sie.

‚Allerdings', gab ich zu und erschrak dabei über meine eigene, schroffe Antwort. Doch sie lachte nur.

‚Und ich dachte, du seist nicht so engstirnig und verklemmt wie so manch anderer. Schließlich hast du dich sichtlich wohlgefühlt, als du dich den Wonnen deines Bades hingegeben hast.'

Da erschrak ich. ‚Wie lange hast du mich schon beobachtet?', fragte ich.

Sie grinste breit. ‚Lange genug, um zu erkennen, dass du Wert darauf legst, deinen Körper in Form zu halten und dich dem Genuss hingeben kannst.'"

Wieder kicherte Tilia.

„Mit schweißnasser Stirn wand ich den Blick von ihr ab. Sie wollte mich reizen, was ihr vortrefflich gelang. Kaum merklich rückte ich ein wenig weiter von ihr weg. Das schien sie aber nicht zu stören. Sie setzte sich auf, um näher an mich heran zu rutschen. Ehrlich gesagt gefiel mir dieses Gefühl der körperlichen Nähe. Ihr Gesicht war jetzt ganz nah vor meinem. Ich roch ihren frischen Atem, der einen zarten Duft von Wasserminze verströmte. Galina schien mir direkt in die Seele zu blicken. Mich durchlief ein Prickeln. Sie zog eine ihrer Sammeltaschen zu sich, ohne ihren Blick von mir zu wenden.

‚Du hast also einen Bärenhunger auf Beeren? Da kann ich Abhilfe schaffen', sagte sie. Geschwind zupfte sie ein Blatt von einem Busch, wobei sie sich bei ihm dafür entschuldigte. Darauf richtete sie die Beeren mit verschiedenfarbigen Blüten dekorativ an. ‚Greif zu', lud sie mich dann ein.

‚Das hast du aber liebevoll gerichtet. Ich danke dir.'

Vergnügt sah sie mir beim Essen zu.

Nachdem ich mein Mahl beendet hatte, streckte sie sich wieder flach auf dem Moosteppich aus. Diesmal legte ich mich zaghaft neben sie. Den Kopf in die Handfläche des aufgestützten Arms gebettet, betrachtete ich sie nachdenklich.

‚Du bist eine sonderbare Frau, weißt du das?', fragte ich sie.

‚Ja, so ab und zu hat mir das schon jemand gesagt', war ihre Antwort.

‚Du erinnerst mich ein bisschen an mich, bevor ich meine magische Ausbildung begann.' Sie zuckte nicht mit der Wimper.

‚Was ist, willst du mich nicht fragen wie ich als Mann zur Magie komme?', fragte ich sie.

‚Nein', sagte sie schlicht.

‚Ja, aber ich dachte...'

‚Du denkst eindeutig zu viel, mein lieber Strix. Das ist nicht gut für deinen Kopf.'

Sie tippte sich mit dem Zeigefinger auf die Stirn. ‚Kopfschmerzen – du verstehst?'

Ich verstand mittlerweile überhaupt nichts mehr, daher schwieg ich verwirrt.

‚Du hast nicht nur eine magische Ausbildung erhalten, sondern auch mehrere Initiationen durchlaufen.' Mit ihrem Zeigefinger strich sie zunächst sacht über die fast verheilten Narben meiner Handflächen, die vom Blitzschlag herrührten. Danach fuhr sie, wie selbstverständlich, die Umrisse meiner Salamander-Tätowierung auf meinem Oberarm nach.

‚Du weißt viel, mein Lieber, aber du weißt noch viel mehr nicht. Du denkst, ich sei etwas besonders und du nicht.' Ihre Stimme war nur noch ein Flüstern. Ich musste noch näher an sie heranrücken, um ihre Worte verstehen zu können.

‚Erst wenn du erkannt hast, was für eine Kraftverschwendung es ist, sich gegen dein Anderssein zu wehren, wirst du mehr erfahren. Du hast die körperliche Liebe erlebt und dennoch bist du unerfahren.‘

Ihr tiefer Blick in meine Augen trieb mir erneut Schweißperlen auf die Stirn.

‚Du brauchst mir dein Erlebnis mit der Nymphe in der Heiligen Quelle nicht zu erzählen, ich weiß Bescheid.“ Verzweifelt presste ich meine Lippen zusammen.

‚Oh, es tut mir leid.‘ Es lag ehrliches Bedauern in ihrer Stimme.

‚Du bist so ein lieber Bursche, und ich hab nichts anderes zu tun, als dich in Verlegenheit zu bringen. Es ist eben meine Art, die Leute ein bisschen mit ihren Schwächen aufzuziehen. Wer es wagt, gibt es mir zurück. Das ist ein lustiges Spiel.‘

Nun erwachte ich aus meiner Erstarrung.

‚Du hast Schwächen, das glaube ich dir nicht“, sagte ich.

Galina lächelte milde.

‚Du glaubst so vieles nicht, mein Lieber - zu vieles.‘

‚Du bist eine weise Frau‘, entfuhr es mir erstaunt.

‚Vielleicht bin ich das, vielleicht auch nicht.‘

‚Doch, du bist eine weise Frau, das kann ich jetzt ganz deutlich spüren.‘

‚So – du kannst es also spüren. Na endlich hast du dich für mich geöffnet. Wovor hast du solche Angst, doch nicht etwa vor mir?‘

Ich blickte ihr tief in die Augen. ‚Du bist zu jung für eine weise Frau.‘

‚Ach, bin ich das?‘, entgegnete sie. ‚Gebe nicht zu viel auf Äußerlichkeiten oder das Alter. Wen interessiert das schon?‘ Diesmal tippte sie mit dem Zeigefinger auf meine Stirn. ‚Und hör auf so viel zu denken, das bekommt dir nicht.‘

Ich fühlte mich schon wieder von ihr ertappt. In der Tat brummte mir der Schädel von all den verwirrenden Eindrücken, die mir diese seltsame junge Frau bescherte.

‚Ruh dich aus. Ich werde dir solange einen Schlüsselblumentee brauen, damit deine Kopfschmerzen erträglicher werden.‘ Mit diesen Worten verschwand sie mit ihren Sammeltaschen im Blätterdach einer großen Buche, die ganz in der Nähe stand, und ließ mich mit mir allein.

Bei ihrer Rückkehr fand sie mich dösend vor. Sie kniete sich neben mich und strich wieder sanft über meine Initiationstätowierung. Nur widerwillig öffnete ich die Augen.

‚Ich dachte, du würdest dich aus dem Staub machen, solange ich weg bin', sagte sie.

‚Das hatte ich auch vor', gestand ich ihr, ‚aber dann hat mich die Erschöpfung übermannt. Die Anstrengungen der letzten Tage haben mich ermüdet.'

‚Ich bin froh, dich noch hier vorzufinden.' Sanft lächelte sie mich an, während ich mich aufsetzte, um den Teebecher aus ihrer Hand entgegenzunehmen. Das Gebräu wärmte mir Körper und Herz.

‚Es wird langsam dunkel', sagte sie.

‚So werde ich mein Ziel nie erreichen', stellte ich traurig fest.

‚Hast du es denn so furchtbar eilig, an dein Ziel zu kommen?'

‚Natürlich. Deshalb bin ich doch aufgebrochen', antwortete ich.

‚Aha!' Galinas Augen bekamen wieder diesen lustigen Glanz.

‚Gibt es denn einen anderen Grund zu reisen, als rasch ans Ziel zu kommen?', fragte ich.

‚Ist der Weg nicht mindestens genauso wichtig wie das Ziel?', stellte sie mir eine Gegenfrage.

‚Ich weiß nicht - sag du es mir', entgegnete ich.

‚Denk mal drüber nach', erwiderte sie, ‚doch jetzt komm.'

Sie stand auf und streckte mir ihre Hand entgegen, um mir beim Aufstehen behilflich zu sein. Ich drückte ihr nur den leeren Becher in die Hand und erhob sich mühsam alleine.

‚Soll ich dir etwas tragen helfen? Du siehst blass aus', bot sie mir an.

‚Nein, nein, es geht schon. So schlecht geht es mir nun auch wieder nicht', entgegnete ich ihr. Ich hatte ihre liebevolle Geste gründlich missverstanden. Umständlich hängte ich mir meine Sammeltaschen um und setzte den Rucksack auf den Rücken. Schwer stützte ich mich auf meinen Wanderstab, der mich vor dem Umfallen bewahrte.

‚Wohin bringst du mich?', fragte ich sie, in der Hoffnung, sie würde meine Schwäche nicht bemerken.

‚In mein Zuhause. Dort ist es gemütlich. Keine Angst, ich werde dir schon nichts tun. Es ist gleich hier. Soll ich dich stützen?'

Sie bot mir ihren Arm als Halt an. Dankbar hakte ich mich nun doch unter, um mich zu ihrer Buche führen zu lassen. Ich hatte noch nie zuvor einen Selva kennengelernt, der nicht unter den Wurzeln eines Baumes in einer Wohnhöhle, sondern, von einem Laubdach vor neugierigen Blicken geschützt, in einem Baumhaus lebte."

Tilia saß noch immer andächtig neben ihm auf dem Ast, als er seine Geschichte beendet hatte. Strix war etwas nervös, weil sie nichts dazu sagte. Daher brach er das Schweigen:

„Und, ist die Geschichte so ähnlich wie sie dir deine Mutter erzählt hat?", fragte er. Tilia grinste schelmisch. „Das mit der Nymphe hat sie mir nie erzählt."

Strix verdrehte ächzend sie Augen. Da hatte er sich, seit langer Zeit mal wieder, völlig unnötig, um Kopf und Kragen geredet.

"Aber es war sehr interessant!", stellte Tilia strahlend klar. „Dafür brauchst du dich doch nicht zu schämen."

Auch sie las offensichtlich in ihm wie in einem offenen Buch.

Das elfte Kapitel

Humanoszeug

Weit vor Sonnenaufgang hatte Tilia bereits das Baumhaus verlassen, in dem sie zum ersten Mal seit der Rückkehr ihres Vaters wieder geschlafen hatte. Sie wollte den Sonnenaufgang beobachten, der sich merkwürdig gewandelt hatte, seit ihr Vater zurückgekehrt war. Ihr war nicht klar, ob diese beiden Ereignisse in irgendeinem Zusammenhang standen. Sie hatte aber auch keine Lust, sich deshalb den Kopf zu zerbrechen. Der Himmel hatte sich verändert. Er wirkte irgendwie neblig, aber normaler Nebel war eher grau oder weiß und feucht. Dieser trockene Nebel machte stets einen traurigen Eindruck. Am Tag blieb der Himmel lichtblau, ins Gelbe spielend. Die Sonne erschien durch ihn morgens beim Aufgang und abends beim Niedergang strahlenlos wie die Mondscheibe, jedoch viel größer und hochrot gefärbt. Die Morgen- und Abendröte verbreitete sich dabei sehr weit über den Horizont. Bei heiterstem Wetter konnte man die Sonne von morgens bis abends meist nicht sehen, und wenn doch, erhielt sie durch den Nebel ein düsteres, ja geradezu fürchterliches, blutrotes Aussehen. Die Sonnenstrahlen waren nicht in der Lage, den Nebel zu verdünnen oder zu vertreiben. Die Wälder erschienen in einiger Ferne lichtblau, ins Graue übergehend. Alle Dinge zeigten sich weiter weg als sie waren und so undeutlich, dass man ihre Umrisse nicht unterscheiden konnte. Die Hitze war groß, und es fielen selten Tau oder Regen. Es herrschte Trockenheit, gleichzeitig war die Luft aber fast ständig schwül und drückend. Immer wieder gab es mal ein heftiges Gewitter mit ungewöhnlich vielen Blitzen, man konnte jedoch durch den merkwürdigen trockenen Nebel selbst bei Gewitter keine Wetterwolken sehen. Auch der stärkste Wind schaffte es nicht, den Nebel zu vertreiben. Dies alles war unerklärlich. Dennoch wurde Tilia den Eindruck nicht los, als ginge dieses Wetterphänomen an den Erwachsenen völlig vorüber. Sie waren einfach zu sehr mit sich selbst beschäftigt.

An diesem Morgen wollte Tilia mit ihrem Vater ihren ersten gemeinsamen Erkundungsstreifzug unternehmen. Nach einem weiteren spektakulären Sonnenaufgang betrat sie daher das Baumhaus, um ihn abzuholen. Er begrüßte sie mit einem fröhlichen „Guten Morgen!" Als sie eben seinen Gruß erwidern wollte, hielt sie verdutzt inne. Ihre Augen leuchteten bei seinem Anblick auf.

„Aaah - so gefällst du mir schon viel besser, Papa!"

Sie streichelte ihrem Vater über die glattrasierten Wangen und drückte ihm einen schmatzenden Kuss darauf. „Das lässt dich doch gleich um ein paar hundert Sommer jünger wirken", stellte sie strahlend fest.

„Meinst du wirklich?", fragte Strix etwas verunsichert.

„Na klar, du siehst um Welten besser aus ohne dieses Gestrüpp, das dein Gesicht verbirgt. Das hat dir doch Mama bestimmt auch schon gesagt, oder etwa nicht?"

„Ja, sie war derart angetan von deinem Vorschlag, dass sie mir sogar beim Scheren geholfen hat", gab er beschämt zu.

„So ist es recht!" Begeistert klatschte seine Tochter die Hände.

„Zugegebenermaßen ist es auch sehr viel angenehmer, in diesem ungewöhnlich heißen Sommer nicht solch ein dickes Fell im Gesicht herumtragen zu müssen. Danke für diesen Vorschlag. Da sage noch einer, die Jugend hätte keinen guten Einfälle." Er hatte also doch bemerkt, dass mit dem Wetter etwas nicht stimmte. Sieh an - sie hatte ihn wohl unterschätzt. Tilia deutete lächelnd eine Verbeugung an.

„Es war mir ein Vergnügen!"

Galina beobachtete glücklich die Annäherung der beiden.

„Und weißt du was? Du hast auch Falco mit deiner Rückkehr beglückt", erklärte Tilia ihrem Vater, der sie verwundert anblickte.

„Tante Loxia hat ihn vor langer Zeit dazu verdonnert, mich wegen meiner ‚Humanos Operationen' nicht mehr aus den Augen zu lassen. Der Ärmste wurde damit für etwas bestraft, was ganz klar immer nur ich vermasselt habe. Mütter können ja so ungerecht sein!"

Strix lachte über diese Bemerkung, während Tilia schon fort-fuhr:

„Ausgerechnet nach jener Nacht, als er sich geschworen hatte, niemals mehr mit mir irgendwo hinzugehen, sollte er mich von nun an auf Schritt und Tritt überwachen. Aber das schafft er freilich nicht. Ich entwische ihm immer wieder, oft sogar tage-lang. Er hat ja nicht die geringste Ahnung, wie ausgedehnt mein Revier ist. Auf jeden Fall ist er ganz bestimmt froh, dass *du* mich jetzt im Auge behältst und er dadurch von mir erlöst ist. Ich frage mich, was er mit seiner neu gewonnen Freiheit anfangen wird. Sicher ist ihm jetzt schon langweilig ohne mich. Erst ges-tern bin ich ihm wieder erfolgreich entwischt, um dich beim Baden zu beobachten. Genauso, wie Mama es am Tag eurer ers-ten Begegnung getan hat."

Sie zwinkerte ihrer Mutter verschwörerisch zu.

„Sie hat mir aber, im Gegensatz zu dir, nicht die Kleider gestoh-len!", warf Strix ein.

„Aber sie hat darüber nachgedacht." Tilia lachte fröhlich über sein verdutztes Gesicht. Strix sah Galina an, die nun ihm zu-zwinkerte.

„Das ist doch nie und nimmer wahr!", rief er fassungslos.

„Oh doch, das ist es", entgegnete ihm seine Tochter. „Sie hat es dir nur nie verraten." Galinas spitzbübischer Blick betätigte ihre Aussage. Der entgeisterte Strix hörte die Stimme seiner Tochter schon weiterschwatzen: „Und als ich dich so selig planschen sah, dachte ich mir: Was sie damals versäumt hat, hole ich heute nach!"

Strix schüttelte lachend den Kopf über diese verrückten Frauen. Er wollte nur noch das Thema wechseln, weil er die Welt nicht mehr verstand.

„Sag mir bitte, was ich mir unter einer ‚Humanos Operation' vor-stellen soll", fragte er daher seine Tochter.

„Dazu müssen wir aber das Baumhaus verlassen." Sie warf ihrer Mutter einen vielsagenden Blick zu. „Das ist nämlich streng ge-heim!" Strix versuchte aus Galinas Verhalten zu deuten, ob sie tatsächlich nichts davon wusste, aber es gelang ihm nicht. Sie ließ die beiden seelenruhig von dannen ziehen, um sich ihren täglichen Aufgaben zu widmen.

Strix folgte Tilia zu einem Bach, an dessen Ufer sie Platz nahmen, um ihre Füße zur Erfrischung ins plätschernde Wasser zu stecken.

„Wie gesagt sind ‚Humanos Operationen' streng vertraulich. Nur Falco hat mich immer begleitet und dabei so getan, als interessiere er sich für die Technik der Humanos, doch in Wirklichkeit hat er auf mich aufgepasst, der Gute. Er ist mein Seelenbruder, weißt du? Ich darf ihm nur nicht zeigen, wie gern ich ihn habe, sonst wird er noch eingebildeter, als er es sowieso schon ist. Er ist nämlich unglaublich klug und so diszipliniert wie seine Mutter. Wenn er sich weiter so gut hält, schafft er es wahrscheinlich sogar irgendwann, der erste männliche Weise des Clans zu werden. Das Zeug dazu hätte er. Er und Tante Loxia haben sich immer und in jeder Lebenslage voll unter Kontrolle und gehen keine unnötigen Risiken ein. Loxia hat sich sofort von Anthus getrennt, als Oxalis sich entschloss, zur Großen Macht zurückzukehren, und ihr daher das Amt der weisen Frau übergab. Stell dir vor, bloß weil sie dadurch vielleicht in einen Interessenskonflikt geraten könnte, wenn sie als weise Frau verheiratet ist, hat sie ihren Mann in den Fagusclan zurückgeschickt! So verlor Falco seinen Papa schon als ganz kleiner Bub. Er war noch viel zu jung, um sich überhaupt an ihn zu erinnern. Deshalb musste er, genau wie ich, vaterlos aufwachsen. Nur weil seine Mutter das als ihre Pflicht ansah. Ist das nicht unglaublich?"

Strix krampfte sich der Magen zusammen. Loxia hatte ihr Leben der Pflichterfüllung und Disziplin verschrieben, da blieb kein Platz für Gefühle.

„Sie hat Angst davor, ihre Beherrschung oder ihren Verstand zu verlieren, wie einst eure Mutter, als euer Vater fortging und nie mehr zurückkehrte. Sie sagt, die Schwermut liegt bei uns in der Familie, da kann man nicht vorsichtig genug sein. Also, wenn ich sowas höre, werde ich auch gleich ganz schwermütig." Sie seufzte tief, bevor sie weitersprach. „Aber nach wie vor fürchtet sie sich am meisten vor den Humanos. Dabei verschließt sie die Augen vor der Realität. Es gilt doch, die Humanos zu erforschen, indem man beobachtet, was sie so treiben. Man muss prüfen, wie mit ihnen auszukommen ist, wenn sie den restlichen Wald weggeschafft haben und wir dann zu ihnen ziehen müssen. Denn in den Schoß der Großen Mutter möchte ich noch lange nicht zurückkehren, dafür liebe ich mein Leben viel zu sehr.

Daher habe ich schon ein paar Dinge ausprobiert."

Strix schluckte. Seine Tochter war offensichtlich um klare Vorstellungen, Aussagen und den Mut zur Umsetzung in die Tat nicht verlegen.

„Das ist bisher immer gut gegangen. Und sicher wäre es auch weiterhin gutgegangen, wenn ich in jener Nacht nicht auf den idiotische Gedanken gekommen wäre, dieses stinkende Gebräu zu probieren, das die Humanos ständig in sich hineinkippen, bis sie nicht mehr gerade laufen können."

„Du hast das doch nicht wirklich getrunken!", entfuhr es Strix.

„Doch natürlich. Hat gar nicht schlecht geschmeckt. Man muss schließlich Opfer bei der Erforschung anderer Geschöpfe bringen. Da kommt man manchmal um einen Selbstversuch nicht herum", erklärte sie altklug.

„Und was war das Ergebnis dieses Versuchs?", wollte ihr Vater wissen.

„Das da!" Sie zeigte auf ihre unnatürlich rosa leuchtenden Haarspitzen. Strix hätte nie gewagt, sie danach zu fragen, und Galina wollte ihm diese Frage nicht beantworten.

„Deine rosa Haarspitzen?", fragte er überrascht.

„Die Haarspitzen sind der unbedeutende Rest dessen, was damals tatsächlich mit meinem Haar geschah. Es hat viele Sommer lang geleuchtet wie eine rosafarbene Laterne. Von der Nacht selbst weiß ich nicht mehr viel. Naja, eigentlich nur das, was mir Falco danach erzählt hat. Als ich am nächsten Morgen erwachte, dröhnte mir ganz fürchterlich der Schädel, und ich musste mich ständig übergeben. Falco hat mich den ganzen Weg nach Hause gestützt, weil ich immer noch nicht geradeaus laufen konnte. Und immer wieder mussten wir anhalten, wenn sich mir wieder der Magen umstülpte. Ich glaube, mir war in meinem ganzen Leben noch nie so schlecht!" Sie lachte leise. „Das mit der Nacht im Wald, dem verdorbenen Magen und dem brummenden Kopf hätte ich zu Hause ja noch irgendwie erklären können, aber diese Farbe nicht. Es gibt in der Natur keinen Stoff, mit dem du das Haar so heftig und dauerhaft verfärben kannst. Also konnte nur Humanoszeug im Spiel sein, denn die machen ja bekanntlich keine halben Sachen."

Sie grinste breit.

„Und war es das?"

„Natürlich war es das und noch ein paar Dinge mehr", sagte sie.

„Was denn für Dinge?"

„Eine Prise Magie und ein verlorener Verstand", erklärte sie ihm.

„Nun, das ist meiner Erfahrung nach ein unseliges Gemisch."

„Das stimmt allerdings", gab sie ihm Recht.

„Wie genau es dazu kam, weiß ich aber nun immer noch nicht. Möchtest du es mir irgendwann erzählen?", fragte er.

„Das ist eine lange Geschichte!"

„Nun, ich habe nichts anderes vor", erwiderte er lächelnd. Tilia nahm ihn an der Hand, was ihm einen leichten Schauer der Rührung über den Rücken jagte.

„Komm", raunte sie ihm geheimnisvoll zu. „Ich werde dir mein persönliches Geheimversteck zeigen, von dem absolut niemand weiß. Du wirst der Erste sein, dem ich anvertraue, wo ich mein Humanoszeug aufbewahre. Da sind jede Menge schöne Dinge, und zu jedem gibt es eine ganz eigene Geschichte."

„Ich bin schon sehr gespannt darauf", flüsterte er bewegt, „und fühle mich überaus geehrt." Sie erhoben sich.

„Das kannst du auch sein", entgegnet sie schmunzelnd und zog ihn an der Hand hinter sich her, um ihm den Weg zu weisen.

Das zwölfte Kapitel

Geheimnisse

urz bevor sie ihr Ziel erreichten, hielt Tilia im Lauf inne. „Hier ist es", flüsterte sie. Strix blickte sich suchend um, konnte aber nichts außer dichtes Gestrüpp und Unterholz entdecken.

„Kannst du es sehen?", fragte ihn seine Tochter geheimnisvoll.

„Ich sehe nichts als das, was in einen ordentlichen Wald gehört. Pflanzen und Insekten, die darin herumschwirren. Bist du sicher, dass wir hier richtig sind?"

Tilia lächelte triumphierend. „Oh, ja, da bin ich mir todsicher!"

Mit einer eleganten Handbewegung, die verriet, dass sie das hier nicht zum ersten Mal machte, schob sie die dichte Laubschicht des Unterholzes zur Seite und gebot ihrem Vater mit einer einladenden Geste ihrer freien Hand, den dadurch entstandenen Durchgang zu durchschreiten. Nun war sie mindestens genauso aufgeregt wie er, denn niemals hätte sie es für möglich gehalten, jemanden hierher mitzunehmen. Strix folgte ihrer Anweisung und durchschritt leicht geduckt den Eingang. Seine Tochter huschte flink hinter ihm her und ließ den Laubvorhang zufallen. Fassungslos starrte Strix auf den Anblick, der sich ihm bot. Direkt vor ihnen befand sich ein ruiniertes Gebäude, das früher Humanos bewohnt hatten. Die Mauerreste zeugten von einem verlassenen Wohnhaus, das einstmals sicher zu einem Hof gehörte. Brombeerranken und Efeu hatten sich auf dem eingefallenen Gebäude ausgebreitet und bereits einen großen Teil dessen zurückerobert, was die Menschen einst der Natur mühsam abgerungen hatten. Ungefähr die Hälfte des ursprünglichen Daches war noch vorhanden. In der anderen Hälfte hatte sich eine Birke dazu entschlossen heranzuwachsen, die bereits über die Öffnung des fehlenden Dachs hinausragte. Das Haus musste schon vor geraumer Zeit aufgegeben worden sein. Strix pfiff beeindruckt durch die Zähne.

„Donnerwetter, Mädchen – das ist ja unglaublich!"

Seine Anerkennung erfüllte sie mit Stolz. „Gell, das ist sagenhaft! Und das alles gehört mir, denn ich habe es entdeckt. Hier findet mich und meine Schätze niemand und schon gar nicht der arme Falco. Herzlich willkommen in meiner ,Humanos Festung'!" Entschlossen schob sie ihren Vater durch den leeren Türrahmen, an dessen verrosteten Angeln nur noch die kläglichen Reste einer Holztür herabhingen. Im Inneren hatte sich Tilia unter den Überbleibseln des Daches ein gemütliches Lager eingerichtet. Eine von den Menschen zurückgelassene schwere Holzkiste mit rostigen Scharnieren stand vor Wind und Wetter geschützt unter dem Dach in der Ecke zweier Wände. Sie wirkte erstaunlich gut erhalten. Tilia bot ihrem Vater eine aus Moos gebaute Sitzgelegenheit an und setzte sich selbst auf den Boden vor die Kiste. Sie zog die Knie zur Brust und schlang ihre Arme darum.

„Leider kann ich dir keinen Kräutertee anbieten, weil ich keine Kochstelle besitze. Wenn ich hier Feuer machen würde, ließe der Besuch von Humanos sicher nicht lange auf sich warten, daher lasse ich es lieber sein. Ich könnte uns aber frisches Wasser aus der nahen Quelle holen. Es ist so furchtbar heiß, da kann man schon einen kühlen Tropfen vertragen, zumal wir ja nicht vorhaben, so schnell wieder nach Haus zu gehen." Sie kramte kurz in einem halb zerfallenen Schrank herum und zog einen Steinkrug hervor, dessen Henkel abgebrochen war. Strix wunderte sich über seine Größe.

„Ist der auch von den Humanos?", fragte er.

„Na klar", entgegnete Tilia leichthin, „alles hier stammt von den Humanos. „Ich bin gleich wieder da." Sie erhob ermahnend den Zeigefinger. „Nichts anfassen und nicht weglaufen, hörst du! Du bist mein ersten Gast und daher wertvoll."

Strix errötete, während sie schon mit dem Krug aus dem Haus flitzte. Langsam stand er auf, um sich an diesem bemerkenswerten Ort umzusehen. Viel hatten die Humanos nicht zurückgelassen. Weshalb sie diese Behausung wohl aufgegeben hatten? Darüber konnte er nur spekulieren und das führte ja bekanntlich sowieso zu nichts, daher konnte er es auch gleich sein lassen. Noch ehe er diesen außergewöhnlichen Unterschlupf ganz inspiziert hatte, trat Tilia mit dem gefüllten Krug wieder ein. Strix streckte eben seine Hand aus, um die weiße Rinde der Birke zu berühren. Irgendwie glaubte er, mit dieser vertrauten Geste seine

Nerven beruhigen zu können. So ganz allein fühlte er sich nicht besonders wohl an einem Ort, den einst Menschen bewohnt hatten. Tilias Anwesenheit beruhigte ihn sofort. Sie stellte den Krug auf den Boden. Flink kletterte sie auf die Kiste und stellte sich auf einen der seitlichen Griffe, mit denen man sie transportieren konnte. Mit enormer Kraftanstrengung hob sie schwungvoll den Deckel der Truhe, die sich knarzend öffnete. Sie kramte ein wenig darin herum und zog alsbald zwei kleine, dunkelgrüne Becher mit Fuß hervor. Auf der Wandung befanden sich vier aufgesetzte Nuppen, darüber war eine Art Faden aus demselben Material aufgelegt. Vorsichtig wischte Tilia die Becher mit ihrem Kleid ab und füllte sie mit frischem Quellwasser. Feierlich reichte sie ihrem Vater einen der Becher mit den Worten: „Pass auf, die sind sehr zerbrechlich und unheimlich wertvoll."

Strix wagte kaum, den Becher zu berühren.

„So ein Material habe ich noch nie zuvor gesehen, was ist das?", fragt er verwirrt, während er über die Nuppen strich.

„Die Humanos nennen es „Waldglas". Das haben sie vor langer Zeit in dem nahen Dorf abendwärts von hier hergestellt. Davon erzähle ich dir später auch noch ausführlich. Normalerweise hole ich diese Kostbarkeiten nur heraus, um sie zu bestaunen und im Sonnenlicht zu drehen. Aber heute ist ein besonderer Tag, und zu diesem Anlass passen sie sehr gut, denn nun erheben wir die Becher auf deine Rückkehr!" Tilia erhob ihren Becher, ihr Vater tat es ihr gleich.

„Die Humanos machen das so, das habe ich von ihnen abgeschaut. Sie nennen es ‚einen Trinkspruch ausbringen'. Also dann – auf uns!"

Strix trank aus dem ungewöhnlichen Becher und wusste nicht, ob er wachte oder träumte, so grotesk erschien ihm diese Zeremonie. Nach diesem Ritual nahm ihm seine Tochter den Becher wieder ab, wischte beide trocken und verstaute sie erneut sorgfältig in der Kiste. Den Rest des Wassers wollte sie abwechselnd mit ihm direkt aus dem Krug trinken.

Sie erzählte ihm ausführlich von der Glashütte und von ihren zahlreichen Abenteuern, die sie dort erlebt hatte. Zwischendurch kramte sie aus der Kiste kobaltblaue, viereckige und runde Glasstangen und Perlen hervor, die sie ebenfalls aus der Glashütte entwendet hatte. Strix kam aus dem Staunen nicht mehr heraus.

Wunderdinge, die er noch nie zuvor gesehen hatte, befanden sich im Besitz seiner Tochter, die ganz offensichtlich eine fleißige Sammlerin besonderer Gegenstände war. Sie bewies einen ausgezeichneten Geschmack und eine gehörige Portion Furchtlosigkeit. Je mehr Strix von seiner Tochter erfuhr, desto beeindruckter war er von ihr. Sie zeigte ihm allerlei, was sie von den Menschen stibitzt hatte und das bisher niemals ein anderer Selva zu Gesicht bekam.

„Schau, das habe ich damals den Landvermessern geklaut, die Großonkel Galium zum Schweigen veranlassten!" Stolz präsentierte sie ihrem Vater ein äußerst merkwürdiges Gerät. Das Gehäuse glänzte metallisch. Im Inneren war es mit vielen geheimnisvoll wirkenden Symbolen versehen, die durch einen durchsichtigen Deckel geschützt waren. Ein dünnes Metallstück drehte sich über den Zeichen lustig im Kreis, wenn Tilia den Gegenstand bewegte. Das Ding wirkte sehr kostbar.

„Weißt du, was es ist?", wollte Strix wissen.

„Na klar, das ist ein Kompass", erklärte Tilia fachkundig. Ihr Vater runzelte die Stirn.

„Und woher weißt du das so genau?", fragte er misstrauisch. Tilia grinste breit.

„Ganz einfach - sie haben lange und laut genug darüber gestritten, wer denn nun den dritten Kompass verschlampt hat." Beide lachten herzlich darüber.

Als Tilia das wertvolle Stück wieder verstaut hatte, hielt sie Strix einen kleinen Behälter unter die Nase, der mit einem weißen Pulver gefüllt war.

„Was ist das?", fragte er verwundert.

„Die Humanos nennen es ‚weißes Gold'. Sie geben sich unglaublich Mühe damit, es zu gewinnen. Sie erhitzen Wasser aus einer bestimmten Quelle und lassen es verdampfen, bis nur noch dieses weiße Pulver übrig ist. Das liefern sie dann in alle Himmelsrichtungen und verkaufen es dort teuer. Die verdienen damit ganz schön viel von dem, was sie Geld nennen. Deshalb haben sie wahrscheinlich auch so eine große Stadt bauen können."

„Woher hast du es?", fragte Strix argwöhnisch.

„Das hab ich direkt von ihren Siedepfannen weg geklaut, weil die nicht so gut bewacht sind wie die Wagen, mit denen sie es transportieren", erklärte sie grinsend. Strix verkniff sich jeglichen Kommentar.

„Versuch es mal, es ist ein Gewürz und schmeckt richtig gut, wenn man nicht zu viel davon nimmt." Sie befeuchtete ihre Fingerspitze, steckte sie in den Behälter und ließ sie ihren Vater abschlecken. Er verzog das Gesicht.

„Das ist ja Salz!", rief er erstaunt aus. Tilia lachte fröhlich.

„Ganz genau, feinstes Salz aus der großen, reichen Stadt weit Richtung Mitternacht."

Strix wusste nicht, ob er lachen oder sich vor ihrer Tollkühnheit fürchten sollte.

Schnell verschloss sie den Salzbehälter wieder und verstaute ihn in der Kiste. Danach zog sie ein weiteres Objekt heraus. Ihr Fundus schien unerschöpflich zu sein.

Behutsam wickelte sie einen bemerkenswerten runden Gegenstand aus einem Tuch. Strix staunte nicht schlecht. Die Oberfläche bestand aus einem spiegelglatt geschliffenen Obsidian, der an seiner Rückseite und an den Seiten mit Holz eingefasst war. Sein Durchmesser betrug in etwa 4 Zoll. Strix streichelte sacht über seine glatte Oberfläche.

„Was ist das? Es ist wunderschön", sagte er ehrfürchtig.

„Ja, gell? Das finde ich auch. Das Ding heißt ‚Bergspiegel'. Ich habe ihn jemanden abgeluchst, der steif und fest behauptete, er könne damit verborgene Schätze in der Erde entdecken, in die Zukunft blicken und Diebe aufspüren."

„Und stimmt das denn?", fragte Strix gespannt. Er hätte den Menschen so etwas Magisches gar nicht zugetraut. Tilia grinste vielsagend.

„Naja, lass es mich mal so sagen: Wenn es stimmen würde, hätte er mich trotzdem nicht aufspüren können, weil ich ihm ja den Spiegel geklaut habe." Sie war belustigt, als sie ins nachdenkliche Gesicht ihres Vaters blickte. Dann erklärte sie weiter: „Also wenn dieses Ding das wirklich kann, dann weiß ich nicht, wie man es dazu bringt. Bei mir funktioniert es nicht, aber dafür sieht er wunderschön aus und ist etwas Besonderes, das genügt mir schon, um es für mich wertvoll zu machen."

Ihr Vater konnte ihr dies nur bestätigen.

Zu jedem Gegenstand, den sie aus ihrer Schatzkiste hervorkramte, erzählte sie entweder eine haarsträubende oder lustige Geschichte, wie sie in dessen Besitz gekommen war. Sogar einige Gold- und Schmuckstücke waren darunter. Ihr Vater war überwältigt. Sie erzählte ihm, wie besonders schlimm es vor sechs Sommern mit den Gaunern hier in der Gegend gewesen war. Da trieben sich noch mehr Humanos als sonst in den Wäldern herum. Auch die Streifen der Ordnungshüter waren den Unholden auf der Spur, um diese dingfest zu machen. Gefunden haben sie allerdings nicht alle, denn die Gauner waren ganz schön gerissen und ließen sich nicht so leicht erwischen. Grinsend erzählte Tilia, wie sie eines Tages völlig unerwartet mitten in das Versteck einer Räuberbande geraten war, die in einer abgelegenen Grotte Unterschlupf gefunden hatte. Der Räuberhauptmann wollte mit seinen Kumpanen nicht die gesamte Beute teilen. Daher vergrub er heimlich einen Teil davon an einem abgelegenen Ort, der allerdings nicht geheim genug war. Tilia hatte ihn nämlich dabei beobachtet, und als er weg war, einen Teil der Goldstücke und des Schmucks wieder ausgebuddelt, um das unterschlagene Diebesgut hierher zu schaffen. Fesselnd erzählte sie diese Geschichte vom beraubten Räuber und hatte sichtliche Freude daran.

Endlich zog sie ein Stoffbündel hervor. Sie schien einen Moment zu zögern, ob sie ihm tatsächlich zeigen sollte, was sie da so liebevoll an sich drückte. Es musste sich um etwas höchst Außergewöhnliches handeln. Vielleicht war dieses Geheimnis dann doch zu groß für ihn? Sie schnupperte kurz daran. Es kam Strix so vor, als wolle sie lieber nichts davon erzählen. Er hätte es akzeptiert, wenn sie darüber schwieg. Doch dann sprang sie flink von der Kiste und verschwand mit den Worten: „Warte einen Moment, ich bin gleich wieder da", nach draußen. Strix befolgte gehorsam ihre Anweisung und trank inzwischen noch etwas Wasser aus dem Steinkrug, der die Flüssigkeit erfrischend kühl hielt. Kurz darauf betrat Tilia, in den hübschesten Kleidern, die Strix je an einem Selva gesehen hatte, den Raum. Der wunderschöne, ebenmäßig gewebte Leinenstoff der Kleidung war bunt eingefärbt und stand Tilia ausgezeichnet. Sie wirkte dadurch noch hübscher als sie sowieso schon war. Ihr Anblick schien nicht von dieser Welt zu sein. Ein Selva in bunter Kleidung war zu außergewöhnlich, um real zu sein. Seine Tochter lächelte etwas verunsichert:

„Und Papa, wie gefällt es dir?" Liebevoll strich sie den edlen Stoff glatt und begann sich langsam zu drehen, damit ihr Vater sie von allen Seiten bestaunen konnte.

„Immer wenn ich denke, du könntest mich nicht noch mehr überraschen, ziehst du etwas noch Unglaublicheres aus deiner Kiste! Du siehst wunderschön aus. Es sitzt perfekt, wie für dich gemacht. Woher hast du es? Ist es auch gestohlen?"

Tilia senkte den Blick beschämt zu Boden. Leise sagte sie dann: „Nein, viel schlimmer. Das habe ich von einer ganz besonderen Frau geschenkt bekommen. Leider werde ich sie niemals wiedersehen. Sie und ihre kleine Tochter waren die einzigen Freundinnen, die ich jemals hatte."

„Welcher Clan fertigt solch außergewöhnliche Kleidung?", fragte Strix erstaunt. Tilia rang um eine Antwort. Sie wusste nicht, was sie sagen sollte. Ihr Papa durchschaute ihr Geheimnis augenblicklich.

„Du hast dich mit Humanos angefreundet!", entfuhr es ihm. Tilia blieb stumm. Strix atmete tief durch, bevor er weitersprach.

„Warum seht ihr euch nicht mehr? Was ist geschehen?"

Tilia hob erstaunt den Blick. „Du verurteilst mich nicht?", fragte sie überrascht.

„Wie könnte ich mir das anmaßen? Ich habe wahrlich selbst mehr als genug Regelbrüche begangen. Möchtest du mir davon erzählen?"

Tilia war so erleichtert über diese unerwartete Reaktion, dass sie nun nicht mehr an sich halten konnte. Endlich bekam sie die Gelegenheit, nach sechs Sommern, in denen sie an diesem furchtbaren Geheimnis manches Mal beinahe zu ersticken drohte, mit jemandem darüber zu sprechen. Die ganze Geschichte der kleinen Sophie, ihren herzensguten Eltern und dem schrecklichen Verbrechen der Brandstiftung, das sie indirekt auf dem Gewissen hatte, sprudelte nur so aus ihr heraus. Nach diesem Bekenntnis fühlte sie sich wie von einem bösen Fluch erlöst.

Tochter und Vater verbrachten die ganze Nacht in dem verlassenen Menschenhaus. Sie bemerkten weder das Abendrot, noch wie die kurze, laue Sommernacht hereinbrach und mit dem Morgenrot wieder verstrich. Tilia erzählte ihrem Vater ununterbrochen von ihren unglaublichen Abenteuern, die sie bereits erlebt hatte, und Strix kam aus dem Staunen nicht heraus. Die beiden vergaßen dabei Raum und Zeit. Tochter und Vater befanden sich wie in einer Blase, in der nur sie existierten, und der Rest der Welt musste draußen bleiben. Ein inniges Band verknüpfte sie miteinander und ließ sie die vielen Jahrhunderte vergessen, in denen sie nichts voneinander wussten. Irgendwann waren sie wieder bei der verrückten Geschichte der rosa gefärbten Haare angekommen.

„Und du bekamst die Farbe tatsächlich nicht mehr raus?", fragte Strix seine Tochter grinsend.

„Mama hat alles Mögliche ausprobiert, aber nichts half. Dann musste ich mich eben damit abfinden. Es passte ja zu mir, also konnte ich prima damit leben."

„Hattest du keine Angst, dadurch schneller entdeckt zu werden?", fragte ihr Vater.

„Ach was, dann machte ich mich eben unsichtbar und fertig!"

„Du kannst dich schon unsichtbar machen? Das ist ja unglaublich!"

Tilia verstand seine Begeisterung nicht. „Warum wundert dich das? Das kann doch jeder."

Strix versuchte ihrem Blick auszuweichen.

„Du willst mir doch nicht etwa weismachen, dass du es immer noch nicht schaffst, dich unsichtbar zu machen?" Sie musterte ihren Vater eindringlich. Als sie keine Antwort bekam, wusste sie Bescheid.

„Großonkel Galium hat mir erzählt, welche Schwierigkeiten du mit dieser Übung hattest, aber wir nahmen an, du hättest es unterwegs gebraucht und gelernt."

„Gebraucht hätte ich es oft, gelernt habe ich es, na ja ... nie so richtig."

Tilia war erstaunt. Eine ganze Zeit lang hing jeder seinen eigenen Gedanken nach, bis Tilia schließlich das Schweigen brach.

„Papa, ich hab's!"

„Was hast du?"

„Die Lösung deines Problems, oder besser all deiner Probleme?"

„Habe ich denn so viele Probleme? Das war mir nicht bewusst", sagte er leicht frustriert. Sie winkte ungeduldig ab. „Du brauchst eine nochmalige Ausbildung, um in neue Form zu kommen."

„Naja, da magst du sicher Recht haben, doch wer soll mich ausbilden? Schau dir Onkel Galium doch an, er kann mich nichts mehr lehren."

„Wer redet denn von Großonkel Galium?" Tilia kicherte aufgeregt. „Ich werde dich ausbilden, Papa. Ich, deine Tochter. Ich kann alles, was man können muss."

„*Du!?*", rief Strix überrascht. „Aber das geht doch nicht. Ein Tochter, die ihren eigenen Vater ausbildet. Wo gibt's denn sowas?"

„Na in unserer Familie! *Die* Familie, die am meisten reiselustigen Selvas hervorgebracht hat, die es je gab. Lauter Helden der Tat, Großvater, Großonkel, Vater und Tochter, eine Ahnenreihe voller Helden. Ich werde dich zu dem Selva machen, für den ich dich immer gehalten habe. Was meinst du dazu?"

Sie war ganz aufgeregt und schien es ernst zu meinen.

„Nun ja", ihr Vater blieb skeptisch. „Du bist noch zu jung und unerfahren."

Tilia brach in schallendes Gelächter aus. Strix legte unwillig die Stirn in Falten. Er verspürte keine große Lust, sich von seiner Tochter so weit verformen zu lassen, bis er ihren Vorstellungen entsprach. Wenn er aber jetzt zu schnell ablehnte, verlor er sie womöglich ein zweites Mal und dann vielleicht für immer. Das Risiko war groß, nun völlig falsch zu reagieren. Daher entschied er sich dazu, geduldig zu warten, bis sie sich wieder beruhigt hatte. Endlich wischte sie sich ihre Lachtränen aus den Augenwinkeln.

„Papa, du bist einfach unglaublich!"

„Was ist denn bloß so lustig an meiner Aussage?"

„Genau dasselbe hast du damals zu Mama auch gesagt. Du sagtest, sie sei zu jung, um eine weise Frau zu sein." Sie gluckste, als stünde ein erneuter Lachanfall bevor. Strix konterte schnell.

„Aber du bist keine weise Frau."

„Nein." Tilia kicherte vergnügt, „aber ich bin die Tochter, Nichte und Enkelin einer weisen Frau. Die Weisheit liegt mir sozusagen dreifach im Blut. Darüber hinaus stamme ich in direkter Linie von den mutigsten Selvas ab, die es im gesamten Umkreis gibt. Brauchst du noch mehr, um mir deine Ausbildung zuzutrauen?"

Strix blieb in Anbetracht einer so enormen Portion Selbstvertrauens nichts mehr zu sagen. Sie hielt ihn, trotz seines offensichtlichen Versagens, immer noch für einen Helden. Das rührte ihn sehr und war ihm der Ehre zu viel. Demütig bat er um ein wenig Bedenkzeit, welche sie ihm huldvoll gewährte.

Das dreizehnte Kapitel

Die Wahrheit

ag für Tag hetzte Tilia ihren Vater kreuz und quer durchs
Gelände. Sie hatte ihrer Mutter aufgetragen, ihm nur
noch so viel zu essen zu geben, wie er sich später wieder vom
Leib rennen konnte. Gemeinsam wetzten sie bergauf und bergab
und durchschwammen die unzähligen, von den Humanos an-
gelegten kleinen und großen Mühlenweiher und Seen. Dabei
nahmen sie sich immer gut in Acht, um nicht entdeckt zu werden. Irgendwann wurde die Temperatur etwas frischer, die Witterung blieb aber angenehm. Das kam Strix sehr entgegen, denn
so kam er nicht zu sehr ins Schwitzen. Seine Tochter hatte ihn
bei seiner Ausbildung hart rangenommen und dabei kein Erbar-
men gekannt. Genau wie einst Onkel Galium. Strix hatte sich
beinahe seine alte Form und Figur zurückerobert und fühlte sich
um hunderte von Sommern verjüngt. Darüber hinaus genossen
Vater und Tochter das intensive Beisammensein.

Unterdessen schwelgte Falco in der Ruhe und dem Frieden, endlich tun und lassen zu können, was ihm echte Freude bereitete.
Er liebte es, sich voll und ganz dem Nachdenken und den Beob-
achtungen der ungewöhnlichen Wetterlage hinzugeben. Manchmal genügte es ihm sogar, einfach bloß zu sein. Er war nur noch
für sich selbst verantwortlich und das fühlte sich sehr gut an.
Loxia nahm dies mit lächelnder Seele zur Kenntnis. Sie freute
sich für ihren Sohn über seine neugewonnene Freiheit. Niemand
wusste besser als sie, wie herrlich sich diese Art der Eigenstän-
digkeit anfühlte. Genauso war es ihr einst ergangen, als völlig
unerwartet ihr verschollener Onkel Galium zurückkehrte und
Strix' Ausbildung übernahm. Die Geschichte schien sich zu wiederholen.

Es war ein wundervoller, sonniger Herbsttag, an dem Vater und Tochter bereits frühmorgens den steilen Hang der Klinge stromabwärts spurteten. Dort wo der Bach sich ins breite Tal schlängelte, wo Humanos siedelten, gab es einige Weinberge, die sich an sonnige Hänge schmiegten. Da dieses Jahr Sommer und Herbst sonnig und warm gewesen waren, trieben die Weinstöcke die schönsten jungen Reben aus ihren Wurzeln. Im Spätsommer war noch ausreichend Niederschlag gefallen, der rechtzeitig im Herbst wieder aufhörte. Die Bedingungen für eine gute Weinernte waren perfekt. Es sollte ein Jahrhundertjahrgang werden. Die Weinstöcke hingen prall voll herrlich süßer Trauben, die sich Tilia nicht entgehen lassen wollte. Als sie durch die Rudersberger Weinberge schlichen, gestattete sie ihrem Vater sogar, so viele Trauben zu essen wie er wollte. Auch ihre Sammeltaschen füllten sie eifrig. Erst als die Wengerter auftauchten, huschten sie in den nahen Wald und traten bald darauf zufrieden den Rückweg an.

Am nächsten Tag wollten sie den Ort besuchen, an dem einst das alte Selvadorf gelegen hatte. Vorsichtig pirschten sie Richtung Mitternacht durch den Wald, der komplett von größeren und kleineren Pfaden und Wegen durchzogen war. Das ausgeprägte Wegenetz zeigte, wie sehr die Humanos die Scheu vor dem Wald verloren hatten und sich die Natur immer mehr nach ihrem Sinn umformten und nutzbar machten. Die beiden Selvas mussten auf der Hut sein, um nicht unvermittelt den Weg eines Humanos zu kreuzen. Unentwegt plapperte Tilia auf ihren Vater ein:
„Zuerst kamen sie zu Fuß, doch längst sind sie auch mit Wagen unterwegs, die von Pferden oder Ochsen gezogen werden. Deshalb die vielen Wege. Es ist bequemer auf ihnen zu laufen oder noch besser, sich auf einem der Wagen mitnehmen zu lassen. Das ist natürlich am sichersten, wenn man sich unsichtbar machen kann. Noch ein Grund für dich, es endlich mal zu lernen." Der Vorwurf, der in ihrer Stimme mitschwang, schmerzte Strix. Das war wieder mal die größte Schwierigkeit seiner Ausbildung. Warum nur wollte ihm das mit dem Unsichtbar werden einfach nicht gelingen? Damals in der Mühle, als es um Leben und Tod ging, hatte er es doch auch geschafft. Danach jedoch gelang es ihm nie wieder. Tilia konnte ihm noch so oft erklären, er müsse

einfach loslassen und an gar nichts denken, und Schwuppdiwupp sei er verschwunden. Doch so oft er sich auch um die eigene Achse drehte, es wollte ihm einfach nicht gelingen. Als ob Loslassen wirklich so einfach wäre! Seine Tochter war unbarmherzig und warf ihm vor, sich nicht genug Mühe damit zu geben. Die hatte gut reden! Es gab für ihn dermaßen viel zu verarbeiten, während sie fröhlich in den Tag hineinlebte. So einfach wie sie es sich machte, war das Leben eben nicht. Es bestand doch nicht nur aus Vergnügen. Er wagte jedoch nicht, sie darauf anzusprechen. Sie hatten sich schon so heftig über dieses Thema gestritten, da wollte er lieber nicht mehr davon anfangen. Denn mit derselben Leidenschaft, mit der sie sich für eine Sache begeistern konnte, konnte sie auch zornig werden. Und in ihrem Zorn glich sie so sehr den Humanos, dass es ihm vor seiner eigenen Tochter graute. Es kostete ihn viel Kraft, dies vor ihr zu verbergen.

„Ja, ja, die Humanos, sind wirklich fleißig", schwatzte sie einfach weiter, als habe sie nicht eben zum wiederholten Mal seine Gefühle verletzt. „Nicht nur abgeholzt haben sie emsig, sondern auch gebaut. Siedlung um Siedlung, Felder und Weiden angelegt. Auch Wiesen, einfach mitten im Wald. Völlig närrisch! Sämtliche Quellen und Bäche haben sie eingeheimst. Höhlen in den Boden gegraben, Felsen abgekratzt und zu Sand verarbeitet. Irgendwann kam dann eine Zeit, in der immer wieder Fremde aufgetaucht sind. Sie trugen schöne bunte Kleidung mit kräftigen Stiefeln und blankpolierten Knöpfen, die sich lustig in der Sonne spiegelten. Wie gerne hätte ich einen davon für meine Sammlung gemopst, aber das habe ich mich dann doch nicht getraut. Sie sprachen eine andere Sprache als die Humanos, die hier leben. Die haben den Bauern das Vieh und ihre Vorräte weggenommen, und als die sich dagegen wehrten, ihre Häuser angezündet. Da war die ganze Arbeit umsonst. Und so ging das immer fort. Die einen zogen weiter, die nächsten kamen an. Die Leute lebten in Angst und Schrecken und kamen nicht zur Ruhe. So ging das viele Sommer lang! Danach sind ganz viele krank geworden und gestorben. Die Anzahl der Humanos nahm rapide ab. Wir dachten schon, es geht dadurch wieder aufwärts mit dem Wald. Ein paar ihrer Siedlungen sind in dieser Zeit tatsächlich wieder verfallen, weil sie aufgegeben wurden. Doch die Freude darüber währte nicht lange, denn sie geben ja einfach keine

Ruhe und erholen sich von allem und jedem. Und sie bauen und bauen – unermüdlich! Was denen dabei so alles einfällt! Vor allem dieser große See, den sie bei der oberen Ebene angelegt haben, ist extrem spannend!"

„Von welchem See sprichst du denn?", wollte Strix erstaunt wissen.

„Im Moment existiert er überhaupt nicht. Stell dir das mal vor! Im Sommer ist er einfach nur eine Wiese. Sie nutzen das Gras für Heu, das wirklich sehr gut sein soll."

Er fragte lieber nicht, woher sie das so genau wusste.

„Es ist die Wiese, durch die der Bach fließt, an dem wir gestern unterwegs waren. Die Humanos nennen ihn „Wieslauf", eben weil er ja im Sommer durch diese Wiese läuft. Sehr sinnig, wie ich finde. Ist es nicht unfassbar, was für einen enormen Aufwand die betreiben! Zuerst haben sie das Bett des Baches komplett verändert. All seine Krümmungen wurden entfernt, weil sie die Humanos gestört haben. Außerdem haben sie neben den anliegenden Mühlkanälen nochmal Holzkanäle gebaut und alle Ufersträucher entfernt. Jetzt sieht der Bach nicht mehr schön aus. Eher wie eines ihrer Schafe, wenn es frisch geschoren ist. Dann haben sie einen Damm bei der oberen Wiese angelegt. Es ist schon erstaunlich, wie man mit so einem kleinen Damm so viel Wasser anstauen kann. Manche von den Humanos sind wirklich ziemlich schlau, das muss man ihnen lassen." In Tilias Stimme schwang echte Anerkennung für diese technische Meisterleistung mit.

„Wann war das denn?", fragte Strix dazwischen.

„Ach - was weiß ich. Ungefähr vor vierzig Sommern oder so. Ist ja auch egal. Viel wichtiger ist, dass sie im Herbst mit diesem Damm das Wasser daran hindern, die Wiese zu verlassen. Sie stauen es dann zu einem richtig großen See an. Männer liefern Holzstücke an und stapeln sie zu Beigen unterhalb des Dammes auf. Sie haben dort extra einen Platz dafür geschaffen. Wenn im Frühjahr die Schneeschmelze einsetzt, öffnen sie den Damm, und die Scheitholzstücke werden mit dem Wasser - holterdiepolter - auf dem Bach ins Tal transportiert. Das ist vielleicht ein Spektakel! Das müssen wir uns unbedingt ansehen, wenn es soweit ist."

„Ist das nicht gefährlich?", fragte Strix zaghaft.

„Es ist sogar *überaus* gefährlich, das ist ja der Reiz daran!", rief Tilia begeistert aus.

„Seit ein paar Wintern kommen sie jetzt auch noch mit großen Schlitten von morgenwärts und bringen stapelweise Holz daher, um es dann ebenfalls zu flößen, wenn es an der Zeit ist. Wenn du mich fragst, sind die total durchgedreht." Sie zog eine Grimasse, um ihre Aussage zu bekräftigen. Strix konnte sich beim besten Willen nicht vorstellen, wie das alles vonstatten gehen sollte.

„Aber es ist lustig, auf dem Holz den Bach hinunterzureiten", fuhr Tilia im selben Plauderton fort. Strix wurde hellhörig.

„Moment mal – du willst mir doch nicht etwa weismachen, dass du dich auf diesen Hölzern die Wasserfälle hinunterstürzen lässt!", rief er aufgebracht. „Sicher wimmelt es dabei ringsherum auch noch von Humanos. So ein grenzenloser Leichtsinn!", schimpfte er weiter. Tilia zog eine beleidigte Schnute. Sie hatte sich mehr Begeisterung von ihrem Vater erhofft. Seine Belehrungen ließen auch in ihr Wut aufkeimen. Gleich würde es wieder zum Streit kommen. Strix war aber noch nicht fertig:

„Sich in solch eine Gefahr zu begeben ist wirklich unverantwortlich! Sowas ist mir beinahe auch schon zum Verhängnis geworden. Ich dachte wirklich, du seist klüger!"

Seine Tochter spitzte neugierig die Ohren und war sofort wieder beschwichtigt.

„Wirklich? Erzähl mir davon!", bettelte sie.

„Oh nein, meine Liebe. Es ist schlimm genug, wenn du auf solch irrwitzige Gedanken kommst. Darin werde ich dich nicht auch noch bestärken, indem ich dir von meinen eigenen Dummheiten erzähle. Und nun genug davon!"

Strix verschränkte die Arme vor dem Körper. Wutschnaubend ging Tilia zum Frontalangriff über: „Ist dir eigentlich schon mal aufgefallen, dass nur ich dir immer von meinem Leben erzähle und du aus deinem ein solches Geheimnis machst? Das finde ich nicht in Ordnung. Es ist ungerecht. Ich habe ein Recht darauf zu erfahren, was genau dir widerfahren ist. Ich bin dein Kind!"

„Ja, genau das bist du, ein Kind! Und daher werde ich dir nichts von den Grausamkeiten des Lebens berichten. Du hast ja keine Ahnung, zu was die Humanos fähig sind, wenn sie etwas haben wollen, was anderen gehört. Ich habe Dinge erlebt, die mag ich niemandem erzählen und schon gar nicht deiner zarten Seele zumuten. Es nur zu beobachten ist etwas anderes, als es selbst zu durchleben. Bleib du nur weiter in deiner heilen Welt, mit der Vorstellung, alle deine Ahnen seinen Helden und die Humanos gar nicht so schlimm wie ihr Ruf."

Tilias Miene verfinsterte sich. Ihr überschäumendes Temperament stand kurz vor dem Siedepunkt. Strix wurde mulmig zumute. Langsam wandte er sich von ihr ab. Er hatte schon viel zu viel gesagt. Doch seine Tochter ließ sich nicht so einfach von ihm abspeisen. Wütend schnaubte sie:

„Los, mach schon. Erzähl mir alles. Ich will es wissen. Ich *muss* es wissen, um zu verstehen, was mit dir los ist!" Sie schritt um ihn herum, damit sie ihn wieder von vorne sah. Dabei bemerkte sie ein Zittern, das seinen Körper durchlief. Tilia wusste nicht, wie sie sich verhalten sollte. Mit schräg gelegtem Kopf musterte sie ihren Vater, nicht verstehend, was mit ihm los war.

„Geh weg von mir und lass mich allein", brachte er nur mühsam hervor. Er wandte sich wieder von ihr ab, um ihren bohrenden Blick nicht länger ertragen zu müssen. „Warum redest du nicht mit mir darüber? Es ist sicher besser für uns beide, wenn ich die Wahrheit kenne", wagte sie noch einen Anlauf. Er drehte sich so abrupt zu ihr um, dass sie zusammenzuckte. Strix' Verhalten begann ihr Angst zu machen. Sein Blick wirkte unheimlich entrückt und sein Körper bebte immer heftiger. Er schien seine Muskeln nicht mehr unter Kontrolle zu haben.

„Die Wahrheit?", schnaubte er. „Die Wahrheit ist so schrecklich, dass ich mir geschworen habe, nie mehr an sie zu denken. Die Wahrheit ist, dass es für mich besser gewesen wäre, zu Hause zu bleiben. Ich bin kein Held, war es nie und werde es auch niemals sein! Und dein Großvater war es genauso wenig. Die größten Versager sind wir, auch wenn dir das nicht passt. Öffne deine Augen, Mädchen – das Leben ist kein Spiel! Es kann ganz fürchterlich sein."

Er drehte sich um und entfernte sich mit unsicheren Schritten. Als sich ihre Augen mit Tränen füllten, wusste sie nicht wie ihr geschah, da sie sich an ihre Tränen im nächtlichen Bad nicht erinnern konnte. Sie hatte noch nie im Leben bewusst geweint, und nun stand sie da und heulte wegen der größten Enttäuschung ihres Lebens – ihrem eigenen Vater.

Das vierzehnte Kapitel

Die Tiefen des Lebens

Mama, ich brauche deinen Rat."

Galina traute ihren Ohren nicht. Solch eine Bitte hatte sie noch nie aus dem Mund ihrer Tochter gehört.

„Was ist los mit dir, Tilia? Du machst seit ein paar Tagen so einen bedrückten Eindruck auf mich. So kenne ich dich gar nicht. Was bereitet dir solchen Kummer?"

„Genau darum geht es ja. Ich kenne mich selbst nicht wieder. Irgendwas ist mit mir passiert. Ich fühle mich, als sei ich nicht mehr ich selbst. Als hätte ich meine Seele verloren, oder so. Ich kann mich an nichts mehr erfreuen. Es kommt mir vor, als sei ich innerlich tot."

„Das hört sich schrecklich an", sagte ihre Mutter ruhig.

„Ja, es ist ganz fruchtbar. Ich möchte, dass es aufhört. Dieser Schmerz, diese Todessehnsucht - sie scheinen mich innerlich zu zernagen. Ich kann das nicht länger aushalten. Ich will, dass es aufhört. Befreie mich bitte davon, am besten sofort, sonst werde ich sterben!" Ihre Mutter strich ihr sanft übers Haar.

„Mein liebes Kind, das kann ich nicht tun. Und ich will es auch nicht."

„Dann liebst du mich also auch nicht mehr. Du hast ja nun deinen heißgeliebten Strix zurück und ich bin nicht mehr von Nöten für dich. Es wäre wohl am besten, ich würde nicht mehr leben, dann ginge ich auch niemandem mehr auf die Nerven mit meiner verrückten Art. Ihr könnt dann eure ruhigen Leben führen und ich störe euch nicht mehr dabei." Die Worte drangen aus ihrem Mund, ohne dass sie wagte, ihre Mutter dabei anzublicken. Schwermut verdunkelte ihr Herz, wie eine Gewitterfront, die das kommende Unheil bereits erahnen ließ. Galina blickte sie ernst an.

„Schätzchen, es geht dir sehr schlecht, das merke ich. Aber wieso sollte ich dich dieses Schmerzes berauben? Er gehört zum Leben dazu. Bisher hast du es immer geschafft, dich davon abzulenken, aber das geht nun nicht mehr. Du musst dich diesen düsteren Gedanken und Gefühlen stellen, sonst fressen sie dich letztendlich tatsächlich auf. Das echte Leben kann und sollte nicht nur aus deinem persönlichen Vergnügen bestehen. Die Tiefen im Leben sind es, die uns in Geist und Seele reifen lassen. Mein Liebes, ich denke, du wirst langsam erwachsen."

„Wenn das der Preis des Erwachsenwerdens ist, bin ich nicht bereit, ihn zu zahlen." Sie seufzte herzzerreißend. „Ach wenn ich doch nur so ausgeglichen wie Falco wäre. Dann hätten mich alle gern. Er ist immer so ruhig und gelassen. Nichts bringt ihn aus der Fassung und regt ihn wirklich auf oder macht ihn tieftraurig. Er ist zu beneiden. Ich möchte das auch haben. Mama, bitte hilf mir, das zu erreichen. Ich kann mich selbst nicht mehr leiden und brauche eine Lösung – jetzt sofort!"

Ihre Mutter hob das Gesicht ihrer Tochter sanft an, um ihr in die Augen zu blicken.

„Wenn das tatsächlich dein Wunsch ist, dann bedenk die Konsequenzen, die daraus entstehen. Wenn du lernst, deine Gefühle im Zaum zu halten, um keine solch tiefe Traurigkeit mehr zu empfinden, verlierst du auch die Fähigkeit, vor lauter Glück ein Tänzchen zu wagen oder Freudensprünge zu veranstalten. Ich werde dir nun eine sehr wichtige Frage stellen: Ist es wirklich das, was du willst?"

Tilia dachte für einen Moment nach, auch wenn ihr die Antwort längst klar war.

„Nein, Mama, das möchte ich nicht."

Galina lächelte sanft. „Das habe ich mir gedacht. Nimm die Tiefen als einen Teil von dir an, der dich zu der Person macht, die du bist. Wer zu solch tiefen Empfindungen wie du fähig ist, kann dadurch etwas bewegen. Im eigenen Leben, aber auch im Leben der anderen, die dich auf deinem Lebensweg begleiten. Meinst du nicht, Falco beneidet dich manchmal um dein Temperament? Deshalb kommt er aber nicht gleich auf den Gedanken, auch so sein zu wollen wie du. Er ist, wie er ist, und du solltest sein, wie du bist. Mit allen Stärken und Schwächen, mit denen dich die Große Macht für dieses Leben ausgestattet hat. Es ist vor allem wichtig, zu erkennen, dass das Leben eben manchmal auch düster und hart ist. Diese Erkenntnis hilft dir durch deine Durststrecken hindurch. Und das allerwichtigste: Die Große Macht hat dich genau so gewollt, wie sie dich erschaffen hat. Es ist natürlich wichtig, sich weiterzuentwickeln und zu verändern, dennoch solltest du nicht versuchen, dich zu sehr zu verbiegen, nur um anderen zu gefallen oder ihren vermeintlichen Erwartungen zu entsprechen. Die Große Macht hat einen Plan für dein Leben und dich daher mit all den wunderbaren Eigenschaften ausgerüstet, die du dafür benötigst. Darauf solltest du immer vertrauen. Wir sind alle Teile des großen Ganzen und sollen an dem Platz wirken und etwas bewegen, an den wir gestellt wurden. Selbstverleugnung ist dir dabei nicht dienlich."

Tilia schloss ihre Mutter dankbar in die Arme. Sie wusste, mit ihrer Hilfe würde ihr das irgendwann gelingen.

Nach einem heißen, trockenen Sommer herrschte ein zunächst sehr angenehmes Herbstklima. Doch dann streifte die Natur unerwartet ihr bezauberndes Gesicht ab. In den letzten Tagen des Septembers fiel ein Reif, der alles Laub auf den Bäumen zu verbrennen schien. Die Blätter verloren ihre grünliche Farbe nicht ganz, sahen dabei aber so verwelkt aus, als seien sie mit heißem Wasser überschüttet worden. Tilia fand, dieses Phänomen zwar zunächst angsteinflößend, doch bald erkannte sie, wie genau es ihre derzeitige Gemütslage widerspiegelte. Sie bemühte sich zwar redlich, wieder ihre alte Lebensfreude zurück zu erlangen, aber so recht wollte es ihr nicht gelingen. Sie präsentierte dabei den anderen ein Schauspiel, an das sie selbst nicht glauben konnte. Außerdem hatte ein Gefühl von ihr Besitz ergriffen, das sie so noch niemals erlebt hatte. Sie fühlte sich einsam. Um sich nichts anmerken zu lassen wurde sie immer aggressiver und wich jedem aus, der sich ihr in Freundlichkeit zuwandte.

Mama hatte Papa, Falco seine Mutter, selbst Galium hatte seinen Glis Glis. Nur sie war ganz allein. Dabei verspürte sie aber auch nicht das geringste Bedürfnis, sich mit jemandem auszutauschen. Einmal fühlte sie sich überflüssig und nutzlos, dann wieder war sie wütend auf alle anderen, die ihrer Meinung nach an ihrem Elend Schuld waren. Manchmal war sie aufgekratzt wie gewohnt, ein anderes Mal verschlief sie den ganzen Tag. In einem Moment wollte sie ihren Vater um Vergebung bitten, in einem anderen wünschte sie sich, er sei niemals nach Hause zurückgekehrt, und sie könnte ihn weiter als den Held verehren, den sie sich in ihrer Vorstellung erschaffen hatte. Manchmal hätte sie sich am liebsten für immer aus dem Staub gemacht. Nur weg von hier, wo sie sowieso niemand brauchte, geschweige denn verstand. So strolchte sie wieder alleine durch die Gegend und badete dabei bis zum Hals in Selbstmitleid oder gab sich ihren zügellosen Wutausbrüchen hin. Nicht einmal ihre Schätze vermochten ihr mehr Freude zu bereiten. Einmal hätte sie beinahe ihre kostbaren Waldglasbecher zertrümmert. Doch zum Glück besann sie sich dann doch noch eines Besseren und legte sie unversehrt zurück in die Kiste.

Die meiste Zeit des Herbstes verbrachte sie in ihrer „Humanos-Festung", damit sie niemanden anderen ertrage musste. Manchmal aber auch, damit die anderen sie nicht ertragen mussten.

Das fünfzehnte Kapitel

Eiskaltes Vergnügen

Auf einen merkwürdigen Herbst folgte ein extrem kalter Winter. Am liebsten wäre Tilia darin erfroren. Es begann so heftig zu schneien, dass es eigentlich an der Zeit gewesen wäre, nach Hause zu gehen. Sie konnte sich jedoch nicht dazu aufraffen. Strix ahnte, wo sie sich verborgen hielt, und überredete sie mit viel Geduld und in einem der richtigen Momente, doch endlich mit ihm ins Baumhaus zu kommen. Ihr Verhältnis war durch den Streit im Herbst stark gestört. Die zwischen ihnen entstandene Nähe war einer Distanz gewichen, die so kalt war wie der frostige Winter, der die gesamte Gegend erstarren ließ. Ihre Eltern machten sich solch große Sorgen um sie, dass sie Loxia um Rat fragten. Diese verabreichte ihr letztendlich Johanniskrauttee, um ihr Gemüt etwas aufzuhellen. Der brachte sie aber auch nicht zum Sprechen, geschweige denn zum Lächeln. Meist schien ein düsterer, kalter Hauch das Innere des Baumhauses zu umschließen. Da nützte es auch nichts, dass die Feuerstelle in der Mitte des Raums ständig brannte und das Haus von außen und innen mit einer dicken Lehm- und Moosschicht kuschelig abgedichtet war. Das half bei großer Hitze genauso wie bei eisigem Frost. Doch diese Kälte lebte tief in ihrem Herzen und breitete sich auch auf ihre Umgebung aus. Strix ließ in seinen Bemühungen nicht nach, dies Eis zum Tauen zu bringen. Manchmal gelang es ihm sogar, mit ihr ein normales Gespräch zu führen. Es gab Tage, da war sie sogar so unternehmungslustig wie früher und wollte unbedingt mit ihm zum großen Flößersee gehen, um sich ein Bild von der aktuellen Lage zu machen. Strix lehnte dies jedes Mal mit der Begründung ab, es sei zu gefährlich, weil die Humanos zu dieser Zeit dort sicher sehr aktiv waren. Da Tilia im Moment unberechenbar war, wollte er sich mit ihr nicht zu nah an den See heranwagen.
Als sie dann eines Tages verschwunden war, ahnte Strix nichts

Gutes. Zum Glück lag innerhalb des Waldes, unter dem Schutz der Bäume, der Schnee nicht ganz so hoch wie außerhalb. Dadurch kam er einigermaßen gut voran. Ihm schauderte beim Gedanken, dass Tilia vielleicht inzwischen von den Humanos gesehen und gefangen worden war. Doch diese Befürchtung konnte er in dem Moment verwerfen, als er den See an einer humanosicheren Uferseite erreichte. Dort angelangt, erblickte er in der geschlossenen Schneedecke, die auf dem Eis des zugefrorenen Sees lag, so etwas wie eine Schneise, die offensichtlich jemand in den Schnee gepflügt hatte. Für einen Humano war sie zu klein, für einen Selva hingegen genau passend. Von banger Ahnung erfüllt, trat Strix ans Ufer des Sees, um diesen künstlich geschaffenen Weg näher zu betrachten. Ja, hier hatte sich eindeutig jemand mit irgendeinem Gegenstand eine Schneise auf die Eisfläche geschaffen, die wie ein Hohlweg wirkte. Ein lautes Jauchzen drang aus dem Inneren des Weges an seine Ohren, als gebe es keine Humanos auf dieser Welt. Strix stöhnte auf. Das hätte er sich ja denken können! Voller Angst prüfte er zuerst die Haltbarkeit der Eisschicht, bevor es sich mit zitternden Knien darauf wagte. Ihm war ganz und gar nicht wohl in seiner Haut beim Gedanken, was geschehen würde, wenn er, seine Tochter oder beide hier einbrachen. Es dauerte eine ganze Weile, ehe er sie erreichte. Konzentriert bahnte sie sich mit einem Ast, den sie gekonnt als Werkzeug benutzte, ihren Weg, immer weiter zur Mitte des Sees hin. Er hielt sie von hinten am Arm fest, mit dem sie gerade zu einem erneuten Schlag in das weiße Hindernis ausholte. Tilia wand sich überrascht zu ihm um.

„Papa, das ist aber schön, dass du mir Gesellschaft leisten möchtest. Auf geht's - lass uns eine Fläche freischaufeln, um auf dem Eis zu schlittern, das ist lustig!", sagte sie fröhlich. Strix schüttelte den Kopf über ihren Unverstand.

„Sag mal, was hast du dir dabei gedacht, einfach abzuhauen und hier solch ein gefährliches Spiel zu wagen?", tadelte er sie missmutig.

Tilia zuckte gelassen mit den Schultern: „Nichts", antwortete sie leichthin und befreite ihren Arm aus seiner Umklammerung.

„Wenn du nicht mit mir herumschlittern willst, kannst du ja wieder gehen. Du verdirbst mir nur die gute Laune mit deiner sauren Miene!"

Sie pflügte sich unbeirrt weiter mit dem Ast durch die Schneedecke. Nur widerwillig folgte er ihr. Immer wieder bat er sie, doch endlich anzuhalten und mit ihm nach Hause zu gehen. Tilia lachte so laut auf, dass Strix einen sorgenvollen Blick in Richtung der Humanoshäuser warf. Zu seiner Beruhigung bemerkte er, dass der Schnee viel zu hoch lag, um die Häuser zu sehen. Daher bestand also wohl auch andersherum keine Gefahr, von ihnen entdeckt zu werden. Diese Tatsache entspannte ihn ein wenig. Dennoch konnte man Tilia immer noch deutlich hören.

„Was ist denn daran bloß so lustig?", brummte er gereizt.

„Na hör dir doch mal selbst zu." Tilia hielt endlich in ihrem Tun inne und drehte sich zu ihm um. „Wie soll das denn zusammengehen? Wenn ich anhalte, bewege ich mich ja nicht mehr und kann daher nicht mit dir mitkommen. Du bist manchmal echt lustig, Papa. Und am lustigsten bist du, wenn du es gar nicht sein möchtest."

Wieder lachte sie hell auf, ließ den Ast achtlos fallen und stürmte, mit vor Kälte geröteten Wangen, unvermittelt auf ihn zu. *Oh nein*, konnte er nur noch denken, bevor sie ihn endgültig mit einer Umarmung umwarf. Sie lag auf ihm und lachte ihm dabei direkt ins Gesicht. Strix stöhnte auf. Die Blessuren, die er sich bei diesem Sturz zugezogen hatte, würde er später begutachten.

„Siehst du", stellte sie fest, „das Eis knirscht nicht einmal, wenn man drauffällt, so dick ist es. Vertrau mir! Ich bin hier aufgewachsen und kenne diesen See besser als du, weil ich dabei war, als er erschaffen wurde!"

Strix ächzte unter ihrem Gewicht und versuchte sie von sich herunterzurollen, was ihm aber nicht gelang, da sie sich an ihn klammerte. Ihm war nicht ganz klar, ob er das gut oder schlecht finden sollte. Als sie ihm unvermittelt einen Kuss auf seine kalte Wange drückte und ihm: „Ich hab dich lieb, Papa", ins Ohr flüsterte, war es um ihn geschehen. Sie hatte ihn wieder einmal um den Finger gewickelt. Es blieb ihm nichts anderes übrig, als sich ihr zu ergeben. Seine Sorge um sie wich einem wärmenden Schwall der Zuneigung. Sie wälzte sich von ihm herunter, sprang auf und half ihm wieder auf die Füße.

„Auf geht's, Papa, lass uns eine Fläche freischaufeln und dann zeigst du mir, wie die Selvas früher getanzt haben, damit ich in die Fußstapfen meiner Ahnen treten kann. Und lehre mich ihre Lieder, damit sie nicht für immer verloren gehen. Lass unser Volk endlich wieder auferstehen. Es ist so gut, dass du wieder da bist, Papa! Ich dankte der Großen Macht dafür, dass sie dich wieder zu mir zurückgebracht hat."

Sie reckte beide Arme in den düsteren Winterhimmel und schrie laut: „Hurraaa!"

Strix war von ihren Worten berauscht und half ihr, wie im Taumel, mit Händen und Füßen eine Fläche auf dem Eis freizuschaufeln. Trotz frostiger Umgebung kam er bei dieser ungewohnten Arbeit ordentlich ins Schwitzen. Alsbald begann er dabei eine der längst vergessenen Weisen zu singen, mit denen die Selvas einst die Wintersonnwende feierten. Zuerst leise, dann immer lauter. Dazu stampfte er mit dem Fuß den Takt. Tilia lauschte ihm andächtig. Als sie bald darauf mitsingen konnte, tanzten die beiden gemeinsam auf der von ihnen freigelegten Eisfläche, als hätten die Selvas nie die Freude am Leben aufgegeben.

Das sechzehnte Kapitel

Es geht abwärts

Nun komm schon, Papa, warum trödelst du denn so herum? Du bist ja fast so lahm wie Falco. Den musste ich auch immer hinter mir herzerren."
Strix ließ sich tatsächlich von seiner Tochter ziehen, denn sie wollte schon wieder mit ihm zum See. Zugegeben, durch ihr gemeinsames Erlebnis um die Wintersonnwende mochte er diesen See inzwischen auch, aber was sie heute mit ihm vorhatte, gefiel ihm ganz und gar nicht. Sie wollte ihm zeigen, was es mit der Konstruktion des Dammes auf sich hatte und wie das mit dem Wasser ablassen funktionierte. Sie war durch nichts und niemanden davon abzuhalten. Da er keine Lust verspürte, nochmals ihren Zorn heraufzubeschwören, machte er eben gute Miene zu bösem Spiel und ging mit. Seinen Widerwillen dagegen konnte er allerdings nur sehr schwer verhehlen. Das störte sie jedoch nicht im Geringsten.
„Ach Papa, jetzt mach doch nicht solch ein grimmiges Gesicht. Die Humanos werden den See noch nicht ablassen. Es ist noch viel zu früh im Jahr. Dazu warten sie immer noch ein paar Monde länger. Erst wenn im Frühjahr die Schneeschmelze einsetzt, legen sie los. Ich habe das schon so oft erlebt, daher weiß ich das ganz genau." Strix spürte, wie Beklommenheit von ihm Besitz ergriff. Was wollte sie nur damit beweisen? Konnte sie denn wirklich nicht erkennen, dass die Schneeschmelze ganz plötzlich und viel zu früh bereits eingesetzt hatte? Die Große Macht allein wusste, was das Wetter in den letzten Monden für merkwürdige Kapriolen schlug. Normal war das alles nicht.
Bald hatten sie den Damm erreicht. Gewandt kletterte Tilia auf den hochgestapelten Scheitholzbeigen herum und forderte ihren Vater dazu auf, es ihr gleich zu tun. Strix zögerte. Das schien ihm viel zu riskant, doch Tilia bestand wie besessen darauf. Zö-

115

gernd begann er den Anstieg. Er rechnete mit dem Schlimmsten und hoffe das Beste. Ausgelassen turnte Tilia derweil zwischen dem aufgeschichteten Holz herum. Strix zog es vor, sich auf eines der Holzstücke im oberen Bereich des Stapels zu setzen und ihr einfach bei ihrem waghalsigen Herumklettern zuzuschauen. Das schien ihr glücklicherweise zu genügen. Ihre Aktionen wurden stets kühner. Strix wurde bei diesem Anblick immer sonderbarer zumute.

Als er die typischen Geräusche von herannahenden Humanos vernahm, war es zu spät Reißaus zu nehmen. Tilia bemerkte sie in ihrem Übermut noch später als er. Sie war viel zu überrascht, um daran zu denken, sich unsichtbar zu machen. Beide verkrochen sich schnell unter dem gestapelten Holz, um sich vor den Humanos zu verbergen, die sich auf dem Damm direkt auf sie zuzubewegen schienen. Tilia schaffte es irgendwie, zu ihrem Vater vorzudringen. Aufgeregt flüsterte sie ihm zu:

„Das ist lustig, Papa. Damit hatte ich tatsächlich nicht gerechnet.“

„Ach nein, hast du nicht? Ich dachte, du kennst dich so gut aus!“, brummte er verdrießlich. Tilia kicherte leise.

„Die Humanos schaffen es eben immer wieder, einen zu erstaunen. Das macht sie ja so faszinierend.“

Aus ihrem Versteck heraus hatte sie keine Gelegenheit, zu beobachten, was die Männer über ihnen gerade taten. Sie versuchte durch deren Unterhaltung zu ergründen, weshalb sie sich gerade auf dem Damm aufhielten, doch auch das war nicht möglich, weil sie sich schon wieder von ihnen entfernten. Ihre Stimmen wurden immer leiser. Als Tilia sich anschickte, sich näher an sie heranzupirschen, um sie besser zu verstehen, hielt ihr Vater sie zurück.

„Was gedenkst du zu tun? Du wirst ihnen doch nicht etwa folgen?“

„Doch, genau das werde ich. Wie sollen wir sonst erfahren, was sie vorhaben?“, entgegnete sie leichthin. Strix schüttelte energisch den Kopf.

„Das kommt überhaupt nicht in Frage! Es ist zu gefährlich und verstößt ganz klar gegen mehrere Regeln!“, versuchte er sie entschieden vom Verbotenen abzuhalten.

„Oh, nicht doch! Jetzt geht das schon wieder los?“ Tilia hatte diese andauernden Ermahnungen gründlich satt. „Ich führe ein freies Leben und kann daher machen, was immer mir beliebt. Ich lasse mir von niemandem vorschreiben, was ich zu tun und zu lassen habe. Ich pfeife auf die Regeln, weil ich es besser weiß als diejenigen, die solche unnötigen Regeln aufgestellt haben", zischte sie gereizt.

„Deine Freiheit besteht aber auch aus der Achtsamkeit für die anderen", tadelte er sie streng. „Du kannst nicht einfach deine Freiheit gegen die der anderen leben. Die eigene Freiheit besteht auch aus der Verantwortung gegenüber der Gemeinschaft. Durch dein Verhalten gefährdest du die Freiheit aller."

Tilia wurde immer wütender, doch nun war auch Strix erzürnt. Er konnte für die Selbstsucht seiner Tochter keinerlei Verständnis aufbringen und wollte es auch nicht mehr. Das Maß war endgültig voll. Das einzige, was er wollte, war weg von hier und zwar so schnell wie möglich. Tilia huschte derweil so flink aus ihrem Versteck heraus, dass Strix keine Möglichkeit mehr hatte sie daran zu hindern. Behände kletterte sie den Holzstapel hinauf, um den Humanos zu folgen.

„Verflixt nochmal!", entfuhr es ihrem Vater.

Er war unschlüssig, welches Verhalten nun am klügsten wäre. Sollte er ihr folgen und versuchen, sie zur Umkehr zu bewegen, oder alleine in den nahen Wald flüchten? Da er diese schwere Entscheidung nicht so schnell treffen konnte, verharrte er vorerst in seinem Versteck und wartete, ob seine Tochter wieder zur Vernunft kam und zu ihm zurückkehrte. Noch ganz in seine Überlegungen vertieft, vernahm er abermals die Stimmen der Humanos. Es schienen mehr geworden zu sein – viel mehr! Und sie bewegten sich direkt auf den Damm zu. Doch nicht nur das. Einige von ihnen schritten sogar ganz offensichtlich auf den Holzstapel zu, in dem er sich verborgen hielt. Strix lugte zwischen den Scheitern und Klötzen hindurch und versuchte aus der neuen Situation schlau zu werden. Da sah er einen ganzen Trupp Männer. Einer von ihnen schien das Kommando über die anderen zu haben. Die Arbeiter hatten lange Stangen bei sich, an deren Enden sich Haken aus Metall befanden. Sie trugen schwere lederne Stiefel, die ihnen bis über die Knie reichten. Der Anführer rief:

„Akkordanten, macht euch zum Einwurf bei den Beigen bereit. Stiefelknechte, nehmt eure angewiesenen Plätze entlang des Ufers ein und achtet auf das Startsignal!"

Viele der Männer entfernten sich daraufhin vom Damm und dem Holzstapel und folgten dem Bach stromabwärts. Sehr bald waren sie aus Strix' eingeschränktem Sichtfeld verschwunden. Dafür traten andere Männer an sein Versteck heran. Sie bezogen mit augenscheinlich routinierten Bewegungsabläufen und unter höchster Anspannung Position bei den hölzernen Stützpfeilern, welche den Holzstapel am Abrollen hinderten. Vom Damm herunter ertönte nach einiger Zeit ein Signalhorn, von dessen Lärm Strix beinahe die empfindlichen Ohren platzten. Der Ablauf des Sees wurde geöffnet. Mit enormem Druck schoss das Wasser mit Getöse daraus hervor und flutete den sonst so friedlich vor sich hinplätschernden Bachlauf. Wieder ertönte das Signalhorn, und ehe Strix überhaupt begriff, was geschah, hatten die Männer bereits die Stützpfeiler gelöst. Der Stapel geriet augenblicklich in Bewegung. Strix blieb vor Schreck beinahe das Herz stehen. Er war nicht mehr in der Lage, sich zu bewegen. Erstarrt blieb er in seinem Versteck verborgen, obwohl sein Verstand ganz genau wusste, wie bedrohlich die Lage für ihn war. Körper und Gehirn versagten ihm aber ausgerechnet jetzt den Dienst und machten somit eine Flucht unmöglich. Er fühlte sich wie ein Kaninchen, das einer Schlange gegenüberhockte.

Die Humanos hatten sich mit einem beherzten Sprung vor den herabpolternden Hölzern in Sicherheit gebracht. Da spürte er eine unsichtbare Hand auf seiner Schulter, die ihn heftig rüttelte. Die Stimme seiner Tochter drang an sein Ohr und begann ihn langsam ins Hier und Jetzt zurückzuholen. Wie lange sie schon zu ihm zurückgekehrt war, konnte er nicht mit Bestimmtheit sagen. Ganz offensichtlich jedoch schon länger als sein Bewusstsein begriff.

„Papa, Papa, so hör doch! Wir müssen hier augenblicklich verschwinden. Sie haben das Wasser abgelassen. Wir müssen sofort aus dem Holzstapel raus!"

Noch ehe Strix zu einer Reaktion fähig war, spürte er, wie Bewegung in den Holzstoß kam, in dem sie sich verborgen hielten. Alles um sie herum geriet ins Schwanken und entzog sich augenblicklich ihrer Kontrolle. Es war zu spät! Tilia war so sehr darum bemüht, ihren Vater nicht mehr loszulassen, dass sie nicht länger die Kraft besaß, ihre unsichtbare Form aufrechtzuerhalten. Ihr Arm, mit dem sie sich in den ihres Vaters eingehakt hatte, um ihn nicht zu verlieren, wurde mit dem Rest ihres Körpers zusammen sichtbar. Sie blickten sich an. Strix war unfähig etwas zu sagen. Wie aus weiter Ferne drang die Stimme Tilias gedämpft an seine, vom Lärm halbbetäubte, Ohren: „Es tut mir so leid!"

Im selben Augenblick löste sich der Holzstapel endgültig polternd auf und die Scheiter und Klötze wurden von den Humanos in das heranschießende Wasser geworfen. Strix klammerte sich mit einem Arm an ein Holzscheit, während er mit dem anderen Tilia fest an sich heranzog. Diese hatte sich in seiner Kleidung verkrallt und schnappte verzweifelt nach Luft, als sie mit dem Kopf immer wieder unter Wasser geriet. Sie hustete und prustete, bis ein anderes Holzstück ihren Kopf traf und sie das Bewusstsein verlor. Strix presste ihren Körper zwischen sich und das Holz, auf dem sie zusammen abwärts sausten. Ehe er seine Tochter loslassen würde, wollte er lieber selbst sterben. Das war der letzte Gedanke, zu dem er fähig war, bevor er nicht mehr wusste, wo oben und unten war und endgültig die Herrschaft über seinen Körper und sein Leben verlor.

Das siebzehnte Kapitel

Da hängt was dran!

es war's Signal – s' goht los", raunte der Klingenmüller
Johann Friedrich Rau seinem sechzehnjährigen Sohn Johann Gottfried zu, den er etwas weiter hinter sich am sicheren
Ufer platziert hatte. Beide standen schützend mit einer Holz-
stange neben dem geschlossenen Wehr, das zum Mühlkanal
führte, in schweren Stiefeln und Winterkleidung, breitbeinig und
aufs höchste Maß angespannt. Die Stange war wie jene der Stiefelknechte am einen Ende mit einem Haken versehen. Es wirkte
beinahe, als stünden sie vor einem Stadttor Wache. Das andere
Wehr, welches sich mitten im Bachlauf befand, diente normalerweise dazu, das Wasser vor der Inbetriebsetzung der Mahl-
oder Sägemühle anzustauen, um somit für die optimale Wasser-
zufuhr des Mühlkanals zu sorgen. Vor dem Flößervorgang
musste dieses Wehrtor jedoch entfernt werden, um kein Hindernis darzustellen. Unterhalb des Wehres befand sich eine hölzerne
Flößerrinne, die dafür sorgte, dass das Holz seinen Weg durch
den Bach fand. Am gegenüberliegenden Ufer hatte sich ein Stiefelknecht platziert, der ebenfalls aufmerksam das bald herbeiei-
lende Scheitholz erwartete. Diese Stelle war wegen des
Engpasses besonders heikel und erforderte daher viel Erfahrung.
Der Müller ließ es sich nicht nehmen, auf der Seite seines Kanals
selbst zu kontrollieren. Ihm ging es nicht darum, das Holz sicher
durch die Wehrfalle zu schleusen. Sein Augenmerk war darauf
gerichtet, die Schäden an seinem Mühlkanal so minimal wie
möglich zu halten. Zu viel hatte ihn die Flößerei in der Vergangenheit bereits an Reparaturen gekostet. Die Flößergesellschaft
war darüber hinaus nicht gerade sehr einsichtig oder gar entge-
genkommend, wenn es um eine Abfindung oder Schadenser-
satzforderungen ging. Da half auch eine offizielle Beschwerde
der anliegenden Müller herzlich wenig. So blieb jedem von
ihnen nur die Eigeninitiative, um den Schaden in Grenzen zu

halten. Der Müller rief zum Stiefelknecht hinüber: „Wenn ihr meine Wehrschiena nomol he machet, werd i mi fei wieder über euch beschwera!" Der Stiefelknecht grinste nur breit, weil ihm das herzlich egal war. Er war schließlich ein Taglöhner und hatte daher nichts mit den Schäden zu schaffen.

Das Holz wurde polternd mit dem Wasser angeschwemmt. Die Arbeit auf beiden Uferseiten begann. Während der Stiefelknecht dafür sorgte, dass das Scheitholz gut und ohne Verluste durch die Wehröffnung gelangte, lenkte der Müller mit seiner Stange das abtrünnige Holz vom Wehr des Mühlkanals ab. Wenn es dadurch seinen Schwung verlor und nicht weiter stromabwärts schwamm, sondern am Ufer zu stranden drohte, stieß es sein Sohn mit der Stange zurück in Richtung Bachlauf, wo es wieder neue Fahrt aufnahm. Bald darauf war das Spektakel vorüber, um sich nach einiger Zeit erneut zu wiederholen. So ging es den ganzen Tag fort.

Am Abend inspizierte der Müller, gemeinsam mit seinem Sohn, kritisch die eventuell entstandenen Schäden. Heute war es nochmal gut gegangen, aber morgen und übermorgen waren ja auch noch Flößertage. Wer wusste schon, was dabei noch alles geschehen konnte.

„Gottfried", wies der Müller seinen Sohn an, „prüf nomol, ob was uff osrer Seit' hängebliebe isch. Die sollet os net nachsage, dass mir dene ihr Holz klaut. Sodsch no was finda, schmeiß es im hohe Boge uff d' andre Seit, damit's dr Stiefelknecht morga früh au glei sieht. Oder schmeiß es von mir aus au in d' Wieslauf. Schließlich wollet mir net osern guate Ruaf oder – was no viel schlimmer wär – oser Seelenheil dafür uffs Spiel setze. I gang solang in de Stall ond versorg die Goisa."

Sein Sohn nickte gehorsam. Zügig machte er sich daran, seine Aufgabe gewissenhaft zu erledigen, ehe das letzte Sonnenlicht des kurzen Wintertages ersterben würde. Das meiste Holz hatte er direkt beim Flößvorgang in den Bach zurückverfrachtet. Es gab daher nicht allzu viel für ihn zu tun. Als er sich eben im Dämmerlicht auf den Rückweg zum Mühlengebäude machen wollte, nahm er aus dem Augenwinkel in der noch tief verschneiten Uferböschung einen dunklen Gegenstand war. Langsam trat er darauf zu, um ihn in Augenschein zu nehmen. Da hatte es doch tatsächlich ein Holzstück geschafft, ans Ufer zu hüpfen, ohne dass es ihm aufgefallen war! Verwundert hob er

es aus dem Schnee. So etwas war ihm noch nie passiert. Sehr merkwürdig! Erschöpft von den Anstrengungen des Tages wollte er das Holzstück einfach nur noch ins Wasser gleiten lassen, um es so auf seine weitere Reise in Richtung Remstal zu schicken. Als er es aufhob, fühlte sich die Unterseite jedoch nicht wie die anderen Scheite an, die er bisher in Händen gehalten hatte. War es die Müdigkeit, die ihn zu solch einer Sinnestäuschung veranlasste oder war das Holz einfach nur mit Moos oder einem Pilz behaftet? Aus reiner Neugier drehte er die weiche Seite zu sich. Mit einem überraschten Aufschrei ließ er das Holz in den Schnee zurückfallen. Vorsichtig drehte er es mit der Stiefelspitze abermals um. Er traute seinen Augen nicht. Es sah aus, als klebe ein kleines Männle daran! Es war nicht einmal halb so lang wie das etwa 4 Schuh messende Scheitholz. Mit dem behandschuhten Zeigefinger stupfte er das Männle behutsam an, doch es reagierte nicht. Vorsichtig hob der junge Mann das Holz empor und nahm es in den Arm, als trüge er ein Wickelkind. Am Mühlkanal entlang lief er in Richtung Mühle. Er kam zum Kleinviehstall, in dem die Ziegen untergebracht waren. Eben trat sein Vater heraus und fuhr ihn schroff an:
„Was soll denn des? Mir klauet koi Brennholz, des ham mir net nötig! Schmeiß es glei ins Wasser!"
Da sein Sohn keinerlei Anstalten machte, seine Aufforderung auszuführen, schickte sich der Müller an, ihm das Holzstück aus dem Arm zu reißen um es selbst zu tun. Doch der Junge hielt das Scheit ganz fest. Leise sagte er:
„Vadder, da hängt was dran!" Der Müller zuckte zurück. Zuerst blickte er seinen Sohn, dann das Holz verwundert an. Auch die Tatsache, dass Gottfried sonst immer seine Anweisungen befolgte, ließ ihn zögern.
„Was soll des hoißa: ‚Da hängt was dran?", fragte er irritiert.
Sein Sohn flüsterte: „Komm, mir müsset damit zur Mudder." Er lief am Gerinne der Mühle und dem kleinen umzäunten Gemüsegarten vorbei, den leicht ansteigenden Weg hinauf zum Wohngebäude, in dessen unterem Stockwerk die Mahlmühle untergebracht war. Sein Vater folgte ihm verwirrt. Beide zogen im Eingangsbereich der Mühlenwohnung ihre schneenassen, matschigen Stiefel aus. Gottfried legte dabei sein Holzscheit nicht auf dem Boden ab. Die beiden Männer betraten die Stube. Die Müllerin, Anna Maria Rau, klapperte mit Geschirr in der

Küche, während ihre drei jüngsten Töchter, die dreizehnjährige Dorothea, ihre drei Jahre jüngere Schwester Agnes Sara und das dreijährige Nesthäkchen Margaretha gemeinsam den Tisch deckten. Die Mädchen scherzten und kicherten fröhlich dabei herum. Ihnen fielen die beiden Männer überhaupt nicht auf, als diese ungewohnt leise die Stube betraten. Als Dorothea die Männer bemerkte, stieß sie einen leisen Schrei der Überraschung aus und fasste sich ans Herz.

„Meine Güte, bin i grad verschrocka!" Ihre beiden Schwestern drehten sich nun ebenfalls zu Vater und Bruder um und hießen sie willkommen. Margaretha wollte sofort auf ihren großen Bruder zustürmen, weil sie ihn so sehr lieb hatte. Doch der machte heute keinerlei Anstalten, seine Arme für sie auszubreiten um sie hoch zu heben und in der Luft herum zu wirbeln, wie er es sonst zu tun pflegte. Daher blieb seine kleine Schwester verstört stehen und blickte fragend zu ihm empor. Agnes Sara trat zu ihr heran und stellte die Frage, die ihrer Schwester im Hals steckte:

„Was isch denn los?"

„Hol d' Mudder", war seine knappe Antwort.

Agnes Sara beeilte sich, ihre Mutter aus der Küche zu holen. Diese trat mit sorgenvollem Blick durch die Küchentüre, während sie sich die mehligen Hände an ihrer Küchenschürze abwischte. Als sie die aschfahlen Gesichter ihres Sohns und Mannes sah, ahnte sie, dass etwas Schreckliches geschehen sein musste. Sie trat zu ihrem Sohn, der vor dem Vater stand und ein Stück Scheitholz im Arm hielt, als sei es ein kostbarer Schatz.

„Isch was passiert?", fragte sie ihren Sohn leise. Gottfried hielt ihr wortlos das Holzstück entgegen. Die drei Mädchen hatten sich voller Neugier um die Mutter geschart. Die Müllerin und ihre Töchter starrten lange Zeit fassungslos das Scheitholz an. Ebenso wie ihr Sohn vor ihr, stupste sie das Wesen, das an das Holz gefroren schien, vorsichtig mit dem Finger an. Dann nahm sie Gottfried wortlos das Scheit ab. Sie setzte sich damit auf die Eckbank am robusten, hölzernen Ecktisch und legte es sich auf den Schoß. Ihre Töchter drängten sich so lange dicht um sie, bis sie ihnen gebührenden Abstand gebot. Sanft legte sie ihre Hand auf den Rücken des Wesens. Erschrocken zog sie ihre Hand zurück, da es eiskalt war. Sie bat Agnes Sara um ihren dicken, gestrickten Wollumhang, den diese aus der hübsch bemalten

Seitstollentruhe nahm. Die Mutter wies sie und Dorothea an, das Abendessen vom gemauerten Herd zu holen, um es der Familie zu servieren. Außerdem sollten sie die kupferne Wärmflasche mit heißem Wasser füllen. Die beiden Mädchen beeilten sich, das Gewünschte unverzüglich zu erledigen.

Der Müller wies seiner Frau, die nicht mitessen wollte, den ledernen Ohrensessel zu. Dieser stand direkt neben dem schön verzierten, gusseisernen Kastenofen, welcher eine wohlige Wärme in der Stube verströmte. Normalerweise gebührte dieser besondere Platz, nachdem das Tagwerk vollbracht war, dem Müller als Familienoberhaupt, aber am heutigen Tag war nichts normal. Mit einem dankbaren Blick nahm sie sein Angebot an. Sie bedeckte das Männle, das sich nicht vom Holz trennen ließ, mit ihrem Umhang und wartete eine ganze Weile, während sie ihre Hand unter dem Umgang auf seinen Rücken legte, um ihm Wärme zu geben. Der Rest der Familie sprach das Tischgebet und aß gemeinsam Kraut- und Rübengemüse mit Brot. Danach brachten die Mädchen die Küche in Ordnung. Die Männer stellten ihre Stiefel zum Trocknen neben den Ofen und hängten ihre nassen Strümpfe und Hosen über hölzerne Stangen, die links und rechts neben dem Ofen von der Decke abgehängt waren.

Erst als sich die Familie wieder um den Tisch versammelt hatte, von wo aus alle wortlos die Mutter mit ihrer merkwürdigen Last auf dem Schoß anblickten, begann die Müllerin zu sprechen:

„Ihr Lieben, lasset os älle z'samma den Herrgott drum bitta, des Leben hier zu retta. I hoff, es isch no net zu spät. Aber mir wisset ja älle, welche Wunder onser Herr zustande brengt. Daher lasset os die Hoffnung net aufgeba."

Alle Familienmitglieder senkten die Köpfe und begannen leise für das sonderbare kleine Wesen zu beten, das ganz offensichtlich dem Tod sehr viel näher stand als dem Leben.

Draußen war es inzwischen finster geworden. Das Rauschen des nahen Wasserfalls war das einzige Geräusch, das nach diesem turbulenten Tag in der Wieslaufschlucht noch zu hören war. Nur ein schwacher Lichtschein drang durch die Fenster der Klingenmühle nach draußen. Keiner hatte heute Abend daran gedacht, die Läden zu schließen. Aus dem Kamin stieg eine dünne Rauchfahne in den nächtlichen Himmel empor. Niemand, der dieses idyllische Bild von außen gesehen hätte, wäre auf den Gedanken gekommen, welch bedrückte Atmosphäre innerhalb des Gebäudes herrschte. Nach einer gefühlten Ewigkeit wollte die Müllerin einen Versuch wagen, das Männle vom Holzblock zu trennen. Sie entfernte den Wollumhang von seinem Körper und löste es behutsam aus seiner Erstarrung. Alle Familienmitglieder hatten sich im Halbkreis um den Sessel gestellt und atmeten erleichtert auf, weil die Unterkühlung des Körpers allem Anschein nach etwas nachgelassen hatte. Die Mutter wollte eben ihrem Sohn das Holz reichen, als Agnes Sara mit dem Finger auf das Scheit zeigte:

„Seht doch", rief sie aus, „da isch ja no oins drunter!"

Alle starrten auf das Scheitholz. Anna Maria hatte das Männle derweil auf ihren Schoß gebettet und wieder mit ihrem Umhang bedeckt. Nun blickte auch sie auf das Holzstück. Tatsächlich war nach dem Ablösen des einen darunter noch ein weiteres Wesen zum Vorschein gekommen. Der gesamten Familie stockte der Atem. Als ob das nicht alles schon merkwürdig genug wäre, hatten sie es hier in der Tat mit zwei wundersamen Gestalten zu tun! Die Mutter überreichte Dorothea das Männle, wie einen neugeborenen Säugling. Agnes Sara versorgte ihre große Schwester umgehend ebenfalls mit einem wollenden Umhang aus der Seitstollentruhe. Dorothea setzte sich mit dem Männle auf die Eckbank und versuchte seinen Puls zu erfühlen, während Gottfried seiner Mutter das Holzstück zurückgab und sich die Prozedur mit dem anderen Wesen, bei dem es sich um ein Mädle zu handeln schien, wiederholte.

„Mudder, i spür koin Herzschlag, isch es tot?" Ihr stiegen Tränen in die Augen. Ihre Mutter beschwichtige sie:

„Erscht wenn's warm ond tot isch, isch's wirklich tot."

Noch lange blieb Dorothea mit dem Männle auf ihrem Schoß bei ihrer Mutter in der Stube sitzen, um es langsam weiter aufzuwärmen.

„Erscht wenn sei Körper richtig warm isch, derfsch ihm au die Händle und Füßle wärma, ansonschta wird's gefährlich für en", erklärte ihr die Mutter. Sie selbst konnte irgendwann auch das Mädle vom Holz lösen. Das Männle hatte sie ganz offensichtlich mit seinem eigenen Körper vor dem Tod bewahrt, denn an ihrem Kopf klaffte eine ganz böse Wunde. Bestimmt hatte sie dadurch das Bewusstsein verloren und wäre sicher ohne seinen beherzten Einsatz ertrunken. Gottfried nahm der Müllerin das

Holz ab und Agnes Sara trug nach Anweisungen ihrer Mutter Material zur Wundversorgung herbei. Anna Maria wusch die Wunde mit einer Tinktur aus Heilkräutern aus und verband sie sorgfältig, wobei ihr die Tochter assistierte. Auch ihr schnitten sie vorsichtig die nasse Kleidung vom Leib, wie sie es zuvor bei dem Männle getan hatten. Das Mädle wurde zwar irgendwann ebenfalls etwas wärmer, doch schien es ihr aufgrund ihrer Wunde sehr viel schlechter zu gehen als dem Männle, das von seiner Ohnmacht ohne zu erwachen in einen erholsamen Schlaf übergegangen war. Agnes Sara legte, genau wie ihre Mutter es ihr auftrug, eine Kiste mit allerlei warmen Decken aus und steckte die Wärmeflasche darunter, um sie anzuwärmen. Danach schickte die Müllerin sie mit der kleinen Margaretha zusammen ins Bett.

Die Männer schürten den Kastenofen, der von der Küchenseite aus befeuert wurde, nochmals kräftig ein, damit es in der Stube auch nachts warm blieb.

Irgendwann konnte Dorothea es wagen, den Umhang zu entfernen, um das Männle zwischen die warmen Decken in die Kiste zu betten. Es schien - Gott Lob - über den Berg zu sein und schlief nun friedlich in seinem warmen Nest. Dorothea stellte die Kiste auf einen Stuhl, den sie neben dem Ofen in Reichweite der Mutter platzierte. Sie brachte ihrer Mutter auf einem Brett einer Scheibe Brot und einem Becher Ziegenmilch. Beides stellte sie auf einen anderen Stuhl in Griffnähe. Das Mädchen sprach noch einen Segen über die beiden Wesen, ehe sie sich selbst in ihre Schlafkammer begab. Vater und Bruder hatten sich ebenfalls in ihren Kammern zur Ruhe gebettet, da der morgige Tag auch wieder lang und anstrengend werden würde.

Dorotheas kleine Schwestern lagen bereits in ihren Betten, fanden jedoch keine Ruhe. Als sie endlich zu ihnen in die Kammer trat, erhoben beide die Köpfe.

„Wie goht's dene Männle?", fragte Margaretha.

„Dem Männle goht's gut, s schloft ganz friedlich. Des Mädle macht der Mudder aber rechte Sorga. Mir müsset drum bete, dass sie es au schafft, des sieht nämlich net gut aus", entgegnete Dorothea erschöpft.

„Du, Dorothea", meldete sich nun Agnes Sara zu Wort.

„Ja, was isch denn?"

„Was sen denn des für Dinger? Sen des womöglich Dämona?"
Die ältere Schwester war empört: „Wie kommsch bloß uff solch
absurde Gedanka? Wieso solltet os denn Dämona heimsucha,
noch dazu halbtote? Der Herr hat sie zu os g'schickt, damit mir
ihne helfa könnet, denn er isch gnädig und barmherzig mit älle
seine G'schöpf, weil er sie älle lieb hot."
„Aber i hab noch nie sowas wie die g'seha. Wie könnet se dann
zum Herra g'höre oder gar von ihm erschaffe sei?", bohrte Agnes
Sara weiter.
„Genau", unterstrich Margaretha diese Aussage. Dorothea lächelte in die Dunkelheit der Schlafkammer hinein, bevor sie antwortete:
„Wenn der Herrgott bloß *die* Wesa erschaffe hätt, die *mir* kennet
oder scho mol g'sehe henn, no wär die Welt ja net g'rad mit
mannigfaltige Wonder g'segnet. Meinet ihr net au? Der Herr liebt
d' Unterschiedlichkeit und hot die Welt daher au mit unsagbar
viel verschiedene Lebewesa bevölkert, von dene mir noch net
amal ahnet, dass die überhaupt existieret."
„Des isch uffregend, findesch net au?", murmelte Agnes Sara
schlaftrunken.
„Ja, das isch's. Mir wollet daher dem Herrgott für sei wonderbare
Schöpfung und die glückliche Fügung des Schicksals danka,
durch die er solch besondere G'schöpf zu os g'führt hat."
Dorothea erhielt keine Antwort mehr von ihren Schwestern,
denn diese waren mit einem seligen Lächeln auf den Lippen eingeschlafen. So betete sie allein für die Segnung und Bewahrung
ihrer Familie und deren neuesten Zuwachs, bevor auch sie einschlief.

Das achtzehnte Kapitel

Vertrauen lernen

nzwischen regnete es so kräftig, dass manche Menschen sich bereits wieder Gedanken um den bevorstehenden Weltuntergang machten. Zuerst dieser merkwürdige Nebel, die Hitze und die blutrote Sonne letzten Sommer, dann der kalte, schneereiche Winter und nun diese viel zu frühe und heftige Schneeschmelze und der Regen. Das Wetter spielte weiterhin total verrückt. Viele große Flüsse führten Hochwasser und auch das Bett der Wieslauf war deutlich breiter als sonst üblich. Zum Glück stand die Mühle erhöht über dem Ufer. Somit lief sie bisher keine Gefahr, vom Hochwasser beschädigt zu werden, was andernorts durchaus der Fall war.

Strix saß den ganzen Tag auf einem Stuhl, der dem dunkelbraunen Ohrensessel gegenüberstand. Die Müllerin hatte seine und Tilias zerschnittene Kleidung inzwischen liebevoll geflickt, gewaschen und getrocknet. Sie war so gut wie neu und fühlte sich an, auch wenn sie anders roch als gewohnt.

Wenn Strix nicht gerade auf die reglose Tilia starrte, betrachtete er den kunstvoll verzierten gusseisernen Ofen. Dieser stand nicht direkt auf dem Boden, sondern wurde getragen von einem eingebauten, schwarz gefassten, sandsteinernen Ofenstein, der auf einer Bodenplatte stand. Auf ihm befand sich eine Wappenkartusche, auf der unter anderem zwei Räder abgebildet waren und die Jahreszahl 1776 stand. Die beiden Räder wurden von einem Oval umrahmt, um das sich wiederrum ein Art Blätterkranz rankte. Strix wusste weder, dass es sich bei den Rädern um Mühlräder handelte, noch was es mit den Zahlen auf sich hatte, weil die Selvas keine Schrift besaßen. Oberhalb des Wappens zierten links und rechts schneckenhausartige Ornamente den Stein.

Auf dem Sessel vor ihm stand eine Kiste, in welche die immer noch besinnungslose Tilia von den Humanos gebettet worden war. In tiefes Schweigen gehüllt, blickte er kaum auf, wenn eines der freundlichen Mädchen oder deren Mutter ein Schälchen Brei oder Suppe, eine Scheibe Brot oder einen Becher Kräutertee neben ihn auf einen Schemel stellte. Er nahm so gut wie nichts zu sich und verließ daher das Haus auch nur sehr selten für kurze Zeit, um sich zu erleichtern. Danach setzte er sich sofort wieder seiner Tochter gegenüber auf den Stuhl und ließ beklommen seinen Blick auf ihr ruhen. Er fühlte sich, als sei er in einem Albtraum gefangen, aus dem er zu gerne erwachen würde. Doch nichts dergleichen geschah. Galina und der Rest des Clans waren sicher schon krank vor Sorge, weil sie nicht wussten, wo sie sich befanden und was mit ihnen geschehen war. Die Humanos glaubten wohl, er könne sie nicht verstehen und sei nicht in der Lage zu sprechen. Er ließ ihnen diese Illusion, denn ihm stand nicht der Sinn nach Konversation, schon gar nicht mit Humanos. Auch wenn die Familie unglaublich nett zu ihnen war und ihnen zweifellos das Leben gerettet hatte. Dafür war er sehr dankbar. Dennoch zog er es vor, jeden unnötigen Kontakt zu vermeiden. Es war schon schlimm genug, dass seine Tochter nicht transportfähig war und er auch keine Hilfe aus dem Clan holen konnte, um nicht noch mehr in Schwierigkeiten zu geraten. Außerdem wollte er Tilia auf keinen Fall in einem Humanoshaus allein zurücklassen. Die Familie gewährte ihm freien Ein- und Ausgang. Dennoch vermisste er seine Freiheit und seine Tochter. Selbst eine kernige Auseinandersetzung mit ihr wäre ihm jetzt lieber gewesen, als sie so zerbrechlich in dieser Kiste liegen zu sehen. Noch dazu fühlte er sich so hilflos wie nie zuvor in seinem Leben. Wenn doch nur Galina bei ihm gewesen wäre, um ihm beizustehen.

Am Nachmittag dieses Tages zog die Müllerin einen Stuhl neben seinen. Die Holzschale mit der kaum angerührten Suppe stellte sie auf ihrem Schoß ab. Traurig blicke sie auf das Männle, das die Hand des Mädles in seiner hielt und immer wieder sanft streichelte. Es war ihr unerklärlich, warum solch ein Wesen, das einem Menschen so ähnlich sah und Kleidung trug, nicht sprechen konnte. Vielleicht war ihre Sprache einfach nur eine andere und nur deshalb schwieg er so beharrlich. Sie konnte sich jedoch manchmal des Eindrucks nicht erwehren, er reagiere auf das ein oder andere Geschehnis. Etwa wenn die Familie sich unterhielt, das Tischgebet gesprochen wurde, jemand etwas aus der Bibel vorlas oder Lieder gesungen wurden. Dann glaubte sie eine bestimmte Mimik oder Gestik an ihm zu erkennen. Diese Beobachtung bestärkte sie in ihrer Hoffnung, doch noch einen Zugang zu ihm zu finden. Sie betete täglich dafür. Eine ganze Weile saß sie schweigend neben ihm und gab sich ihren Gedanken hin, in welcher Verbindung die beiden wohl zueinander standen. Deren Alter war zwar sehr schwer einzuschätzen, dennoch machte es auf sie den Eindruck, als könnten sie irgendwie miteinander verwandt sein, denn sie glaubte eine gewisse Ähnlichkeit zu erkennen. Es konnte freilich auch sein, alle von ihnen sahen so aus. Sie wagte einen erneuten Versuch:

„Seid ihr verwandt? Isch sie vielleicht dei kloine Schweschter?" Sie bemerkte, wie sich seine spitzen Ohren bei diesem Kommunikationsversuch aufrichteten. Ähnlich wie bei der Katze, wenn man sie beim Namen rief. Er blickte sie jedoch nicht an und antwortete auch nicht. Nach einer Weile erhob sich die Mutter mit einem leichten Seufzer, um die Schale in die Küche zu tragen. Sie würde es wieder und wieder versuchen und niemals die Hoffnung aufgeben, ihn zu erreichen.

Am nächsten Morgen waren alle Familienmitglieder nach der Morgensuppe mit ihren täglichen Routineaufgaben beschäftigt. Die Männer spalteten und schichteten in der Scheune Brennholz und reparierten alle möglichen Gegenstände. Die Mädchen misteten die Ställe aus, fütterten die Hühner und sammelten die Eier ein. Danach bekamen die beiden Ziegen Paula und Lina ihr Futter und wurden gemolken. Die Mutter werkelte emsig in der Küche herum, als sie aus dem Augenwinkel heraus etwas Ungewöhnliches in Rahmen der Küchentür erspähte. Sie erhob den Blick von ihrer Arbeit und erkannte das Männle, welches sie direkt anblickte. Langsam wischte sie sich die Hände an einem Geschirrtuch ab und wand sich ihm zu.

„Sie ist meine Tochter", vernahm sie seine zaghafte Stimme zum allerersten Mal. Freudentränen füllten ihre Augen. Sie hielt sich die Hand vor den Mund, um keinen Jubelschrei auszustoßen oder ihn mit einem lauten: „Der Herr sei gepriesen!", zu verschrecken. Ohne Hast trat sie auf ihn zu. Da er ihr geradeal bis an die Knie reichte, ging sie – in gebührendem Abstand- vor ihm in die Hocke, um den Größenunterschied etwas wettzumachen. Sanft sagte sie:

„Dei Tochter also. Wie heißt se denn?"

Strix zögerte. Den Humanos den eigenen Namen zu verraten brachte erfahrungsgemäß nichts Gutes ein und verstieß außerdem gegen die Regeln. Aber diese hier waren doch ganz anders als die anderen. Er konnte ihnen vertrauen, das wusste er. Und außerdem musste er sich endlich mit jemandem austauschen, ehe er den Verstand verlor. Mit einem falschen Namen hätte es sich nicht richtig angefühlt.

„Tilia", würgte er mühselig hervor, „Ihr Name ist Tilia."

„Des isch en hübscher Name. Er passt gut zu ihr, denn sie isch ja au a arg hübsches Mädle." Die Müllerin lächelte Strix so warmherzig an, dass seine Scheu augenblicklich zu schwinden begann. Diese liebevolle Frau strahlte etwas Vertrauenserweckendes aus. Ruhe und Frieden ließ sie regelrecht von innen heraus leuchten.

„I ben die Anna Maria und wie heisch du?", sprach sie weiter.

„Ich heiße Strix aluco", stellte er sich ihr vor. „Aber bitte sag Strix zu mir, denn so werde ich genannt."

„Wollet mir os wieder zu deim Töchterle setze, Strix?", schlug sie vor.

Er nickte: „Sehr gern."

Als beide ihre angestammten Plätze vor dem Sessel eingenommen hatten, er auf dem einen, sie auf dem anderen Stuhl, den sie wie immer neben ihn stellte, blickte Strix wieder betrübt seine Tochter an. Dann sah er zur Müllerin auf.

„Ich verstehe das nicht. Warum nur wacht sie nicht auf?"

„Des frag i mi au jeden Tag uffs Neue. I woiß es leider au net. Normalerweis stünd dem, soweit i des beurteila ko, nix im Weg", antwortete sie.

„Wird sie sterben?", fragte er bekümmert.

„Au des ko i dir net sage. S' liegt in der Hand Gottes, ob se ihre Auga nommal uff macht oder ob se für immer g'schlossen bleibet. Aber so lang se no atmet, besteht Hoffnung." Sie wagte ihre Hand beschwichtigend auf seinen Arm zu legen, was er sich anstandslos gefallen ließ.

„Glaubt euer Volk au an Gott?", wollte sie wissen. Er nickte.

„Oh ja, wir glauben auch an die Große Macht, die alles erschaffen hat, aber wir trauen uns schon seit langer Zeit nicht mehr, sie mit unseren Jahreszeitfeiern und Festen zu ehren", murmelte er.

„Oh, das is aber arg schad? Warum denn net?"

„Weil wir ganz furchtbare Angst davor haben, von euch Huma..., hmm...euch Menschen durch unsere Musik und unseren Gesang entdeckt zu werden. Ihr raubt uns den Lebensraum und dadurch auch unsere Lebensgrundlage. Wir wissen auch nicht, was ihr mit uns anstellen würdet, wenn ihr uns in die Finger bekämt, denn ihr seid unbeherrscht, ungeduldig und ungerecht. Es gibt sehr viele gruselige Geschichten über euch, die wir uns aber schon lange nicht mehr erzählen, weil uns zu sehr davor graut. Die Gefahr, die von euch ausgeht, ist sehr groß. Daher ist mein Volk vor langer Zeit verstummt und hat seine Lebenslust verloren", purzelten die Worte nun aus ihm heraus. Er wusste selbst nicht, wie das geschehen konnte.

„Oh, des tut mir aufrichtig leid." Das Bedauern in ihrer Stimme bestätigte den Wahrheitsgehalt ihrer Aussage. „Mir Mensche senn net älle gleich, aber des hosch du ja sicher au scho g'merkt." Er nickte heftig. Sie fuhr fort:

„Trotzdem muss i dir leider recht geba. Vor'm Großteil der Menscha muss ma sich tatsächlich arg in Acht nehma. S' gibt g'nug, die vor absolut nix zurückschrecket, um ihr'n eigene Vorteil d'raus zu zieha ond andauernd nur uff ihr eigenes Wohl bedacht sen."

„Aber ihr seid anders", warf Strix ein.

„Ja, mir send anders. Mir sen Chrischta und wollet daher des Licht und den Frieda, die wir durch oser'n Herrn Jesus Christus in uns uffg'nomma hen, in dui Welt traga."

Aha, dachte er bei sich, *daher stammt also ihr inneres Leuchten.*

„Aber da gibt's, wie bei älle Lebewesa, eba au sodde ond sodde, wie mir Schwoba zu sage pfleget. Verstosch was i moin?" Strix verstand. Die Müllerin sprach weiter: „Woisch, der Mensch unterwirft sich Gott und seim Sohn Jesus Christus normalerweise net. Die Menscha wollet älles, nur net g'horche, denn des widerspricht ihrer Natur. Aber Gott kann die Natur überwinda, daher besteht immer no Hoffnung."

„Gell, in diesem dicken Buch, aus dem ihr immer vorlest, geht es um die Große Macht, die ihr Gott nennt, und diesen Jesus Christus?", fragte er schüchtern.

Die Müllerin lächelte. Ihre Vermutung war somit bestätigt - er hatte ihnen sehr aufmerksam zugehört.

„Ja, darin steht älles, was für ons wichtig isch. Denn es isch des Wort Gottes. Des Buch heißt Bibel", erklärte sie ihm.

„Es ist wirklich sehr dick", bemerkte Strix. „So viele Worte, von deren Bedeutung ich nichts verstehe! Kannst du mir bitte das Wichtigste ganz kurz zusammenfassen?"

Die Müllerin überlegte einen Moment und strahlte ihn dann an. „Oh ja, i hab's! Wenn i dir den gesamten Inhalt der Heiligen Schrift verständlich zusammafassen soll, no stoht der Satz im siebta Kapitel des Matthäusevangeliums im Vers zwölf. Da spricht unser Herr Jesus Christus in der Bergpredigt folgendes vom Tun des göttlichen Willens: ‚Alles nun, was ihr wollt, dass euch die Menschen tun sollen, das tut ihnen auch!' Hilft dir des weiter?"

Strix dachte einen kurzen Moment darüber nach.

„Hm", sagte er dann, „bedeutet das, ich soll die anderen so behandeln, wie ich von ihnen behandelt werden möchte?"

Die Müllerin nickte. „Ja, genau des bedeutet's. A Sprichwort drückt's so aus: ‚Was du nicht willst, dass man dir tu, das füg auch keinem andern zu'."

Strix' Neugier wurde dadurch noch mehr geweckt. Eben wollte er sie darum bitten, ihr mehr von diesem Herrn Jesus Christus zu erzählen, als sie durch das Öffnen der Haustüre unterbrochen wurden.

Die vom Regen durchnässten Mädchen traten in die Stube. Ihre Münder blieben vor Erstaunen offen stehen, als sie sahen, wie ihre Mutter bei dem kleinen Männle saß und sich ganz selbstverständlich mit ihm unterhielt. Die kleine Margaretha verkroch sich schüchtern hinter dem Rock ihrer großen Schwester Dorothea, Agnes Sara dagegen wollte direkt auf die beide zulaufen. Ihre Mutter erhob die Hand, um sie an diesem Vorhaben zu hindern. Ihre Tochter verstand diese Geste sofort und blieb augenblicklich stehen. Strix sagte zu der Müllerin:

„Es ist schon gut. Lass sie ruhig näher kommen, aber langsam." Die Mutter winkte die Mädels zu sich her und die drei schlichen näher.

„Hallo", wandte sich Strix direkt an die Mädchen, die in gebührendem Abstand wieder stehengeblieben waren. „Ich bin Strix." Er lächelte sie freundlich an. Die Mädchen strahlten und winkten ihm zu. Jede von ihnen stellte sich nun ebenfalls mehr oder weniger schüchtern vor. Strix erwiderte:

„Ich möchte euch für eure Hilfe und die Pflege von mir und meiner Tochter danken."

Agnes Sara klatsche begeistert in die Hände. „Habt ihr des g'hört? Sie isch sei Tochter – han i s' doch g'wisst!", rief sie triumphierend aus. Mutig trat sie noch näher heran, um in die Kiste zu schauen. „Isch se uffg'wacht?", fragte sie.

„Leider no net", entgegnete die Müllerin.

„Wie hoißt se denn?", fragte Agnes Sara weiter. Ihre Mutter wollte sie eben wegen ihres naseweisen Verhaltens rügen, aber Strix sagte schnell:

„Ist schon gut. Ihr Name ist Tilia und sie ist genauso ein Wirbelwind wie du, Agnes Sara. Ich bin mit ganz sicher, ihr beide würdet euch sehr gut verstehen!"

Anges Sara strahlte und streichelte der besinnungslosen Tilia sanft mit dem Finger über die Wange. „I mog se jetzt scho", flüsterte sie. „Wach bitte bald uff, damit mir miteinander spiele könnet."

Das neunzehnte Kapitel

Was nun?

An der Nordseite des steinernen Mühlengebäudes, in dem die Müllerfamilie Rau lebte, befand sich eine Sägemühle. Sie glich eher einer hölzernen offenen Remise als einem Gebäude. Im Inneren dieser Sägemühle befand sich das Sägewerk, auf dem die Baumstämme durch ein senkrecht angebrachtes Sägegatter geschoben werden konnten, um einen Baumstamm in Bretter zu verwandeln. Die komplizierte Technik, welche diese Konstruktion antrieb, befand sich in einem Stockwerk unterhalb dieses sichtbaren Sägewerks. Friedrich Rau und sein Sohn Gottfried waren in der Sägemühle zugange. Sie warteten die Technik der Säge gründlich und schliffen die Sägeblätter, um sich auf die nächste Saison vorzubereiten. Strix saß auf einem Zwischenboden, der sich direkt über der Sägemechanik befand. Diese Konstruktion war ihm nicht besonders geheuer. Er hoffte längst wieder von hier verschwunden zu sein, wenn der Betrieb dieser Monstermaschine tatsächlich wieder losging. Von seiner erhöhten Position aus beobachtete er die beiden Männer bei der für ihn so befremdlichen Arbeit. Bei einem der Probesägeläufe rutschte einer der ledernen Antriebsriemen ab. So schnell sie konnten stoppten sie den Lauf, um größeren Schaden zu vermeiden.

„Gut, dass du da oben in Sicherheit bisch!", rief Gottfried zu ihm empor. „Des G'schäft kann ganz schee g'fährlich werda, wenn die Technik net tut, was se soll."

Er zwinkerte Strix freundlich zu und half seinem Vater dabei, den Antriebsriemen wieder aufzuziehen. Strix kletterte bald darauf vom Zwischendach und begab sich wieder ins Wohnhaus, um nach seiner Tochter zu sehen. Sie war zum Glück vor ein paar Tagen wieder zur Besinnung gekommen. Sozusagen im letzten Moment, denn sie benötigte dringend Flüssigkeit, um nicht zu dehydrieren. Das war aber auch das Einzige, was sie zu sich nehmen konnte, bevor sie ermattet wieder in ihre weichen Decken zurücksank und die meiste Zeit des Tages und der Nacht verschlief. Strix machte sich sehr große Sorgen um sie. Daher hatte er eine schwerwiegende Entscheidung getroffen. Entschlossen trat er zur Bäuerin an den Stubentisch, an dem sie eben damit beschäftigt war, Bettzeug zu stopfen. Als Strix auf einen der hölzernen Stühle kletterte, wobei er einen Fußschemel als Tritt nutzte, blickte sie von ihrer Arbeit auf.

„Na du, brauchsch was?", fragte sie ihn freundlich.

„Ich muss nach Hause", erklärte er ihr ohne Umschweife.

„Ach so. Ja, des kann i natürlich gut verstehn. Du hosch sicher Heimweh", entgegnete sie.

„Nein, das ist es nicht. Ich bin in großer Sorge um Tilia. Normalerweise sind wir Selvas nicht so leicht und lange umzuhauen. Schon gar nicht so ein vor Leben strotzender wie Tilia. Irgendetwas stimmt da nicht. Sie müsste schon längst wieder auf den Beinen sein und mit Agnes Sara die Hühner füttern. Ich muss zurück zu ihrer Mutter. Sie ist sicher auch schon ganz krank vor Sorge um uns. Schließlich ist es bereits einen halben Mond her, dass wir spurlos verschwunden sind. Vielleicht weiß sie ja, was zu tun ist, um Tilia wieder auf die Beine zu bringen."

Anna Maria verstand sofort. „Da hosch du vollkomma Recht! Geh hoim ond verzähl ihr älles, was bassiert isch. Bring se am beschten glei mit, damit se sich ihr verletzte Tochter a'schauen ka. Sie isch doch sowas wie a Heilerin, wenn ich des recht verstanda hab."

Strix winkte ab. „Das schon, aber sie ist bei weitem nicht so erfahren wie meine Schwester Loxia. Wenn jemand Tilia wieder auf die Beine bringen könnten, dann ist es sie."

„Gut", setzte die Müllerin ernsthaft hinzu, „dann bring dei Schweschter au glei mit. Doppelt g'näht hält besser."

Strix lachte auf. „Ach du meine Güte, daraus wird auf jeden Fall nichts. Bevor sich Loxia in die Nähe der Menschen wagt, lässt sie ihre Nichte lieber sterben!"

„Wie kosch du bloß soebes Schreckliches über dei eigene Schweschter sage?" Anna Maria war ehrlich schockiert.

„Es ist nur die Wahrheit. Loxia wird sich niemals in die Nähe eines Menschen begeben, selbst wenn es um Leben und Tod ginge!"

„Dann bring' dei Galina her und mir höret, was se zum sage hot.

Los, Beeilung, eh es zu spät is! Tilia isch bei os in de ällerbeschte Händ. I werd für sie sorge, als wär se ois von meine oigene Kender."

„Das weiß ich und dafür danke ich dir von ganzem Herzen!", erwiderte Strix und machte sich gleich danach auf den Weg in Richtung Selvadorf.

Am Abend desselben Tages kehrte er wieder zur Mühle zurück. Verwundert schaute sich die Familie nach seiner Gefährtin um. „Wo isch d' Galina?", fragte Anna Maria erstaunt. Strix musste erstmal zu neuem Atem kommen. Dorothea reichte ihm einen Becher Wasser, den er begierig leerte. Sämtliche Familienmitglieder erwarteten gespannt eine Antwort von ihm.

„Sie wollte nicht mitkommen", sagte er endlich. Die Enttäuschung und das Unverständnis seiner Menschen blieb ihm nicht verborgen. Die Mutter fasste sich als erstes wieder.

„Des isch zwar arg bedauerlich, aber wenigstens konntesch du sie über euer Verschwinden aufklära und sie somit beruhiga", meinte sie.

„Sie hatte uns überhaupt noch nicht vermisst. Sie dachte, solange wir zusammen weg sind, ist ja alles in Ordnung und kein Grund zur Beunruhigung vorhanden. Die Tatsache, dass wir bei Menschen gestrandet sein könnten, kam ihr nicht einen Augenblick in den Sinn. Darüber war sie entsetzt." Er seufzte tief.

„Oje, des hört sich net grad gut a", brachte die Müllerin mühsam hervor. „Aber was hot se denn g'sagt, als du ihr die Lage g'schildert hosch, in der sich eure Tochter befindet?"

„Sie hat mir zuerst heftige Vorwürfe gemacht, warum ich es überhaupt dazu kommen ließ. Dafür war mir aber die Zeit zu schade. Ich fragte sie stattdessen, was ich nun tun soll, um dieses mysteriöse Dauerdelirium zu beenden. Sie wollte wissen, ob sich Tilia denn die ganze Zeit im Haus befand. Natürlich bejahte ich dies, weil sie eben nicht transportfähig ist und auch das Wetter bisher zu schlecht war, um nur daran zu denken, sie nach draußen zu schaffen." Die Menschen hingen gebannt an seinen Lippen. „Sie sagte, wenn Tilia nicht bald raus in den Wald kommt, wird sie sterben." Keiner der Zuhörer wagte zu atmen. „Wir sind Naturwesen und müssen uns daher auch so oft wie möglich dort aufhalten, sonst gehen wir zugrunde. Der Wald ist unser Lebenselixier und die beste Medizin, die es gibt. Sie muss sofort nach draußen. Am besten in die Nähe eines fließenden Gewässers oder noch besser an einen Wasserfall. Fällt euch da vielleicht eine gute Stelle ein?", fragte Strix in die lauschende Menschenrunde hinein. Alle beeilten sich, ihre Jacken anzuziehen und in die Schuhe zu schlüpfen. Agnes Sara holte eine frische Wärmflasche, die sie unter Tilias Decke schob. Gottfried trug die Schlafkiste nach draußen. Die kleine Prozession zog mit Gottfried, Tilia und Strix an der Spitze, in Richtung Wasserfall, der sich beinahe direkt hinter dem Haus befand. Strix blickte verstohlen auf die Buche, die etwas weiter stromaufwärts etwa an der alten Stelle stand, auf der Tilia einst in ihrem Baumhaus lebte. Ein Nachfahre des Baums hatte tatsächlich die Zeiten überdauert. Es war beinahe wie damals. Er brachte es nicht übers Herz, den Menschen zu erzählen, wie sie ihre einstige Heimat von ihnen als „entweiht" bezeichnete. Er selbst hatte ja exakt dasselbe gedacht, als er letzten Sommer erkennen musste, dass dieser besondere Ort inzwischen von Menschen besiedelt war. Damals konnte er ja noch nicht ahnen, wie außergewöhnlich diese Menschen waren. Wenn jemand es verdient hatte, hier zu wohnen, dann sie. Ein Gefühl der Scham ergriff von ihm Besitz. Er und Galina hatten sie verurteilt, nur weil sie nichts von ihnen wussten und sie nicht einmal kannten. Ihm wurde aber auch just in diesem Moment bewusst, dass sie hier Tilia gezeugt hatten. Er erröte bei diesem Gedanken leicht. Was für eine Ironie des Schicksals war es doch: Nun sollte dieser Ort, an dem ihr Leben einst geschaffen wurde, auch der Platz sein, an dem sie es wieder zurückerhalten sollte. Er deutete diese Tatsache als gutes Zeichen.

„Was ist denn das da drüben für ein kleines Häuschen, auf der anderen Seite des Wasserfalls?", wollte er wissen. Ihm fiel auf, dass keine Brücke oder wenigsten ein Steg die beiden Ufer miteinander verband. Aber vielleicht gehörte es ja gar nicht zur Mühle.

„Des isch oser Ausdinghaus", erklärte ihm der Müller. „Grad stoht's leer, weil meine Eltern beide scho g'storba senn."

„Das tut mir leid", sagte Strix.

„Danke, aber es isch scho e Weile her und sie henn beide a schees Alter erreicha dürfa. Mei Vadder starb vor vierzehn Johr mit zweiondsiebzig und mei Mudder vor vier Johr mit dreiondsiebzig. Sie hattet beide a erfülltes Leba. Wer lebenssatt zu seinem Herrn heimgange darf, isch zu beneiden. Was will ma mehr? I hoff bloß, mir isch des au amol vergönnt. Wie stoht's denn bei euch mit dem Leba nach em Tod?"

„Nun, unser Sterben ist anders als eures. Wenn wir sterben, lösen sich unsere Körper einfach auf. Daher wirkt Tilia auch so ‚durchscheinend'. Das beunruhigt mich sehr. Wenn wir gehen, tritt das Jahr unseres Namens ein", erklärte er.

„Des Johr eures Namens?", fragte Gottfried, der immer noch die Kiste mit Tilia im Arm hielt, als sei sie eine Kinderwiege.

„Ja, unsere Namen haben immer etwas mit der Natur zu tun. Als sich zum Beispiel meine Großmutter Oxalis acetosella dazu entschloss, in den Schoß der Großen Mutter zurückzukehren, gab es in diesem Jahr Unmengen von Waldsauerklee. Und wenn ich einmal gehen werde, wird in diesem Jahr der Wald vom Ruf der Waldkäuze erfüllt sein."

„Ond wenn Tilia hoimgohd?", fragte Agnes Sara leise, wofür sie sich von Dorothea mit dem Ellenbogen einen kräftigen Rippenstoß und einen finsteren Blick einfing.

„Ist schon gut", sagte Strix, „wenn Tilia geht, wird es in der Natur nur so vor lauter neuen Lindenbäumen wimmeln. Dem Baum der Liebe. Ist das nicht ein schöner Trost?"

Das fanden alle andern auch. Und Agnes Sara kullerte eine Träne die Wange hinab.

„Jetzt aber g'nug davo!", unterbrach die Mutter dieses Thema mit entschlossener Stimme. „Wir send hier, um Tilia dem Tod zu entreißa und dafür brauchet mir en guta Plan!"

Strix blickte wieder zum Ausdinghaus hinüber. „Es führt kein Steg zum anderen Ufer", bemerkte er verwundert.

„Ja, des goht schlicht und ergreifend aus technische Gründ net", erklärte ihm der Müller. „Durch die Flößerei würd der sowieso immer wieder zerstört werda. A Brett genügt uns daher völlig, um den Bach zu überwinda. Da des Häusle aber im Moment sowieso net bewohnt isch, brauche mer au des net. Des Hochwasser letschte Woch hät sowieso älles he g'macht."

Der Müller wirkte mit einem Mal, als habe er einen guten Einfall. Tatsächlich schlug er Strix nun vor:

„Möchtesch du vielleicht mit deiner Tilia dort wohna? Es stoht ja direkt am Wasserfall. Ihr könnt euch so lang ihr wollt vorm Haus am Wasser uffhalte, und nachts habt ihr a warme Stub. Des wär doch ideal. Wart, i hol des Brett, damit du rüber kosch um's zu begutachta."

Nachdem Strix das Häuschen inspiziert hatte, erklärte er sich mit diesem Vorschlag einverstanden. Die Müllerin wollte auch weiterhin für ihn kochen und die Mädchen würden ihm das Essen bringen. Holz für den Ofen brachten die Männer herbei und reparierten das Häuschen so, dass es gut bewohnbar war. Die Mädchen schufen mit diversem Krimskrams, einen Hauch von Gemütlichkeit. Gottfried montierte Rollen unter die Kiste, damit Strix diese ohne Probleme vom Haus auf den Vorplatz schieben konnte, solange Tilia noch zu schwach war um selbst zu laufen.

„I hab au a Brems eibaut, damit du die Kischt fixiera kosch", erklärte ihm der Müllersohn. Falco wäre sicher genauso von Gottfrieds technischem Verständnis beeindruckt gewesen wie er, dachte Strix bei sich. Wenn - ja wenn er eben kein Mensch gewesen wäre.

Galina hatte Recht behalten. Tilia ging es jeden Tag, den sie am Wasserfall verbrachte, ein bisschen besser. Schon am ersten Tag erwachte sie und konnte auch bald wieder etwas trinken und essen, wobei sie sich in ihrer Kiste aufsetzen und an deren Wand anlehnen konnte. Bald war sie sogar in der Verfassung, ihr Lager zu verlassen und auf Strix gestützt sogar ein paar Schritte umherzugehen. Agnes Sara verbrachte ebenfalls jede freie Minute mit Tilia am Bachlauf.

Inzwischen stieg der Frühling vom Tal zum Berg. Die Tage wurden wieder länger, wenn auch nicht unbedingt wärmer. Das abseits gelegene Ausdinghaus stellte ein sehr gutes Versteck für die beiden dar, weil sie dort von den Kunden der Mahl- und Sägemühle nicht gesehen wurden. Das Geschäft lief dieses Jahr gut. Agnes Sara war davon überzeugt, der Herrgott segne ihre Familie damit für ihre gute Tat, die sie an den beiden Selvas getan hatten. Sie erklärte ihrer neuen kleinen Freundin mit ernster Miene: „Woisch, ma muss ei'fach glaube, weil des Leba nämlich immer wieder neue Wunder bereithält!" Beide lachten herzlich über diese Erkenntnis.

Eines Tages erklärte Tilia ihrem Vater, beinahe beiläufig: „Weißt du Papa, inzwischen wäre ich ja wieder kräftig genug, um mit dir zusammen den Heimweg anzutreten. Aber wenn ich ehrlich bin, möchte ich gar nicht mehr weg von hier. Alles ist

so schön. Du bist da, der Wasserfall, die Buche und die nette Müllerfamilie. Wollen wir nicht einfach für immer hierbleiben?"
Strix hatte diese Aussage befürchtet. Er wusste genauso gut wie sie, dass sie bald zum Clan zurückkehren mussten. Auch er hatte hier an Leib und Seele Heilung gefunden und sich mit den Menschen ausgesöhnt, die ihm in der Vergangenheit so viel Seelenpein verursacht hatten. Schweren Herzens musste er ihr klar machen, dass es ihnen bestimmt war, zu ihresgleichen zurückzukehren, denn da gehörten sie nun mal hin. Sie hatten schon viel zu lange hier verweilt. Es grenze beinahe an ein Wunder, warum sie hier noch kein anderer Mensch entdeckt hatte. Man sollte das Schicksal nicht zu sehr herausfordern.
Nach einem tränenreichen Abschied traten die beiden Selvas dann letztendlich doch den Heimweg an. Tilia versprach Agnes Sara, sie so oft wie möglich zu besuchen.

Das zwanzigste Kapitel

Verschwunden

Vater und Tochter bewegten sich sehr vorsichtig durch den Wald und mieden so gut wie möglich die Wege der Menschen. Querwaldein, fernab der Zivilisation, fühlten sie sich am sichersten. Dabei folgten sie derselben Strecke, die sie letzten Sommer zum ersten Mal gemeinsam mit Falco beschritten hatten. Damals wussten sie voneinander noch nicht einmal, wer sie waren. War seither wirklich noch nicht einmal ein Jahr vergangen? Das war kaum zu glauben, so viel hatten sie bereits zusammen erlebt und durchlitten. Immer wieder machten sie Halt, damit Tilia neue Kräfte sammeln konnte. Der Anstieg erschien ihr unfassbar schwer. Sie war es nicht gewohnt, dass ihr der Körper so heftig den Gehorsam verweigerte. Das verunsicherte und ärgerte sie ungemein. Keine Kontrolle zu haben ist nichts, was einen erfreut. Bald nach ihrem Aufbruch erkannten beide, dass Tilia doch noch nicht so weit wieder genesen war, wie sie angenommen hatten. Aber sie hatten ja Zeit und daher keine Eile. „Sag mal Papa, war der Berg vorher auch schon so steil oder ist er in der Zwischenzeit gewachsen?", fragte sie. Strix musste schmunzeln. Ihren Humor hatte sie wenigstens inzwischen wiedergefunden, das ließ ja hoffen. Bald darauf hatten sie das Edenbachtal erreicht, wo der Weg einfacher zu beschreiten war. Dennoch konnte Tilia sich nur noch mit Mühe weiterschleppen. Sie brauchten ziemlich lange, um vorwärts zu kommen. Strix hatte ihr im Wald einen passenden Stock gesucht, auf den sie sich schwer stützte. Auf der anderen Seite gab er ihr mit seinem Arm Halt. Sie ächzte und stöhnte immer mehr. Bald begann sie alarmierend zu keuchen. Ihre schweißnasse Stirn gefiel Strix überhaupt nicht. Stöhnend sank sie auf den Waldboden, um erneut auszuruhen. Er legte ihr besorgt die Hand auf die Stirn, um ihre Temperatur zu prüfen.

„Ah, das tut gut", hauchte sie, „Das ist so schön kühl." Sie verdrehte die Augen bevor sie sie schloss. Strix wurde angst und bange.

„Tilia, mein Schätzchen. Du darfst jetzt nicht einschlafen! Wir sind schon in der Nähe des kleinen Dorfes und daher den Menschen viel zu nahe", flehte er sie an. Was sollte er nur tun? Sie schien hohes Fieber zu haben und konnte nicht mehr weiterlaufen. Nochmal raffte sie sich mühselig auf. Mit letzter Kraft torkelte sie, von ihrem Vater und dem Stock gestützt, zu einem nahen Baum, um sich darunterzulegen. Was sollte er nur tun? Zur Mühle zurückzukehren ging nicht, zum Clan schafften sie es aber in ihrem Zustand erst recht nicht. Auch ihm standen inzwischen Schweißperlen auf der Stirn, allerdings vor Panik. Eine Entscheidung musste her, und zwar ganz schnell. Er schlug sich mit der flachen Hand auf den Kopf, als ob ihm das beim Denken helfen konnte. Ganz in der Nähe floss der Wasserlauf, dem sie folgten. Dort wollte er hingehen und ihr ein Tuch mit Wasser benetzen um wenigstens ihre Stirn zu kühlen. Wadenwickel wären zwar besser gewesen, aber die mussten warten. Danach würde er Hilfe holen gehen, auch wenn er sie in diesem Zustand kaum allein zurücklassen konnte.

Nun gut, dann werde ich sie eben im Unterholz verbergen, dachte er entschlossen. *Doch für diese kurze Zeit des Wasserholens wird das sicher nicht nötig sein. Erst die Kühle, dann das Versteck.*

„Ja, so wird es gemacht!", sprach er sich selbst Mut zu. Am liebsten hätte er ja jemand anderen nach Hilfe geschickt, um Tilia zu betreuen. Wo waren denn eigentlich die Tiere des Waldes, wenn man sie mal brauchte? Er und Tilia hatten sich viel zu sehr mit den Menschen eingelassen und dadurch rochen sie nun nach ihnen, was alle Waldtiere einen großen Bogen um sie machen ließ.

Na das hat ja prima geklappt!, dachte er grimmig, während er zum Bach stürmte, um das Tuch anzufeuchten. *Wir sind ganz wunderbare Selvas, mit denen selbst die Tiere nichts mehr zu tun haben wollen.*

Als er kurz darauf wieder an der Tanne ankam, unter der er seine Tochter auf Moos gebettet hatte, war sie verschwunden! Nur der Stock, auf den sie sich gestützt hatte, lag noch dort. Strix lief um den Baum herum, um zu schauen, ob sie vielleicht auf die andere Seite gekrochen war, aber da war sie auch nicht. In ihm stieg Panik auf. Intensiv suchten seine Augen den Waldboden nach Spuren ab, die ihm Aufschluss über Tilias Verbleib liefern könnten. *Jetzt wäre etwas Restschnee wirklich hilfreich*, dachte er grimmig. Er entdeckte nur einige verstreut herumliegende Federn, die ganz sicher nichts mit Tilias Verschwinden zu tun hatten. Bestimmt waren sie vorher schon da gelegen und er hatte sie vor lauter Aufregung nur nicht bemerkt. Strix spürte, wie ihm die Beine den Dienst versagten und er den Boden unter den Füßen verlor. Er fiel auf die Knie.

Junge, reiß dich zusammen und steh auf!, ermahnte er sich streng. Doch er schaffte es nicht, sich zu erheben. Sein Körper fühlte sich an, als sei er am Boden festgewachsen. Was hatte das zu bedeuten? Da kam ihm der Gedanke, diesen Perspektivwechsel zu nutzen um den Boden tastend abzusuchen. Auf allen Vieren kroch er den Waldboden nach verdächtigen Spuren ab. Er musste dringend das Unbegreifliche ergründen. Da erspürte er unter der feuchten Laubdecke eine ungewöhnliche Unebenheit. Hastig scharrte er die Blätter zur Seite und starrte bald darauf auf eine im schlammigen Boden frisch hinterlassene Spur. Es war eindeutig die Fußspur eines Menschen!

Nach seiner hektischen Rückkehr ins Baumhaus berichtete Strix Galina bebend von dem furchtbaren Unglück. Sie lauschte aufmerksam seinen Worten, ohne ihn zu unterbrechen. Als er geendet hatte, stellte sie sachlich fest: „Wir wissen nicht, ob sie wirklich von Humanos entführt wurde. Willst du vielleicht einen Kamillentee? Ich finde, den könntest du jetzt vertragen."
„Wie kannst du in solch einer schrecklichen Lage nur an Tee denken? Ich fasse es nicht! Unsere Tochter verschwindet von jetzt auf nachher vom Erdboden, und du willst mich mit Tee abspeisen. Was für eine Mutter bist du eigentlich? Bei welcher Gelegenheit ist dir denn dein Herz abhandengekommen?", schrie er sie an.
Galina blieb völlig ruhig, was ihn noch mehr verzweifeln ließ. Hätte sie in diesem Moment zurückgeschrien, wäre ihm wohler gewesen. Doch sie schritt einfach stumm zur Kochstelle und setzte tatsächlich Wasser im Kessel über dem Feuer auf. Erst als der Tee aufgebrüht war, kam sie mit zwei dampfenden Bechern

zurück zu den Mooskissen, um sie auf die auf dem Boden liegende Schilfmatte zu stellen, welche als Tisch diente. Strix lief derweil die ganze Zeit in der Wohnung hin und her, wie ein Tier, das von Humanos in einen Käfig gesperrt worden war, und darüber seinen Verstand zu verlieren drohte. Galina trat zu ihm heran, fasste ihn an beiden Schultern und blickte ihm direkt in die Augen, als sie zu ihm sagte:

„Es besteht noch Hoffnung!"

„Du meine Güte ja, die Hoffnung stirbt zuletzt, sagen die Humanos. Aber was, wenn die Hoffnung dann geschwunden ist?", entgegnete er.

„Die Selvas sagen, die Hoffnung stirbt nie - hörst du! Sie bleibt uns immer", erwiderte sie entschlossen, obwohl sie sich irritiert fragte, warum er auf einmal Redensarten der Humanos zitierte.

„Aber was, wenn dieses Jahr das Jahr der Linden wird?", setzte er dagegen.

Galina seufzte. „Das ist doch überhaupt noch nicht sicher. Und wenn es der Großen Macht gefällt, dann können wir sowieso nichts dagegen tun. Tilia hat schon immer ein wildes und riskantes Leben geführt. Wer die Gefahr liebt, kann manchmal auch darin umkommen. Das war mir immer so klar wie ihr. Aber wie gesagt, es ist noch nicht soweit, sie aufzugeben. Wir gehen jetzt zu Loxia und beichten ihr alles, was geschehen ist. Es gehört sich nicht, die weise Frau des Clans über solch ein erschütterndes Ereignis im Unklaren zu lassen. Außerdem benötigen wir dringend Hilfe, denn das können wir nie und nimmer alleine schaffen."

Strix schleppte sich hinter Galina her, die zielstrebig auf Loxias Wohnhöhle zutrat. Loxia und Falco saßen, gemütlich in Decken gehüllt, vor ihrem Wohnbaum und waren in ein angeregtes Gespräch vertieft, als die beiden auf sie zutraten. Mutter und Sohn hoben erstaunt die Köpfe, als sie der Ankömmlinge gewahrt wurden. Beide standen auf und traten zu ihnen.

„Strix!", sprach sie ihren Bruder an, „du bist ja wieder da. Wo warst du denn so lange? Und wo ist Tilia?" Sie blickte sich suchend nach ihr um. Falco versuchte aus der Mimik der beiden den Grund ihres Erscheinens zu ergründen. Was er dabei erkannte, ließ ein überaus ungutes Gefühl in ihm aufsteigen. War etwas mit Tilia geschehen?

Die vier ließen sich vor dem Baum nieder. Galina erzählte den beiden die ganze Geschichte von vorne bis hinten und ließ dabei nichts aus. Strix kämpfte derweil gegen eine Übelkeit an, die immer heftiger von ihm Besitz ergriff. Loxia und Falco hörten aufmerksam zu, wobei sie keinerlei Gemütsregungen erkennen ließen. Es war daher nicht zu deuten, wie sie die Geschichte aufnahmen. Strix freundete sich gedanklich bereits mit einer Verbannung oder dem Jahr des Waldkauzes an.

Verdient hätte ich beides!, dachte er geknickt.

Als Galina ihre Ausführungen beendet hatte, herrschte eine Weile betretenes Schweigen.

„Nun ja", setzte Loxia dazu an, sich zu äußern. „Was du mir da erzählst, überrascht mich ehrlich gesagt nicht besonders. Es war vorauszusehen, welches Ende es einmal mit eurer Tochter nehmen würde. Nach Falcos Berichten zu urteilen wundere ich mich nur darüber, wie lange es gedauert hat, bis so etwas geschah."

Tilias Eltern blickten Falco vorwurfsvoll an, der beschämt den Blick senkte. So konnte man natürlich auch das Vertrauen einer Freundin missbrauchen. Loxia entging das nicht. „Oh nein", winkte sie ab, „schiebt es nicht auf meinen Sohn! Er hat nur seine Pflicht erfüllt und sich an alle Regeln gehalten. Dafür könnt ihr ihn nicht verurteilen. Er ist immer ein guter Junge gewesen und hat seiner Mutter niemals Schande gemacht. Eure Tochter ist das komplette Gegenteil von ihm. Sie hat ihn ständig mit in irgendwelche von ihr allein provozierten Schwierigkeiten hineingezogen. Hätte er nicht all die unzähligen Sommer auf sie Acht gegeben, wäre wahrscheinlich inzwischen bereits unser gesamter Clan von den Humanos ausgelöscht worden. Was für ein Glück, dass das Unvermeidliche nicht unter seiner Obhut, sondern unter der ihres Vaters geschehen ist. Der Großen Macht sein Dank und Ehre dafür!"

Loxia atmete einmal tief ein und wieder aus. Sie war froh, das Ganze endlich mal an der richtigen Stelle zur Sprache bringen zu können. Manchmal drohte sie regelrecht daran zu ersticken. Galina und Strix waren erschüttert über ihre Standpauke, mit der sie in dieser Heftigkeit niemals gerechnet hätten. Sie kamen sich vor wie zwei kleine Kinder, die von ihrer Mutter furchtbar gerügt wurden und fühlten sich dementsprechend elend. Da sie diesen niederschmetternden Tatsachen nichts entgegenzusetzen hatten, blieben sie stumm. Es war ein Fehler gewesen, sich ihr anzuvertrauen, das war inzwischen beide klar geworden. Nachdem sich Loxia wieder gefasst hatte, fragte sie scharf:

„Und, was erwartet ihr jetzt von mir?"

Schweigen war die Antwort.

„Das dachte ich mir!", schleuderte sie dem geknickten Elternpaar erbarmungslos entgegen. „Wenn das so ist, bitte ich euch jetzt zu gehen, denn ich kann euch nicht helfen und werde es daher auch nicht tun. Meine Verantwortung gilt dem Clan. Ich werde ganz bestimmt nicht den Wunsch von einzelnen Aufmüpfigen über die Sicherheit der Gemeinschaft stellen."

Galina und Strix wandten sich zum Gehen, als Loxia ihrem Bruder noch etwas mit auf den Weg gab:

„Ach, und Strix!" Er wagte nicht sich nochmals zu ihr umzudrehen. Daher sagte sie zu seinem Rücken: „Du hast dich kein bisschen verändert, seit du damals fortgegangen bist. Du bist immer noch der verantwortungslose, selbstverliebte Tunichtgut wie damals. Und deine Tochter kommt genau nach dir, was natürlich kein Kompliment sein soll!" Er hatte es auch nicht als solches verstanden.

Galina und Strix schlichen gedemütigt von dannen und verkrochen sich in ihrem Baumhaus, um ihre seelischen Wunden zu lecken. Sie fragten sich sogar, ob es nicht für alle Beteiligten am besten wäre, wenn sie noch heute Nacht den Clan für immer verließen.

Als der Abend zu dämmern begann, klopfte es an ihre Türe. Galina öffnete verwundert. Draußen stand Falco. Man sah ihm deutlich an, wie aufgewühlt er war. Galina bat ihn einzutreten. Strix saß auf einem der Mooskissen und blickte den späten Gast an.

„Ah, da kommt ja das verräterische Muttersöhnchen. Sollst du uns von deiner lieben Frau Mama noch ein paar Gemeinheiten ausrichten, um uns den Rest zu geben?"

Falco räusperte sich verlegen, ehe er antwortete:

„Nein, ich komme, um mich bei euch zu entschuldigen und euch etwas mitzuteilen."

Galina bot ihm ein Mooskissen an. Falco setzte sich. Sie reichte ihm einen Becher frisch gebrühten Kamillentee. „Trink erstmal, mein Junge, du siehst aus, als hättest du ihn so nötig wie wir."

Dankbar nahm Falco ihr den Becher aus der Hand und nahm einen zaghaften Schluck, bevor er zu sprechen begann.

„Es tut mir so unendlich leid, was meine Mutter euch da um die Ohren gehauen hat. Das hat mich selbst völlig erschüttert. So habe ich sie noch niemals zuvor gesehen. Ich weiß überhaupt nicht, was in sie gefahren ist, so gemein zu euch zu sein."

„Sie leidet unter einer Humanosphobie, die hatte sie schon immer", entgegnete ihm Strix müde. „Bei Gelegenheit kann ich dir gerne mehr darüber erzählen, aber bitte nicht heute." Falco nickte stumm und nahm nochmal einen Schluck Tee. Sein Onkel sprach unterdessen weiter:

„Deine Mutter hat Recht, du bist wirklich ein guter Junge. Aber dich trifft weder an ihrem Verhalten noch ihren unbedachten, verletzenden Worten irgendeine Schuld. Das liegt ganz allein in ihrer Verantwortung."

Falco war erleichtert das zu hören. Entschlossen sagte er:

„Die Schuldfrage zu klären bringt uns sowieso auf der Suche nach Tilia keinen Schritt weiter. Wir müssen sie finden, bevor es zu spät ist!" Falcos weise Worte und sein ungewohntes Temperament beeindruckte die beiden Gastgeber sehr.

„Du bist ein sehr kluger junger Mann", sagte Galina. „Loxia ist mit Recht stolz auf dich. Was schlägst du also vor?"

Galina merkte instinktiv, dass er bereits etwas im Sinn hatte.

„Es hat mich sehr beeindruckt, wie ihr den Mut aufbrachtet, meiner Mutter diese überaus heikle Geschichte zu gestehen", bemerkte Falco.

„Es war eindeutig der Mut der Verzweiflung", stellte Galina klar. „Genutzt hat es uns aber allem Anschein nach nichts."

„Lasst euch nicht vom ersten Schein entmutigen, denn der trügt meistens!"

„Wie meinst du das?", fragte Strix seinen Neffen.

„Nun ja, so ausgeflippt Tilia auch ist, liebe ich sie dennoch wie eine Schwester und sorge mich genauso um sie wie ihr. Daher habe ich mich heute Nachmittag bei Mutter zu einem Spaziergang abgemeldet und bin zu Großonkel Galium gegangen."

„Aber der schläft doch tagsüber die meiste Zeit", stellte Galina fest.

„Das weiß ich ja. Und dennoch ließ es mir keine Ruhe. Da war plötzlich eine Stimme in meinem Kopf, die mir immerfort sagte: ‚Geh zu Galium und erzähle ihm die ganze Geschichte!' Diese Stimme war einfach zu laut, um sie ignorieren zu können, daher habe ich es getan!"

„Du hast es getan?", fragte Strix verwundert. Falco nickte heftig.

„Ja doch, ich habe ihm die ganze Geschichte erzählt. Von dem Flößerunfall und der freundlichen Müllerfamilie und Tilias mysteriösem Verschwinden auf dem Nachhauseweg. Und natürlich zu guter Letzt von der seltsamen Reaktion meiner Mutter auf euren Bericht." Er machte eine kurze Trinkpause.

„Du meine Güte, Falco – so rede doch weiter! Hat er was dazu gesagt?", drängte in Strix ungeduldig.

„Er sagte, ihr sollt heute nach Sonnenuntergang zu ihm in die Höhle kommen, dann wird er euch erklären, was zu tun ist."

„Das hat er tatsächlich gesagt?", fragte Galina verblüfft. „Wenn das wirklich wahr ist, dann ist das mehr als er in den letzten paar hundert Sommern zusammen gesprochen hat."

„Natürlich ist es wahr!", gab Falco empört zurück. „Sonst würde ich es euch doch nicht erzählen."

„Bitte verzeih mein Misstrauen. Dieses Verhalten ist nur so ungewöhnlich für ihn", entschuldigte sich Galina sofort. Falco winkte ungeduldig ab, während er sich bereits wieder von seinem Sitzkissen erhob.

„Bald ist die Sonne verschwunden, dann geht bitte unbedingt zu ihm. Er erwartet euch! Ich muss jetzt wieder nach Hause, sonst wird meine Mutter misstrauisch."

Mit diesen Worten verschwand Falco so plötzlich, wie er gekommen war.

Das einundzwanzigste Kapitel

Erwacht

trix und Galina hatten es sich in Galiums Wohnhöhle gemütlich gemacht. Dessen Freund Glis Glis würde noch ungefähr einen Mond lang seinen Winterschlaf halten. Galium
hatte ihm in der Gästeschlafnische seiner Wohnhöhle eigens
dafür ein gemütliches Nest gebaut. Die Nische war mit einem
dicken Vorhang versehen, damit ihn das Feuerlicht und die Unterhaltung nicht störten.

Strix fühlte sich ein wenig beklommen in der Gegenwart seines
Onkels. Sie hatten so gut wie kein Wort miteinander gewechselt,
seit er wieder zurück war. Geschweige denn hatte er ihn in seiner
Höhle besucht. Die war sehr gepflegt und gemütlich eingerichtet.
Onkel Galium hatte ja schon immer sehr viel Wert auf Ordnung
gelegt. Sein weißer Rauschebart wirkte auf Strix ziemlich ungewohnt, aber er versuchte das zu ignorieren. Galina hingegen war
fasziniert, wie vital der Alte auf einmal war. So munter hatte sie
ihn noch nie erlebt. Ihrer Meinung nach durfte er liebend gerne
so bleiben, denn diese Seite gefiel ihr sehr gut an ihm. Der Alte
lächelte sie an, da er ihre Gedanken erkannte.

„Ja, meine Liebe, ich mache meinem Namen wohl alle Ehre." Sie
sah ihn erstaunt an. „Naja, ich bin schließlich sehr alt und daher
auch schon ziemlich welk", fuhr er fort. Galina wollte eben zum
Widerspruch ansetzen, als er ihr ein entwaffnendes Lächeln
schenkte. Sofort verwarf sie ihre Gegenworte. Sein Gesicht zierten viele muntere Lachfältchen, die seine Aussage über das Alter
zwar bestätigten, gleichzeitig schien er mit seinen funkelnden
Augen aber so lebenslustig, als sei er viel jünger. Galina blieb
nichts weiter übrig, als sein Lächeln zu erwidern.

„Mit dem Waldmeister ist es ja so eine Sache, wie ihr wisst.
Wenn man ihn frisch pflückt, gibt er nicht viel her, aber lässt
man ihn einige Zeit liegen und ein wenig welken, entfaltet er
erst sein volles Aroma."

Seine beiden Zuhörer stimmten in sein fröhliches Gelächter ein. Oh ja, Galium war eindeutig wieder ganz der Alte!

„Aber Onkel Galium", sagte Strix. „Warum hast du dich vor so langer Zeit dazu entschlossen, nicht mehr aktiv am gesellschaftlichen Leben teilzunehmen? Es ist doch ein Verlust, wenn die anderen nicht von deiner Erfahrung und Lebensfreude profitieren können."

Galium lächelte wieder. „Mein guter Junge, die Jugend soll ihre eigenen Erfahrungen sammeln. Wenn jemand zu mir kommt, kann ich sicher sein, dass mein Rat tatsächlich auch erwünscht ist. Dann könnte ich immer noch etwas dazu sagen, aber das ist meist gar nicht nötig. Ich beobachte lieber und höre zu, das bereitet mir inzwischen mehr Freude. Aber es ist in letzter Zeit nichts derartig Aufregendes geschehen, was ich spannend genug fand, um mich dafür zu interessieren."

Strix war gekränkt. „Meine Rückkehr nach solch langer Zeit fandest du also nicht aufregend genug, um dich dafür zu interessieren! Wir standen uns doch einst so nahe", sagte er traurig.

„Mein lieber Neffe, du warst sofort derart mit deiner Familie beschäftigt, da hast du anscheinend keine Gelegenheit gefunden, mir von deiner Reise zu berichten. Ein Besuch von dir hätte mich sehr erfreut, aber du kamst wohl nicht dazu." Strix war beschämt. „Nicht doch", winkte sein Onkel ab. "Heute bist du meiner Einladung ja gefolgt, das ist die Hauptsache!"

Sein Neffe war glücklich über Galiums unkomplizierte Art das Leben zu betrachten. Wenn er doch nur auch so sein könnte!

„Nun", startete Galium den eigentlichen Grund dieser Zusammenkunft. „Falco hat mir erzählt, was geschehen ist. Es besteht umgehender Handlungsbedarf! Jedes Zögern könnte fatale Folgen für das Schicksal eurer Tochter nach sich ziehen."

„Was schlägst du vor?", fragte Strix.

„Strix, mein Junge. Es war eine besonnene Entscheidung von dir, diesbezüglich nichts auf eigene Faust zu unternehmen, denn einer oder zwei sind viel zu wenig, um solch eine Krise zu meistern. Da müssen alle zusammenhalten."

Strix wollte eben dazu ansetzen, ihm zu erklären, dass diese Entscheidung von Galina getroffen worden war, doch sie legte ihm sachte die Hand auf den Arm, um ihn daran zu hindern. Galium sprach unterdessen weiter:

„Was uns im Clan seit langem fehlt, ist ein männlichen Anführer,

seit Hylomecon in Ausübung seiner Pflicht im Jahr des Wald-
mohns in den Schoß der Großen Mutter zurückkehrte." Er senkte
kurz den Blick, zum ehrenvollen Gedenken an den tapferen Anführer, der einst sein Leben für den Querusclan gab. Dann sprach
er weiter.

„Wir brauchen einen Kämpfer, der dem Clan wieder neuen Halt
und Lebensmut gibt. Wir haben uns schon viel zu lange verkrochen, das muss ein Ende haben! Auch fehlt es uns an jungen
Männern im Clan. Niemand möchte sich uns mehr anschließen.
Wenn das so weitergeht, wird es bald keinen Quercusclan mehr
geben."

Strix war nicht wohl bei dieser Aussage. Sein Onkel dachte doch
dabei hoffentlich nicht an ihn. Er war ganz sicher kein Anführer
und schon gar kein mutiger Kämpfer. Hoffentlich begann er
nicht gleich von seiner angeblichen Bestimmung zu faseln, mit
der er nichts anfangen konnte und wollte. Galium deutete seine
Körperhaltung richtig. Er winkte beschwichtigend ab:

„Nein, Strix, du kannst dich entspannen, dich meine ich nicht."
Sein Neffe war erleichtert. „Es geht um den schrecklichen Fehler,
den deine Schwester Loxia vor langer Zeit begangen hat."

Strix und Galina blickten Galium verwundert an. Loxia machte
Fehler? Das war ihnen neu. Galium lachte herzlich über ihre erstaunten Gesichter, was sie noch verdutzter dreinschauen ließ.

„Oh ja, die perfekte Loxia ist auch nicht unfehlbar, selbst wenn
sie das nicht wahrhaben möchte. Stellt euch nur vor, einmal ist
sie völlig selbstlos über ihren eigenen Schatten gesprungen und
hat sich rührend um eine Humanosfrau gekümmert, deren Mann
kurze Zeit vor der Geburt ihres Kindes an der Pest starb. Die
hochschwangere Witwe wurde von ihren eigenen Eltern vor
deren Burg abgewiesen. So stand Loxia ihr im nahen Wald sogar
bei der Geburt ihres Kindes bei." Die beiden Zuhörer lauschten
fassungslos. „Die Frau wurde zwar letztendlich doch noch mit
dem Kind in die Burg eingelassen, aber kurz darauf starb sie.
Dieses schreckliche Verhalten der Humanos ekelte Loxia derartig
an, dass sie alle von ihnen für verabscheuungswürdig erklärte,
und seither erst recht nie wieder etwas mit ihnen zu tun haben
wollte. Aber bitte versprecht mir, sie niemals darauf anzusprechen, denn sie hat diese Geschichte nur mir alleine anvertraut.
Wenn es zum Verständnis der Lage nicht so wichtig wäre, hätte
ich es euch niemals erzählt."

Strix und Galina gelobten feierlich Stillschweigen zu bewahren. Nun war ihnen einiges über Loxias Verhalten klarer geworden. Strix fragte seinen Onkel:

„Sag, war das der schreckliche Fehler, den sie begannen hat?"

„Oh nein, nein, nein." Er wackelte bei jedem „nein" mit dem Zeigefinger hin und her. „Ich bin nur etwas beim Erzählen abgeschweift, weil es eben auch wichtig war. Den größten Fehler ihres Lebens beging sie, als sie Anthus fortschickte. Denn er ist der Clanführer, der uns alle beschützen kann. Mit ihm an ihrer Seite wäre uns so einiges erspart geblieben. Er ist mutig, stark, ein geschickter Kämpfer und darüber hinaus äußerst klug und erfahren."

Strix' Gedanken schweiften kurz in die Zeit ihrer ersten Begegnung ab. Anthus war damals sein schärfster Konkurrent bei den Erntedankspielen, aus denen all die Jahre zuvor er selbst als Favorit hervorgegangen war. Nachdem sich der gutaussehende Anthus den Eichelkranz des Siegers erkämpft hatte, gewann er obendrein auch noch Loxias Herz. Was war er zu Anfang eifersüchtig auf ihn gewesen! Doch bald darauf hatten sie sich angefreundet. Sein Schwager war schwer in Ordnung, doch das war längst vorüber. Strix schob diese Erinnerungen beiseite. Das schien alles in einem anderen Leben geschehen zu sein und gehörte nicht hier her. Heute galt es, seine Tochter zu retten!

„Und was bedeutet das für uns?", fragte Strix entschlossen.

„Das bedeutet, bevor ihr Tilia suchen könnt, muss Anthus gefunden werden und zu unserem Clan zurückkehren – und zwar für immer."

„Also ich werde Loxia das ganz sicher nicht ausrichten", beeilte sich Strix zu sagen.

„Und ich erst recht nicht", setzte Galina schnell hinzu.

„Oh nein, das werde ich höchstpersönlich übernehmen", sagte Galium lächelnd. "Und bei der Gelegenheit werde ich ihr auch gleich verkünden, wer Anthus suchen und zurückbringen muss."

„Wer?", fragten beide gleichzeitig.

„Für diese Aufgabe kommt nur einer in Frage – sein Sohn Falco!"

Das zweiundzwanzigste Kapitel

Reisender wider Willen

Falco hatte ja schon so einiges in seinem Leben gegen seinen Willen erduldet und auch gelernt, es zu akzeptieren, aber das ging nun wirklich zu weit! Zuerst sprach sein Großonkel Galium überhaupt nichts mehr, und sobald er ihn dazu brachte, es doch zu tun, schickte er ihn auf eine so gefährliche Reise. Das war nun sein Lohn dafür, ihn umgehend über Tilias Verschwinden informiert zu haben. Inzwischen war er sich ganz und gar nicht mehr sicher, ob es nicht doch ein Fehler war, sich überhaupt in diese Angelegenheit einzumischen. Der Preis, den er dafür nun bezahlen musste, war ihm zu hoch. Und nicht nur ihm.

Seine Mutter war außer sich gewesen, als Galium gestern Nacht urplötzlich vor ihrer Türe stand, um ihr zu verkünden, sie solle morgen in aller Frühe ihren Sohn losschicken, um seinen Vater zurückzuholen. Er dachte wirklich, seine Mutter würde deswegen verrückt werden. Sie wurde so derart wütend auf ihren Onkel, dass Falco ernsthaft befürchtet, sie ginge ihm gleich an die Gurgel. Glücklicherweise tat sie es letztendlich doch nicht. Sie flehte ihn stattdessen um Gnade für seinen Großneffen an. Er solle doch lieber Strix schicken und nicht ihren lieben, guten Falco. Es war ein erniedrigender und peinlicher Auftritt, den sie da ablieferte. Auch wenn Falco wusste, dass es seine Mutter ja nur gut mit ihm meinte, schämte er sich dennoch für ihr Verhalten. Und nun schämte er sich, dass er sich geschämt hatte. Wütend knurrte er bei diesem Gedanken. Aber es gab kein Entrinnen, denn Galium bestand Stein und Bein darauf, ihn loszuschicken, um seinen Vater zurückzuholen. Etwas hilflos hatte er ihn gefragt, wo er Anthus denn eigentlich suchen sollte. Niemand vom Clan hatte auch nur den geringsten Schimmer, wo er sich inzwischen aufhielt. Sie wussten lediglich, dass er niemals in seinen heimatlichen Fagus-clan zurückgekehrt war. Vielleicht war er unterwegs von Humanos gefangen genommen worden, längst in den Schoß der Großen

155

Mutter zurückgekehrt oder sonst was.

„Das ist eine echte Zumutung", hatte Falco gemurrt, als er diesen Auftrag erhielt, der in seinen Augen unmöglich ausführbar und daher von vornherein zum Scheitern verurteilt war. Strix wollte ihn unbedingt begleiten, aber das ließ Galium nicht zu. Falco musste alleine los und das, obwohl er es hasste, zu reisen oder sich auch nur etwas zu weit vom Clandorf zu entfernen.

Auf seine Ausflüchte hin, er wisse ja nicht einmal, in welche Richtung er sich begeben sollte, wies sein Großonkel ohne zu zögern in Richtung Sonnenaufgang und sagte schlicht:

„Immer der aufgehenden Sonne entgegen, dann wirst du ihn finden. Wenn du nicht zu lange Pausen machst und zügig genug vorwärts kommst, kannst du es in einem guten Tag schaffen." Weshalb er sich diesbezüglich so sicher war, wollte er ihm nicht verraten. „Da musst du mir ganz einfach vertrauen!", lautete seine vielsagende Antwort. „Es ist deine Pflicht, dies zu tun. Und wenn du deine Pflicht erkennst und sie nicht erfüllst, ist das ein Beweis von mangelndem Mut."

Falco pfiff darauf, einen Heldentitel zu erringen. Es war ihm völlig gleichgültig, ob er als Feigling oder Muttersöhnchen bezeichnet wurde. Damit konnte er sehr gut leben. Er wollte nichts weiter als in Ruhe seinen Gedanken nachhängen, aber diese Einstellung half ihm auch nicht weiter. So blieb Falco nichts anderes übrig, als sich noch vor dem Morgengrauen auf den Weg zu machen. Wenn er dem Unvermeidlichen schon nicht entrinnen konnte, wollte er es wenigstens so schnell wie möglich hinter sich bringen. Außerdem drängte die Zeit.

Der höchste Sonnenstand war längst vorüber, als er sich zum ersten Mal fragte, ob er überhaupt auf dem richtigen Weg war. Es war nicht so leicht, einfach nur in Richtung Sonnenaufgang zu laufen. Schließlich wimmelte es hier nur so von Siedlungen, Feldern und Wiesen der Humanos, auf denen er sich nur schützen konnte, indem er sich unsichtbar machte. Das kostete ihn zusätzliche Kraft, die er eigentlich zum Weiterlaufen benötigte. Die letzten spärlichen Vorräte, die seine Mutter noch schnell für ihn in der Speisekammer zusammengesucht und in seiner Sammeltasche verstaut hatte, wollte er sich für noch schlechtere Zeiten aufsparen. Um diese Jahreszeit waren in der Natur schon in normalen Jahren noch keine Früchte zu finden. Auch sonst war die Pflanzenwelt dieses Jahr durch die ungewöhnliche Kälte noch nicht bereit, besonders üppig zu grünen. Wenigstens traf er immer wieder auf sauberes Wasser, das seinen Geist und Körper erfrischte. Das war besser als nichts. Etwas zu essen wäre jetzt aber auch nicht schlecht gewesen.

„Schluss jetzt mit dem Gejammer, verflixt nochmal!", schalt er sich selbst. „Du hast deine Pflicht zu erfüllen, essen kannst du später immer noch. Reiß dich mal zusammen!" Er wurde immer wütender auf seine eigene Unzulänglichkeit, seinen Großonkel, der ihn in diese missliche Lage gebracht hatte, und seine Mutter, die ihn nicht davor bewahren konnte. Auf Onkel Strix war er auch sauer, obwohl der ihn ja unbedingt begleiten wollte, aber es von Galium verboten bekam. Wer war hier eigentlich der Feigling, wenn er sich nicht einmal über die Meinung eines Greises hinwegsetzen konnte? Falco hätte ihn mit seiner Reiseerfahrung jetzt so gut gebrauchen können. Aber am meisten wütend war er auf Tilia, die ihm das alles hier eingebrockt hatte. Wenn er die zu fassen bekam, konnte sie was erleben! Er ballte die Hände zu Fäusten und knurrte lauter als sein Magen. Dabei blickte er zum Himmel empor. In einiger Höhe zog ein kleiner Raubvogel auf der Suche nach Beute elegant seine Bahnen.

Der hat es gut! Fliegen müsste man können und sich von Fleisch ernähren, dann wäre alles so viel einfacher. Das Leben ist ja manchmal sowas von ungerecht, dachte er grimmig.

Noch eine Weile beobachtete er den Vogel voller Hochachtung, gepaart mit ein wenig Neid auf seine Flugkünste und sein hübsches Aussehen. Falco erschrak über seine eigenen Gefühle, denn er war noch nie zuvor auf irgendetwas oder jemanden neidisch gewesen. Bisher hatte er jedem gegönnt, was dieser sein eigen nannte. Er fand seine Gefühle diesem Vogel gegenüber abscheulich. Was war nur los mit ihm? Gebannt beobachtete er weiter die elegante Flugweise des zierlichen, windschnittigen Luftkünstlers. Seine sichelförmig gebogenen Flügel waren schmal und spitz, der Schwanz relativ kurz. Unterseite und Flügel des Vogels waren streifig gefleckt, seine gelben Beine an den Körper angelegt. Durch sein rotes Beingefieder und die ebenfalls rote Unterschwanzdecke wirkte es, als trüge er Hosen. Falco grinste bei diesem Gedanken. Doch da beschlich ihn das merkwürdige Gefühl, nicht nur er beobachte den Vogel, sondern auch der Vogel hätte ihn im Blick. Bei diesem unsinnigen Gedanken überfiel ihn ein leichtes Schaudern. Er schloss seine Augen, um dieses Hirngespinst zu vertreiben. Als er sie wieder öffnete, war der Vogel aus seinem Blickfeld verschwunden. Erleichterung machte sich in ihm breit. Alles nichts als pure Einbildung – wusste er's doch!

Doch da wurde er des Vogels wieder gewahr, der auf dem Ast einer Trauerweide Platz genommen hatte und ihn eindeutig begutachtete!

Seine Oberseite war dunkelschiefergrau. Ein eleganter Hakenschnabel zierte sein Gesicht, dem seine Beute sicher nichts entgegenzusetzen hatte, wenn er sie schlug. Die Kehle unter seinem kleinen dunklen Kopf war ebenso weiß wie seine Wangen, die von einem deutlichen schwarzen Bartstreifen geziert waren. Aus großen dunklen Augen, die gelb umrandet waren, musterte er Falco. Dieser konnte dem Blick des Vogels kaum standhalten.

„Hallo du. Ich habe dich da oben fliegen sehen", startete er einen etwas dümmlichen Konversationsversuch. Ihm wurde beim Zuhören selbst übel davon. Der Vogel blickte ihn nur weiter stumm an.

„Du bist ein Baumfalke, habe ich Recht? Ich bewundere deine Eleganz und Schönheit."

Oh nicht doch – so wird das nichts! Er weiß doch selbst wie gut er ist, du Dummkopf! Halt die Klappe, du machst dich sonst nur völlig lächerlich. Versuch etwas anderes.

„Ich heiße übrigens Falco, ist das nicht eine lustige Ironie des Schicksals?"

Na, das war auch nicht viel besser!

Der Baumfalke blickte ihn immer noch durchdringend an und sprach kein Wort. Falco spürte, wie ihm der Schweiß den Rücken hinunterzulaufen begann. Was war denn nur los mit ihm?

Nach einer gefühlten Ewigkeit erhob sich der Vogel wieder in die Lüfte und war bald darauf verschwunden.

Das dreiundzwanzigste Kapitel

Verirrt

Falco war nach der geheimnisvollen Begegnung mit dem Baumfalken so verwirrt, dass er völlig die Orientierung verlor und sich verlief. Immer wieder blickte er zum Himmel empor, um den Sonnenstand zu überprüfen und nach dem Falken Ausschau zu halten. Doch der Himmel hatte sich zugezogen und der Vogel war bestimmt längst über alle Berge. Falcos Nerven waren mittlerweile zum Zerreißen gespannt. Wenn er noch auf dem richtigen Weg wäre, müsste er doch schon am Ziel sein, oder etwa nicht? Seine Wegzehrung hatte er längst vertilgt. Er war hungrig und fror fürchterlich. Um seiner Anspannung Luft zu machen, stöhnte er laut auf. Dann rief er, aufs Geratewohl, in den Wald hinein:

„Hilfe, kann mich jemand hören? Ich habe mich verirrt!" Er machte sich allerdings keine echten Hoffnungen, gehört zu werden. Dennoch rief er noch einmal - einfach weil es ihn befreite: „Hilfe! Ich brauch dringend Hilfeee!"

„Ruhe!", vernahm er da eine rüde Antwort. Das war doch besser als nichts! Vorsichtig schritt er auf die Richtung zu, aus der die Stimme kam.

„Wo bist du?", fragte er etwas leiser, um denjenigen, den er da gestört hatte, nicht noch mehr zu verärgern. Aufmerksam lauschte er in den fremden Wald.

„Hau ab!", brummte es schroff von einem steilen Felsen herab. Falco beeilte sich dort hinzukommen. Da lag ein ausgewachsener, männlicher Luchs. Seine breiten, behaarten Vorderpfoten hingen lässig vor seinem Körper am Stein herab. Den Kopf nur widerwillig erhoben, funkelte er mit seinen mandelförmigen, bernsteinfarbenen Augen den ungebetenen Störenfried grimmig an, der ihn bei seinem Tagschlaf störte. Ein ausgeprägter Backenbart umrahmte sein hübsches Gesicht. Das gelbbraune Fell mit den dunklen Flecken bot ihm hier im Wald eine hervorragende Tarnung. Falco hätte ihn nicht bemerkt, wenn er keinen Laut von sich gegeben hätte. Er war sich sicher, dass dieser bereits bedauerte, überhaupt geantwortet zu haben. Außerdem war Falco sofort klar, dass der Luchs ihn ganz bestimmt schon seit geraumer Zeit von seiner exponierten Lage aus beobachten konnte. Nun war Diplomatie vonnöten. Er musste seinen Kopf in den Nacken legen, um zu ihm aufzublicken. Die Szene glich einer Audienz, bei welcher der Bittsteller absichtlich in eine demütige Lage versetzt wurde, indem er zu seinem Gönner aufblicken musste. Somit war der Status sofort unmissverständlich geklärt.

„Sei gegrüßt. Es tut mir leid, dich gestört zu haben", begann er höflich, „aber ich habe mich verlaufen und brauche jemanden, der mir den richtigen Weg zeigen kann, dann bin ich auch schon wieder weg - versprochen."

Der Luchs begann mit der Zunge eine seiner Vorderpfoten zu lecken, wobei er den Selva keines Blickes würdigte. Dann wischte er sich mit der Pfote übers Ohr, auf dessen Spitze sich ein schwarzer Haarpinsel befand, um es zu putzen. Falco konnte nichts tun außer zu warten.

„Falsche Reihenfolge", entgegnete der Luchs, als er endlich auch das andere Ohr ausgiebig geputzt hatte.

„Wie bitte?", fragte Falco verunsichert.

„Geh zuerst weg und such' dir danach jemanden, der dir den Weg zeigt!", erklärte ihm der Luchs herablassend. Falco war über so viel Unhöflichkeit außer sich.

„Na hör mal, redest du etwa mit allen Fremden so?"

„Ich rede sonst überhaupt nicht mit Fremden. Und jetzt verschwinde!"

Die hübsche Raubkatze legte ihren Kopf auf den Pfoten ab und schloss die Augen, um ihren unterbrochenen Schlaf fortzusetzen. So leicht ließ sich Falco jedoch nicht abwimmeln.

„Aber du bist der einzige weit und breit, der mir weiterhelfen kann. Ich flehe dich an, hilf mir, den richtigen Weg zu finden!"

„Wohin willst du?", fragte der Kuder gelangweilt.

„Ich suche einen Selva namens Anthus. Vielleicht kennst ihn ja, oder kannst mir sogar sagen, wo ich ihn finde", entgegnete er rasch. „Es geht um Leben und Tod!", setzte er noch hinzu, um seiner Bitte den nötigen Nachdruck zu verleihen.

„Geht es das nicht immer?" Der Luchs gähnte unbeeindruckt.

„Was ist – kannst du mir nun helfen?", fragte Falco energisch.
Der Luchs kratzte sich mit der Hinterpfote hinterm Ohr und
blickte ihn ein letztes Mal an.

„Nein", lautete seine prompte Antwort, ehe er seinen Kopf erneut
auf die Pfoten bettete und die Augen wieder schloss.

Falco setzte kopfschüttelnd seine Suche nach einem hilfsbereite-
ren Tier fort. Vergeblich. Als bald darauf die Nacht hereinbrach,
verließen ihn die letzten Kräfte. Niemand konnte oder wollte ihm
hier weiterhelfen. Es war aber auch eine zu dämliche Situation,
weil er ja selbst nicht so recht wusste, wohin er gehen musste. Er
hatte sich in seinem ganzen Leben noch nie so dumm gefühlt.
Und dieses Gefühl behagte ihm überhaupt nicht. Nachts brauchte
er gar nicht weiter zu laufen, das war ihm klar. Er konnte nur auf
den morgigen Sonnenaufgang warten und darauf hoffen, dass
sich die Wolken bis dahin verzogen hatten und die Sonne ihm
dann den rechten Weg weisen würde. Mit einem Gefühl der Hoff-
nungslosigkeit versteckte er sich im Unterholz und versuchte
etwas Schlaf zu finden, um neue Kräfte zu sammeln, denn die
würde er dringend brauchen.

Nachts zog ihn ein Geräusch aus seinem Dämmerzustand. Erst
konnte er es nicht zuordnen, doch bald vernahm er Geflüster.
Neugierig geworden, pirschte er sich vorsichtig heran, um die Ge-
sprächspartner besser belauschen zu können. Ganz in seiner Nähe
erkannte er im matten Mondlicht, das durch die inzwischen auf-
gerissene Wolkendecke schien, die schemenhaften Umrisse zweier
Gestalten, die sich zu unterhalten schienen. Mit seinen scharfen,
an die Dunkelheit gewöhnten Augen erkannte er schnell, wer da
so angeregt ins Gespräch vertieft war – der Luchs und der Baumfalke! Verstehen konnte er sie nicht, weil sie viel zu leise sprachen. Wenn er sich ihnen jedoch noch mehr näherte, würden sie
ihn ganz sicher bemerken, daher ließ er es lieber sein. Kurz darauf
trennten sich die beiden wieder. Falco fand in dieser Nacht keinen
Schlaf mehr. Quälende Gedanken kreisten unaufhörlich in seinem
Kopf herum, wie Hornissen im Sommer um ein nächtliches Feuer
schwirren - ohne Sinn und Ziel.

Als der neue Tag anbrach, stillte er an einem nahen Quelltopf zuerst seinen Durst. Das Wasser trat direkt unter den Wurzeln einer
stattlichen Buche an die Erdoberfläche und vereinigte sich unverzüglich mit einem vorbeifließenden Bachlauf. Dieser war

ebenfalls gerade erst aus einer etwas oberhalb des Hügels gelegenen Quelle frisch geboren worden. Falco füllte seine Trinkflasche und steckte zu guter Letzt seinen Kopf ins kalte Wasser, um seine abgestorbenen Lebensgeister neu zu erwecken. Beim Ausschütteln seiner nassen Haare bemerkte er aus dem Augenwinkel heraus eine Bewegung, die sich ihm näherte. Es war der Luchs, der mit stoischer Gelassenheit auf den Quelltopf zuschritt, seine Zunge ins Wasser tauchte und ausführlich zu trinken begann. Nachdem er seinen enormen Durst gestillt hatte, wandte er sein Gesicht Falco zu. Nur mühsam brachte dieser ein „Guten Morgen", zustande.

„Morgen", brummte der Luchs, sehr zu Falcos Erstaunen zurück.

„Hunger?", schob er sogar noch hinterher, was Falco endgültig den Rest gab.

Er nickte heftig. „Und wie!"

„Dann komm mit!" Der Luchs schritt mit geschmeidigem Katzengang vor ihm her. Den bewaldeten Hang hinauf, der sofort steil hinter der Quelle anstieg, folgte Falco ihm eine ganze Weile, bis sie sich in der Nähe des Luchsfelsens befanden. *Wenn man weiß wo es lang geht, ist der Weg gar nicht so weit*, stellte Falco erstaunt fest. Aus einem Laubhaufen begann der Luchs die Überreste eines Rehs freizulegen.

„Die Jagd war gut heute Nacht. Ich gebe dir was ab."

Falco drehte es den Magen beim Anblick des angefressenen Kadavers um. Nur mit viel Mühe schaffte er es, sich nicht auf der Stelle zu übergeben. Dabei war es hilfreich, dass er nichts im Magen hatte. Dennoch wusste er die Geste des Luchses zu schätzen, der es auf einmal gut mit ihm zu meinen schien. Woran das wohl lag?

„Vielen Dank, aber meine Art isst grundsätzlich nichts, was Augen hat!", entgegnete er so höflich wie möglich. Hoffentlich hatte er den Kuder damit nicht zu sehr beleidigt.

„Dann lass es. Ist aber schade drum."

Nach seiner Mahlzeit verscharrte der Luchs den restlichen Kadaver wieder sorgfältig unterm Laub. Danach wetzte er seine kräftigen Krallen an einem Baumstamm und begann dann seine Pfoten zu lecken, um damit ausgiebig sein Gesicht zu putzen. Falco wartete geduldig. Als der Luchs seine Morgentoilette beendet hatte, bemerkte er beiläufig: „Hoffentlich ist die Beute noch da, wenn ich wieder zurückkehre."

„Zurückkehren? Willst du denn irgendwo hin?", fragte Falco verwundert.

Der Luchs vollzog eine elegante Kehrtwende und lief mit den Worten: „Komm mit!", gen Sonnenaufgang davon. Falco blieb nichts weiter zu tun, als ihm zu folgen.

Das ungleiche Gespann bewegte sich im geschützten Wald auf leisen Sohlen gen Morgen weiter. Immer wieder schnupperte der Luchs an einem Baum oder Felsen. Danach murrte er jedes Mal so etwas wie: „Du schon wieder! Ich schätze, ich muss dich mal wieder meine Krallen und Zähne spüren lassen, um dich daran zu erinnern, wer hier das Sagen hat." Oder: „Na warte, wenn du was bei meinem Mädchen versuchst, kannst du was erleben, du unverschämter Blödmann!" Nach jeder neuen „Nettigkeit", die er seinem unsichtbaren Rivalen als gemurmelten Monolog zukommen ließ, hob er anschließen seinen mit einer schwarzen Spitze versehenen kurzen Schwanz und spritzte im hohen Bogen auf die beschnupperte Stelle, um sie mit seinem eigenen Duft zu versehen. Manchmal rieb sich der Kuder auch nur mit dem Kopf an den Baumstämmen, um sie zu markieren. Zuerst war Falco von diesem Verhalten genervt, weil sie dadurch nur sehr langsam vorankamen. Doch bald begann er diese Zwangspausen sinnvoll zu nutzen, um sich etwas Essbares zu suchen. Er pflückte sich Gundermann, Sauerklee, Löwenzahn, Waldmeister, Veilchen, Gänseblümchen und frische Birkenblätter, was auch immer er in der noch spärlichen Vegetation erhaschen konnte. Was er nicht sofort heißhungrig verschlang, stopfte er in seine Sammeltasche.

Irgendwann hielt der Luchs im Laufen inne, warf seinem Reisegefährten einen schrägen Blick zu und meinte: „Wenn ich dir so beim Essen zuschaue, kommen mir ernsthafte Bedenken, ob da überhaupt noch was für meine Beutetiere übrigbleibt." Danach marschierte er einfach weiter. Falco eilte ihm nach und wollte eben zu einer Rechtfertigung ansetzen, als ihm der neckische Unterton in der Stimme des Luchses bewusst wurde. Er hatte tatsächlich mit ihm gescherzt! Mutig konterte er:

„Und wenn ich dir so beim Revierabstecken zusehe, frage ich mich nicht mehr, warum du heute Morgen so viel Wasser getrunken hast."

Der Luchs hielt im Laufen inne und drehte sich zu ihm um. Falco verzog das Gesicht zu einem kläglichen Grinsen. Eben wollte er ihm erklären, dass dies auch nur ein Scherz war, als dieser direkt auf ihn zutrat. Der Selva wirkte gegen die mächtige Katze ziemlich klein. Falcos Mund wurde trocken. Er räuspert sich aufgeregt. Der Luchs stupfte ihn mit der Schnauze an. So sollte er also enden – als Katzenfutter! Mit solch einem schmählichen Heimgang hatte er nicht gerechnet. Er schloss die Augen und wollte eben im Geiste sein letztes Gebet sprechen, als er die Stimme des Luchses vernahm:

„Du freches Kerlchen – Mut hast du ja, das muss man dir lassen! Und Verstand hast du anscheinend mehr als ich dir zugetraut hätte."

Falco öffnete vorsichtig seine Augen wieder. Der Luchs versetzte ihm einen sanften Stüber mit der Pfote, der ihn auf dem Hintern landen ließ.

„He, was soll das werden?", rief er der Raubkatze entgegen. „Willst du mich jetzt fressen oder was?"

Die Augen des Luchses begannen lustig zu funkeln. „Nicht so lange es noch was Besseres für mich zu beißen gibt! Steh auf, es ist nicht mehr weit, mein Freund!"

Mein Freund? Falco sprang mit einem Satz auf die Beine. Der Luchs wartete, bis er an seine Seite trat. Seither war er immer ein paar Schritte hinter ihm hergelaufen.

Ich habe einen Freund, dachte er glücklich. *Der erste Freund meines Lebens!*

Das vierundzwanzigste Kapitel

Hinterhalt

So marschierten die beiden neuen Freunde lange Zeit plaudernd weiter. Mit solch einem netten Gefährten an seiner Seite gefiel Falco das Reisen schon viel besser. Irgendwann blieb der Luchs unerwartet stehen und gebot Falco, sich still zu verhalten. Die Augen zum Himmel gewandt, lauschte er in den Wald. Falcos Blick folgte seinem. Ein Baumfalke segelte direkt auf die beiden zu. Falco konnte sich nicht einmal mehr fragen, ob es wohl derselbe Baumfalke von gestern war, da schnalzte der Luchs bereits mit einem fauchenden „Achtung!" auf die Seite. Der Falke zog erst knapp vor Falcos Kopf wieder hoch und verschwand über den Baumwipfeln. Im selben Moment vernahm er ein leises Rascheln aus dem Baum, unter dem er stand. Noch ehe er reagieren konnte, landete eine in einen dunkelgrünen Umhang gehüllte Gestalt direkt vor seinen Füßen. Das eine Bein war zur Hocke angewinkelt, auf dem anderen kniete sie. Mit einer zur Faust geballten Hand stütze sie sich vor dem Körper auf dem Boden ab. Sie musste wohl vom höchsten Gipfel des Baums gesprungen sein. Eine Kapuze verbarg den Kopf, der Blick war zu Boden gesenkt. Falco erschrak fürchterlich. Wer oder was war das, und was wollte dieses Wesen ausgerechnet von ihm? Noch ehe er sich einen Reim darauf machen konnte, wer diesen Hinterhalt wohl inszeniert haben mochte, sprangen immer mehr solcher Gestalten von den Bäumen. Ihre Umhänge blähten sich elegant vom Fallwind auf. Geschickt landeten sie rings um ihn her auf ihren Füßen, bis sie ihn eingekreist hatten. Sie trugen Lederschuhe und außergewöhnliche Kleidung. Einige von ihnen waren sogar an manchen Stellen mit metallischen Schutzpanzerungen versehen. Sie wirkten auf ihn wie Soldaten der Humanos, waren aber nicht größer als er. Es durfte ungefähr ein halbes Dutzend sein.

Derjenige, der direkt vor seinen Füßen gelandet war, hob langsam den Kopf. Ein Tuch, das aus demselben grünen Stoff wie der Umhang bestand, bedeckte sein Gesicht vom Kinn bis zur Nase. Die darüber liegenden Augen funkelten Falco angriffslustig an. Es war ein Selva! Wieder einmal war Falco völlig überfordert. Was hatte das hier alles zu bedeuten? Verstohlen blickte er sich nach seinem pelzigen Freund um. Dieser hatte sich hinter die Angriffslinie verkrümelt und beobachtete das Spektakel aus sicherer Entfernung. Von ihm war wohl keine Hilfe zu erwarten. Sein Gegenüber wandte den Blick ebenfalls zum Luchs:

„Ist er das?", fragte er ihn.

„Ja, das ist er. Ich habe ihn wie befohlen zu euch gebracht. Kann ich jetzt gehen?"

Verrat!, dachte Falco entsetzt. *Er hat mich verraten!* Er spürte, wie im Tränen des Zorns und der Enttäuschung in die Augen traten. *Und er nannte mich seinen Freund!*

„Nein", hörte er den Fremden sagen. „Der Meister möchte dich sprechen. Er hat vielleicht noch ein paar Fragen an dich."

„Ist das denn wirklich nötig?", wollte der Luchs wissen.

Der Fremde gab ihm mit einer Kopfbewegung die unmissverständliche Anweisung, ihm zu folgen. Den anderen gab er mit einem Wink seines Armes ebenfalls den Befehl zum Aufbruch. Unsanft packte er Falco am Arm, um ihn abzuführen. Wütend versuchte dieser, sich aus dem Klammergriff zu befreien, aber der Angreifer war ihm an Stärke weit überlegen. Gegenwehr hatte keinen Sinn und würde den blauen Fleck nur noch verschlimmern oder gar einen Armbruch zur Folge haben. Als ihn der Fremde am Luchs vorbeiführte, zischte Falco diesem angewidert nur ein einziges Wort entgegen: „Verräter!"

Kurz darauf erreichten sie mitten im Wald ein äußerst gut getarntes Selvalager. Der Anführer trat aus seiner Wohnhöhle heraus und schritt spornstreichs auf den eintreffenden Spähtrupp zu. Er trug ebenfalls einen Kapuzenumhang, nur war seiner nicht grün, sondern blau. *Eine mutige Farbe für den Frühlingswald*, dachte Falco grimmig. Der Anführer gab dem Truppführer durch ein Handzeichen zu verstehen, dieser möge Falco nun loslassen, was er unverzüglich tat. Dieser rieb sich seinen schmerzenden Oberarm. Der Blaugekleidete winkte ihn zu sich her. Falco trat mit zitternden Knien auf ihn zu. Dieser erhob die Hand. „Das ist nah genug!", sagte er. Falco blieb stehen. Der

Blaue hob den Kopf und sah ihn herausfordernd an. Er trug im Gegensatz zu den anderen keine Gesichtsmaske. Falco erstarrte das Blut in den Adern beim Anblick dieses Mannes. So aggressiv konnte doch kein Selva aussehen und sich vor allem nicht so benehmen. Was um der Großen Macht willen war hier eigentlich los? Da wären ihm ja beinahe noch die Humanos lieber gewesen. Bei denen wusste er wenigstens, womit zu rechnen war. Aber das hier war eindeutig zu grotesk, um wahr zu sein! Er begann sich auf seine Atmung zu konzentrieren, um dieser Bande nicht den Triumph seiner Ohnmacht zu gönnen. Er atmete tief durch, wie es ihn seine Mutter gelehrt hatte, um Ruhe zu bewahren.

Der Blaue musterte ihn von oben bis unten. Seine Blicke brannten wie Nadeln auf Falcos Haut. Endlich fragte er:

„Du suchst Anthus. Ist das richtig, Bürschlein?"

„J..ja." Falco räusperte sich, um seine Worte wiederzufinden, die ihm vor Angst im Hals steckengeblieben waren. Die Umstehenden grinsten schadenfroh und knufften sich gegenseitig an. Der Blaue breitete seine Arme aus. Die weiten Ärmel seines Umhangs bildeten dabei geschmackvoll herabhängende Dreiecke. Sie wirkten beinahe wie Fledermausflügel. Falco musste sich selbst eingestehen, wie sehr er von dieser erhabenen Erscheinung beeindruckt war.

„Nun", sagte dieser kraftvoll, „er steht vor dir! Jedenfalls das, was von ihm übrig ist."

Falco sank auf die Knie, weil sie ihn nicht mehr tragen wollten. Die Umstehenden begannen laut über ihn zu lachen. Da sank er vollends in sich zusammen, bis seine Stirn auf dem Waldboden lag.

„Gepriesen sei der König der Selvas!", drangen die Hohngesänge an sein Ohr. „So wie er hat dich noch niemand verehrt, Meister!" Wieder lachten alle. Für Falco wäre jetzt ein guter Zeitpunkt zum Sterben gewesen. Da sich sein Gesicht auf dem Boden befand, konnte er nicht sehen, was der Meister tat. Dieser schnitt das Gelächter mit einer einzigen ruckartigen Handbewegung ab. Zu Falco gewandt sagte er:

„Steh sofort auf. Ich bin kein König, sowas haben nur die Humanos. Erhebe dich und schau mir in die Augen, wenn ich mit dir rede. Sei ein Mann!"

Falco erhob sich und versuchte Anthus' respekteinflößenden

Blick standzuhalten, auch wenn es ihm sehr schwer fiel.

„Und jetzt sage mir, wer du bist und was du von mir willst", sprach er Falco freundlich an. Dieser zögerte. Was sollte er ihm darauf nur antworten? Die ganze Wahrheit jedenfalls nicht – *noch* nicht. Während er fieberhaft darüber nachdachte, wie viel er hier und jetzt von sich und seinem Auftrag preisgeben sollte, wurde der Meister ungeduldig.

„Hat es dir die Sprache verschlagen, Bursche?" Falco schwieg weiter, er brauchte noch mehr Bedenkzeit. Anthus legte seine Stirn in Falten.

„Was ist los mit dir? Wer so lange nachdenken muss, bereitet doch eine Lüge vor!", sagte er misstrauisch.

„Ich lüge nie!", entgegnete Falco entschlossen. Die Umstehenden wunderten sich über diese klare Aussage.

„So? Naja, solange du noch über die Wahrheit nachdenkst, befrage ich eben jemand anderen. Lynx, mein Guter, komm doch bitte mal zu mir."

Der Luchs bewegte sich, wie immer höchst geschmeidig, auf den Meister zu. Er sah Falco dabei nicht an. Der Kuder setzte sich Anthus gegenüber nieder. Respektvoll neigte er zur Begrüßung den Kopf. Der Meister tat dasselbe.

„Nun Lynx, was hat er dir denn erzählt?"

„Nicht mehr als ich deinem Falken bereits gesagt habe. Das ist alles was ich weiß."

„Nun denn, das ist ja nicht gerade viel", stellte Anthus fest.

„Dann danke ich dir aufrichtig für deine Dienste, Lynx und wünsche dir eine gute Heimkehr."

Beide nickten sich nochmals zu und der Luchs zog von dannen, ohne Falco noch eines Blickes zu würdigen. Dieser sah Lynx verbittert hinterher. Da ging er hin, der vermeintlich einzige Freund, den er je hatte!

Der Meister rieb sich nachdenklich das Kinn.

„Was sollen wir nur mit dir anstellen, wenn du mir nicht verraten möchtest, warum du mich so dringend gesucht hast. Wenn du in unsere Gilde rekrutiert werden willst, musst du erst eine Aufnahmeprüfung bestehen, denn wir nehmen selbstverständlich nicht jeden auf, der zu uns stoßen möchte. Wir können nur die besten gebrauchen, das verstehst du doch sicher."

Falco schwieg weiter. Wie sollte er seine Bitte äußern, ohne sich ihm dabei zu offenbaren? Es war traurig genug, dass er ganz offensichtlich seinen eigenen Sohn nicht wiedererkannte. Daher war er erst recht nicht gewillt, ihm diese Tatsache zu verraten, schon gar nicht vor dieser Horde wildgewordener Selvas, die sich nicht nur wie Humanos kleideten, sondern sich offensichtlich auch so rüpelhaft benahmen. Er wusste nicht, was er von all dem halten sollte. Sein Vater ließ sich von ihnen mit Meister anreden! Litt er unter Größenwahn, oder was hatte das alles zu bedeuten? Dieses Wiedersehen nach so vielen hundert Sommern hatte er sich wahrlich anders vorgestellt!

„Ja", rief einer der Umstehenden, „er will ganz sicher unserer Gilde beitreten. Lass ihn uns prüfen, Meister. Und wenn er nicht besteht, flößen wir ihm den Tee des Vergessens ein und bringen ihn weit weg von hier."

Den Tee des Vergessens? Wovon um alles in der Welt redete der denn da? Wollten sie ihn etwa vergiften?

„Ja Meister, prüfe ihn, prüfe ihn!", riefen die Gildenmitglieder, die inzwischen auf die doppelte Anzahl angewachsen waren, im Chor. Anthus fragte Falco:

„Möchtest du die Prüfung ablegen?"

Falco fühlte sich überrumpelt. Um was für eine Art Prüfung handelte es sich denn? Er hatte keine Ahnung.

„Meine Geduld mit dir stößt langsam an ihre Grenzen. Willst du dich nun prüfen lassen oder nicht? Ansonsten trink den Tee und verschwinde von hier!"

Niemals! Lieber ließ er diese geheimnisvolle Prüfung über sich ergehen. Es würde schon nicht so schlimm werden.

„Ja, schon gut – ich mach die Prüfung!", sagte er und hoffte sehr, diese Entscheidung nicht schon bald bereuen zu müssen. Die Umstehenden johlten vor Begeisterung. Deren Meister war über diese Entscheidung höchst erfreut.

„Wie schön, dann darfst du dir jetzt eine Waffe wählen, mit der du kämpfen möchtest."

„Wie bitte – ich höre wohl nicht recht - eine Waffe?", rief Falco entsetzt aus, „Selvas kämpfen doch nicht!"

„Die Gilde der Falken schon – wenn es sich nicht vermeiden lässt. Also wähle dir eine Waffe." Ein rotes Tuch, in das verschiedene Dolche und Schwerter gewickelt waren, wurde vor ihm auf dem Boden ausgebreitet. Ihm wurde angst und bange bei diesem Anblick.

„Es verstößt gegen den Kodex der Selvas! Wir sind ein friedliebendes Volk. Wir kämpfen nicht und töten auch nicht, das entspricht nicht unserer Natur!", protestierte er bestimmt gegen diese Aufforderung. War das etwas die Prüfung, ob er tatsächlich eine Waffe wählen würde, oder sich weigerte? Ihm schwirrte der Kopf. Nachdrücklich verschränkte er die Arme vor der Brust.
„Niemals nehme ich eine Waffe in die Hand, lieber sterbe ich!"
„Idiot", murrte einer aus der Gilde. Der Meister betrachtete Falco nachdenklich. Was war bloß los mit diesem jungen Burschen, und warum nur kam er ihm so merkwürdig vertraut vor, als habe er ihn schon mal irgendwo gesehen? Auch seine Entschlossenheit war wirklich bemerkenswert.
„Tja, schade. Wenn du nicht kämpfen willst, müssen wir dich leider wieder dahin zurückschicken, woher du gekommen bist. Wo immer das auch sein mag." An seine Leute gerichtet sagte der Meister: „Gebt ihm den Tee des Vergessens, damit er nicht verraten kann, wer wird sind und wo wir unser Lager haben."
„Nein!", schrie Falco. „Das dürft ihr nicht tun! Ich brauche ganz dringend eure Hilfe!"
„Na also, jetzt kommen wir der Sache endlich näher. Wenn du nicht zuerst reden willst, dann fange eben ich an. Zunächst würde mich brennend interessieren, wie du überhaupt von meiner Existenz erfahren hast. Ich bin ein Clanloser wie wir alle hier. Verstoßene und Vergessene allesamt, freiwillig oder gezwungenermaßen. Daher haben wir unsere eigenen Regeln aufgestellt und wehren uns gegen die Humanos, wenn es sein muss. Diese Duckmäuserei muss ein Ende haben. Wir haben dasselbe Recht zu leben wie sie. Wir töten niemanden, aber wenn es sein muss, setzen wir schon mal das eine oder andere Pilzgift ein, um sie mit einem gut gesetzten präparierten Pfeil für eine Weile außer Gefecht zu setzen. Der Tee des Vergessens sorgt dafür, dass sie sich später nicht mehr an uns erinnern. So gehen wir vor und es hat sich bewährt. Wenn du damit ein Problem hast, kannst du jetzt gehen, wenn nicht, dann bleibe und erzähle uns, wer du bist und wie wir dir helfen können."
Nun gab es kein Zurück mehr. Offenheit und Ehrlichkeit – ja, das waren die Werte, denen sich Falco verpflichtet fühlte.
„Nein, ich habe kein Problem damit. Ich komme einen Tagesmarsch von Abend her. Der Älteste des Quercusclans schickte mich los, um dich zu suchen", begann Falco seinen Bericht. An-

thus erbleichte schon beim zweiten Satz. Der Quercusclan! Wie lange hatte er nichts mehr von ihm und Galium gehört. Dieses alte Schlitzohr hatte sich also immer noch nicht in den Schoß der Großen Mutter begeben. Das hätte er sich denken können. Anthus schmunzelte beim Gedanken an seinen alten Freund. Seine Gildenmitglieder trauten ihren Augen nicht. Die Gesichtszüge ihres Meisters wurden mit einem Mal so weich, wie sie es noch nie zuvor gesehen hatten. Er wirkte beinahe, als sei er eine andere Person. Alle lauschten gespannt darauf, was der Fremde zu erzählen hatte und ließen ihren Meister dabei nicht aus den Augen. Falco fuhr fort:
„Er sagte, ich soll dich holen, damit du unseren Clan anführst und beschützt, denn dafür seist du bestimmt."
Die Anspannung der Zuhörer war beinahe greifbar. Keiner von ihnen kannte die Vorgeschichte des anderen, denn das gehörte zu den Regeln. Ihr Meister zog hörbar die Luft ein. Unsicher fragte er:
„Sieht das Loxia auch so?"
„Nein, sie sieht das völlig anders, aber das spielt keine Rolle, denn Galium ist der Ältere. Daher hat seine Meinung mehr Gewicht als ihre. Außerdem hat er recht damit, denn..."
„Wenn Loxia das anders sieht, soll er sich das nur gleich wieder aus dem Kopf schlagen!", unterbrach ihn Anthus ruppig. „Außerdem kann ich hier nicht einfach so weg. Ich habe Verpflichtungen." Er deutete auf seine Kämpfer, die gespannt der Unterhaltung lauschten. Falco ließ nicht locker.
„Das ist nicht der einzige Grund, warum wir dich unbedingt brauchen. Es geht auch um eine Sache von höchster Dringlichkeit. Ist das denn nicht genau deine Leidenschaft – einen Selva aus höchster Not zu retten? Da musst du dich doch zuständig fühlen. Wir schaffen das niemals ohne dich!" Nun hatte er Anthus' Interesse geweckt und auch in die Zuhörer kam Bewegung.
„Was genau ist geschehen?", wollte der Meister wissen.
„Jemand aus unserem Clan ist verschwunden, und es steht zu befürchten, dieses Verschwinden hat etwas mit den Humanos zu tun. Ihr Vater ist völlig außer sich, weil er es nicht verhindern konnte."
„Wer ist es?", fragte Anthus leise.
„Tilia!"
„Tilia? Das kleine süße Gör, bei dem der Schalk schon aus der

Wiege gegrinst hat?"

„Ja, genau diese Tilia", brummte Falco. An sie konnte er sich also noch gut erinnern. Ein leichter Stich der Eifersucht bohrte sich in sein Herz. Er durfte sich jetzt aber nicht von seinen Gefühlen beherrschen lassen, das führte ihn nicht zum Ziel.

Für einen Moment herrschte völlige Stille.

„Aber Moment mal", sagte Anthus nach kurzem Nachdenken. „Du sagtest, ihr Vater sei deswegen völlig außer sich. Wie kann das denn sein?"

Langsam verlor Falco die Geduld.

„Oh Mann!", rief er aus und verdrehte die Augen. „Strix ist letzten Sommer wieder nach Hause zurückgekehrt. Tilia hatte nach so vielen Sommern endlich ihren Vater, und nun ist sie fort!", platzte es aus ihm heraus.

Anthus war restlos verwirrt. Wie konnte das denn möglich sein? Er hätte niemals geglaubt, Strix käme tatsächlich wieder zurück. Falco gewann durch dessen wachsende Unsicherheit immer mehr Selbstvertrauen.

„Ja, aber...", stammelte Anthus, doch Falco unterbrach ihn barsch:

„Genug jetzt! Die Zeit drängt! Das kannst du alles noch später erfahren, aber zuerst müssen wir Tilia aus den Fängen der Humanos befreien. Bist du nun dabei oder nicht?!" Anthus war viel zu perplex, um zu antworten. Falco wandte sich an die Zuhörer: „Und was ist mit euch, ihr Helden? Hat irgendeiner von euch den Mumm, ein Mitglied meines Clans zu retten, oder muss ich das womöglich ganz alleine erledigen?"

Die Gildenmitglieder blickten ihren Meister erwartungsvoll an. Falco stemmte seine Fäuste in die Seiten, wie es seine Mutter früher immer zu tun pflegte, wenn sie ihren Worten mehr Nachdruck verleihen wollte. Anthus starrte ihn entgeistert an.

„Was ist nun, ihr großen Krieger? Seid ihr dabei oder nicht? Ich habe nicht ewig Zeit, denn die arbeitet gegen mich!" Die Zuhörer waren genauso irritiert wie ihr Meister. Dieser fand nun endlich seine Stimme wieder:

„Wer bist du?", fragte er gedehnt.

„Verflixt nochmal, hast du es denn immer noch nicht begriffen?", schleuderte er ihm wutentbrannt ins Gesicht: „Ich bin Falco – dein Sohn!"

Das fünfundzwanzigste Kapitel

Vergangenheit und Zukunft

alco und sein Vater saßen den Rest des Tages am bewaldeten Rand eines kreisrunden Beckens, das sich aus einer merkwürdigen Laune der Natur heraus gebildet hatte. Solch eine Landschaft hatte Falco noch nie zuvor gesehen. Inmitten des runden Beckens hatten die Humanos eine große und ebenso runde Stadt erbaut und diese mit einer steinernen Mauer geschützt. Man konnte nur über fünf Tore in die Stadt gelangen. In der Mitte der Stadt ragte ein sehr hoher Turm in die Höhe, der weithin sichtbar war und von dem aus man sicher eine herrliche Aussicht auf die Umgebung hatte.

Vater und Sohn tauschten sich über ihre bisherigen Lebensgeschichten aus. Anthus versicherte Falco mehrfach, wie sehr es ihn geschmerzt hatte, als seine Mutter ihn so brutal aus ihrem und somit auch aus dem Leben ihres gemeinsamen Sohnes verbannte. Er bekam nicht einmal die Gelegenheit, sie davon zu überzeugen, wie wichtig es war, dem Kind nicht seinen Vater zu entziehen und umgekehrt dem Vater nicht das Kind zu verweigern.

„Wie kam es denn dazu, dass es dich ausgerechnet in diese Gegend hier verschlagen hat?", wollte Falco wissen.

„Nun ja, zu meinen Clan zurückzukehren kam für mich nicht in Frage. Was glaubst du, welchem Spott ich ausgesetzt gewesen wäre, wenn die Clanmitglieder von meinem peinlichen Rauswurf durch Loxia aus dem Quercusclan erfahren hätten. Solch einer würdelosen Schmach konnte und wollte ich mich nicht aussetzen. Daher zog ich es vor, mich in diese Gegend hier zurückzuziehen. Die Stadt da unten nahm immer mehr an Größe und Belebtheit zu. Da hier viel Handel getrieben wird, sind die Straßen dieser Gegend sehr stark befahren. Es wimmelt hier nur so von Humanos. Genau deshalb ließ ich mich hier nieder. Die Clans halten sich fern, weil es viel zu gefährlich ist, hier zu

173

leben. Daher war es genau der richtige Ort für mich. Ich beobachtete die Humanos bei ihren grauenvollen Hinrichtungen auf dem Galgenberg. Siehst du?" Er deutete auf einen kahlen Hügel, der sich mittagwärts außerhalb der Stadtmauer befand. Auf dem Hügel stand auf einem nackten Felsen ein Gerüst mit drei Balken, wie es Falco auch von der Menschensiedlung Welzheim bei sich zu Hause kannte.

„So ein Ding kenne ich. Da hängen sie ihre Leute auf und bringen sie um. Danach lassen sie die Toten hängen und von den Raben fressen. Ist das nicht schauderhaft? Und alle anderen stehen drum herum und sehen sich das an!" Er schüttelte sich angewidert.

„Ja, und vor einigen hundert Sommern haben sie dort auch schreiende Feuer entfacht", erzählte Anthus. „Jedenfalls dachte ich das damals in meiner Einfalt. Es dauerte eine Weile, bis ich bemerkte, dass nicht das Feuer schrie, sondern die Frauen, die sie dort bei lebendigem Leib verbrannten. Ein erbärmliches Spektakel, dem ich nicht einmal von weitem beiwohnen wollte." Falco litt namenlose Qualen bei der bloßen Vorstellung dieses Szenarios. Anthus fuhr unterdessen verdrießlich fort:

„Die Humanos lieben die Anwendung von ungeheuerlichen Grausamkeiten. Ich beobachtete auch Wegelagerer bei Überfällen auf Händler und lernte ihre Vorgehensweise. Sie sind überaus erfinderisch, was die Art und Weise ihrer Waffen und Untaten angeht. Vor allem aber sind sie nicht zimperlich. Ich habe unerträgliche Dinge gesehen, von denen sich beim bloßen Zuschauen deine Seele verdüstert. Begreifen kann man das nicht. So lernte ich im Laufe der Zeit Waffen zu bauen und damit umzugehen. Einst verschlug die Suche nach einem ganz besonderen Gestein, das nur hier in der Gegend zu finden ist, eine weise Selvafrau in meinen unsicheren Wald. Da ich sie vor einer Gruppe Humanos in Sicherheit brachte, verriet sie mir aus Dankbarkeit die Rezepte für den Trank des Vergessens und der Pilztinktur, mit der man jemanden kurzfristig betäuben kann, wenn sie unter die Haut gerät. Das war ein überaus wertvolles und nützliches Geschenk, das ich schon des Öfteren einsetzen musste. Beides ist allerdings nicht besonders haltbar und muss schnell verbraucht werden, bevor es seine Wirkungskraft verliert. So lernte ich mich zu verteidigen, um in dieser selvafeindlichen Gegend zu überleben. Im Laufe der Zeit scharten sich immer mehr junge Selvas um mich, die ungefähr dein Alter haben. Verlorene Seelen, die in ihren Clans nicht mehr zurechtkamen, weil sie entweder zu aufmüpfig waren oder einen unbändigen Freiheitsdrang in ihren Herzen trugen. Sie waren allesamt unzufrieden und wollten etwas anderes vom Leben, als ihnen der Clan bieten konnte. Ihre Unruhe und Sehnsucht nach Veränderungen passte nicht ins Clangefüge, was sie letztendlich zu Ausgestoßenen machte und sie zu mir führte. Da ich dich so sehr vermisste, beschloss ich, wenigstens diesen jungen Leuten eine Zukunft zu bieten, in der sie sich nicht allein zurechtfinden mussten. Ich lehrte sie alles, was ich über Selbstverteidigung wusste. Bald beschlossen sie mich respektvoll „Meister" zu nennen, was mir ganz und gar nicht behagte. Sie ließen sich jedoch nicht davon abbringen und stellen mich seither jedem Neuankömmling unter diesem Namen vor. Ich bin sozusagen ihr ‚Ersatzvater' und Mentor. Über deinen Verlust konnte mich das natürlich nicht hinwegtrösten, aber es half ein wenig, die Leere in meinem Herzen zu füllen. Wir wurden zu einer großen Familie, die miteinander und füreinander durch dick und dünn ging. Wir verfeinerten unsere Kampfkünste, bis aus unserer Familie eine Gilde wurde. Ab diesem Zeitpunkt nannten wir uns ‚Die Falken', denn seit ich hier lebe, begleitet mich ein Falke auf meinem Weg. Er ist mein Auge und Ohr an Orten, an denen ich nicht sein kann. Generation um Generation entspringt aus der Linie meines ursprünglichen Freundes ein neuer Begleiter. Es ist immer der Stärkste des Geleges, der mich treu begleitet, bis seine Kräfte schwinden und er einem anderen seinen Platz übergibt. Alle Gildenmitglieder bestanden darauf, sich neue Namen zu geben, um damit ihre Vergangenheit endgültig hinter sich zu lassen. Als ich mir auch einen anderen Namen zulegen wollte, waren sich alle einig, dass das nicht nötig wäre, denn ich hätte ja schon einen neuen Namen, der mir entspricht, nämlich „Meister". Widerspruch war zwecklos, wie du dir sicher denken kannst, und so blieb ich eben der ‚Meister' für sie."

Falco verstand. Er verspürte Stolz und Dankbarkeit, einen so mutigen und beliebten Mann als Vater zu haben. Das hatte er nicht erwartet. Anthus erzählte weiter:

„Das Leben in der Gilde war wirklich erfüllend, doch eines Tages geschah etwas Ungeheuerliches, das selbst für Humanosverhältnisse zu schrecklich war!"

Falco merkte, wie sein Vater heute noch unter diesen Erinnerungen litt.

„Es geschah im Herbst vor hundertfünfzig Sommern", begann er.

„So genau weißt du das?", fragte sein Sohn dazwischen. Er nickte.

„Oh ja, denn seither habe ich immer einen Mond und vier Tage nach dem Lammasfest eine Kerbe in ein Holzstück geritzt, damit ich nie mehr vergesse, dieses Tages zu gedenken."

„Ihr feiert wahrhaftig noch unsere traditionellen Jahresfeste? Das gibt es doch nicht!", sagte Falco überrascht. Sein Vater lachte.

„Selbstverständlich bewahren wir unsere Traditionen, auch wenn wir Veränderungen suchen. Das klingt vielleicht widersprüchlich, aber einer muss es ja tun, da inzwischen die meisten Clans dafür zu mutlos geworden sind. Unsere Rebellion der Veränderung besteht auch darin, unsere Wurzeln zu pflegen, denn ohne sie sind wir alle haltlos und verlieren unsere Stabilität, wie eine hohe Tanne im Wintersturm. Aber nun lass mich weitererzählen und unterbrich mich nicht dauernd, sonst graut der Morgen, ehe du noch etwas Schlaf gefunden hast."

„Natürlich – Verzeihung." Falco legte brav die Hände in den Schoß, während sein Vater seine Erzählung fortsetzte:

„Einen Mond und vier Tage nach Lammas veränderte sich unser Leben für immer. Genau in diesem hügligen Gelände, das hier direkt vor uns liegt, begannen die Humanos eines Tages Schanzen zu graben, die beinahe doppelt so hoch waren wie wir. Du kannst die Überreste noch heute erkennen." Er deutete auf die Erhebungen in den Feldern und Wiesen. „Damals dachte sich unser Spähtrupp noch nichts Böses dabei, aber natürlich waren wir auf der Hut. Als sich dann Tausende von Soldaten zu Fuß und auch auf Pferden zu mehreren Gruppen in Reih und Glied aufstellten, ahnten wir bereits die herannahende Katastrophe. Mit bunten Fahnen, glänzenden Rüstungen, langen Spießen, Schusswaffen, Kanonen, Trompeten, Trommeln und furchtbarem Kampfgeschrei zogen die Truppen ins Gefecht. Es gab ein schreckliches Gemetzel, das zwei Tage andauerte. Immer wieder griffen die einen die anderen an und versuchten vergeblich den Hügel zu stürmen, auf dem die sich verschanzt hatten. Peng, Peng, Peng! Kanonengeschosse und Kugeln aus allen möglichen Waffen flogen mit viel Lärm und Pulverdampf kreuz und quer über das Schlachtfeld. Es gab ein Töten, wie wir es noch nie zuvor gesehen hatten. Mehrere Pulverfässer explodierten mit ohrenbetäubendem Getöse. Hohe Rauchschwaden zogen über das Schlachtfeld. Dies führte unter den Soldaten zu Verwirrung. Damals hatten wir noch keine Ahnung, was das alles bedeutete, aber wir fanden es mit der Zeit heraus, indem wir die Humanos belauschten und beobachteten. Wir verfolgten das grausige Geschehen wie gebannt und erforschten dabei ihre Kampftechniken und lernten das Grauen kennen. Tausende Leichname von Humanos und ihren Pferden blieben auf dem Gelände zurück. Wochenlang kümmerte sich keiner darum, bis ein paar Bauern der Gegend dazu gezwungen wurden, ein Massengrab auszuheben und die toten Soldaten an Ort und Stelle zu vergraben. Sie nennen dieses Feld seither ‚Totenland‘."

„Das ist ja grauenvoll!", flüsterte Falco. „Wolltet ihr die Gegend danach nicht sofort verlassen?"

„Nun, wir berieten lange darüber. Aber als nach zwei Tagen immer noch die Toten herumlagen, taten wir etwas ganz anderes. Zugegeben, etwas sehr Untypisches für Selvas, aber wir waren ja sowieso anders. Wir erkundeten unsichtbar das Gelände, um nachzuschauen, ob dort etwas Verwertbares für uns zu finden war."

„Ihr habt was getan?", rief Falco aus. „Das darf ja wohl nicht wahr sein!"

„Ich sage ja nicht, dass wir besonders stolz darauf sind, aber es war die einzig logische Handlung für uns. Wenn die Humanos ihren eigenen Leuten gegenüber zu sowas fähig waren, wollten wir es nicht darauf ankommen lassen zu erfahren, was sie mit unsereins anstellen würden, wenn wir nicht in der Lage wären, uns noch besser gegen sie zur Wehr zu setzen. So habe wir dort allerhand Verwertbares gesammelt und es zu unserem Nutzen umfunktioniert. Ihre gleichfarbigen Schärpen und Armbinden dienten ihnen wohl dazu, beim Kampf Freund von Feind unterscheiden zu können. Schöne Fahnen trugen sie auch bei sich. Aus all dem und auch aus Teilen ihrer Rüstungen haben wir unter anderem unsere neue Kleidung gefertigt. Die armen Kerle brauchten sie ja sowieso nicht mehr. Andere Humanos hatte sie übrigens vorher schon gründlich ausgeplündert und ihnen Jacken, Schuhe und alles Mögliche mehr gestohlen, noch ehe sie richtig tot waren."

„Daher habt ihr also all das Humanoszeug? Tilia würde vor Begeisterung durchdrehen", bemerkte Falco.

„Sie interessiert sich für sowas?", wollte Anthus wissen.

„Soll das etwa ein Scherz sein? Sie ist total verrückt nach allem, was mit den Humanos zu tun hat!"

„Gut zu wissen, dann werde ich ihr ein paar nette Dinge mitbringen, von denen ich denke, das was für sie dabei ist."

„Ich wette, sie nimmt alles!", rief Falco begeistert, doch sofort schlug seine Stimmung beim Gedanken an Tilia um. „Aber was, wenn wir sie nicht finden oder sie längst tot ist?", sagte er traurig.

„Das kann ich mir nicht vorstellen. Sie ist nach allem, was ich bisher von ihr gehört habe, eine mutige und einfallsreiche junge Frau. Sie wird sich schon zu wehren wissen, bis wir sie retten können", tröstete Anthus seinen Sohn. Dieser fühlte sich dadurch tatsächlich etwas besser. Er spürte, dass er seinem Vater vertrauen konnte.

„Oh ja, sie ist in der Tat mutig und einfallsreich. Wenn sie von deiner Gilde erfährt, hast du sofort ein neues Mitglied! Sie würde ohne zu zögern die Aufnahmeprüfung durchführen und mit Auszeichnung bestehen, dessen bin ich mir ganz sicher!"

Beide mussten herzlich lachen.

„Sie ist zwar eine Frau, aber selbst das würde sie nicht davon abhalten, sich die Aufnahme zu erkämpfen", sagte Falco grinsend. Anthus lächelte kurz und schlug vor:

„Lass uns nun unsere weiteren Schritte besprechen. Ich muss hier noch einiges vorbereiten. Solch ein wichtiges Vorhaben bedarf gründlicher Planung."

„Aber Vater, wir dürfen nicht zu viel Zeit verlieren, ehe wir handeln!"

Er hatte ihn zum ersten Mal Vater genannt. Anthus frohlockte innerlich.

„Deshalb wirst du morgen in aller Frühe aufbrechen und zu Hause alle nötigen Maßnahmen ergreifen. Ich stoße dann mit meiner Truppe sobald wie möglich zu dir."

„Allein schaffe ich das niemals!", widersprach Falco. Ihn beschlich ein heftiges Panikgefühl.

„Aus diesem Grund werde ich dir meinen besten Kämpfer zur Seite stellen, der mit dir zusammen die Vorhut bildet und schon mal die Suche nach Tilia startet. So verlieren wir keine kostbare Zeit", beruhigte ihn Anthus.

„Ja, aber wie werdet ihr uns finden?"

„Mein Falke wird euch ebenfalls begleiten und mir dann Meldung machen, wie ihr vorankommt und wo ihr euch aufhaltet. Mach dir darüber keine weiteren Gedanken. Wir machen sowas nicht zu ersten Mal", sprach er seinem Sohn Mut zu. Da kam Falco ein Gedanke:

„Moment mal - wusste Galium deshalb, wo ich dich finden werde? Ihr seid durch den Falken in Kontakt geblieben?" Sein Vater grinste vielsagend. „Dann wusstest du also genau, dass ich komme!", entfuhr es seinem Sohn. Anthus winkte ab.

„Oh nein, das wusste ich nicht. Mein Falke war schon seit sehr langer Zeit nicht mehr im Quercusclan", stellte er klar. „Nämlich genau seit dem verhängnisvollem Tag vor hundertfünfzig Sommern." Falco war froh, das zu hören.

„Doch nun zurück von der Vergangenheit in die Gegenwart. Genauer gesagt zu unseren Zukunftsplänen." Falcos Gesichtsausdruck verriet seine Gedanken.

„Mach doch nicht solch ein sorgenvolles Gesicht, mein Sohn! Es ist ganz normal, dass du Angst verspürst. Das tun wir alle ab und zu. Wichtig ist nur, dass du ihr nicht nachgibst, sondern gegen sie ankämpfst. Weißt du, wenn du Angst verspürst und dennoch vorwärts gehst, dann nennt man das Mut." Sie lächelten sich an.

„Komm, ich werde dich nun deiner Reisebegleitung vorstellen. Vielleicht kann dich das ein wenig beruhigen."

Der Abend dämmerte bereits, als sie zum Lager zurückgingen. Die Nacht war nicht mehr fern. Als sie sich dem Falkenlager näherten, stieß Anthus einen merkwürdigen Ruf aus: „Kikikiki!", ertönte es aus seinem Mund. Falco blickte ihn fragend an.

„Der Ruf unseres Falken, er sagt den Wächtern, dass wir es sind. Ansonsten ist mit einer Salve Betäubungspfeilen zu rechnen. Das wollen wir schließlich vermeiden", erklärte er grinsend.

Die Kämpfer saßen im flackernden Schein eines Lagerfeuers und sangen ein altes Selvalied, wobei sie ein Flötenspieler begleitete. Einige von ihnen tanzten dazu. Falco bestaunte dieses Bild, das er nur aus Erzählungen der Älteren kannte. Anthus trat zu einem seiner Leute, die etwas abseits des Feuers Wache hielten. Er stelle sich neben ihn und legte ihm die Hand auf die Schulter. Sofort erhob sich einer der am Feuer Sitzenden, um die abgezogene Wache zu ersetzen. Der Kämpfer schritt würdevoll neben Anthus auf Falco zu. Er trug seine volle Kampfausrüstung und den Umhangmantel. Die Kapuze hatte er weit ins Gesicht gezogen. Das grüne Tuch bedeckte sein Gesicht vom Kinn bis zur Nase. Über der rechten Schulter hing ein schön verzierter Köcher mit Pfeilen, über der anderen der Bogen. Seine Ausrüstung und die teilweise gepanzerte Kleidung beeindruckten Falco mächtig. Aber noch mehr Respekt flößte ihm der grimmige Blick ein, den ihm der Kämpfer über das Gesichtstuch hinweg zuwarf. Irgendwie irritierte es ihn, nur das halbe Gesicht einer Person zu sehen. So etwas war er nicht gewöhnt und es war auch nicht gerade hilfreich, um sein Gegenüber besser einschätzen zu können. Auch hatte er sich immer noch nicht an den Anblick eines Selvas gewöhnt, der keine Sammeltasche, sondern Waffen über seinen Schultern trug.

Die anderen hatten den Gesang eingestellt und beobachteten interessiert diese ungewöhnliche Begegnung. Falco neigte zur Begrüßung seinen Kopf höflich etwas nach vorn, wie er es bei seinem Vater und dem Luchs beobachtet hatte. Sein Gegenüber tat es ihm gleich.

„Du weißt ja bereits, wer ich bin. Trotzdem nochmals offiziell: Sei gegrüßt, ich bin Falco", stellte er sich vor. Der Kämpfer musterte ihn genau, sagte aber kein Wort. Anthus legte ihm nochmals die Hand auf die Schulter und sagte zu Falco:

„Darf ich dir meinen besten Kämpfer vorstellen, der dich morgen begleiten wird?"

Der Kämpfer schob gemächlich die Kapuze nach hinten und danach das Gesichtstuch unters Kinn. Dann erhob er langsam den Kopf und blickt ihm direkt in die Augen.

„Ich bin Rosa! Dein neues Kindermädchen."

Falco glaubte seinen Ohren nicht zu trauen. „Du bist ein Mädchen?"

„Vorsicht!", rief einer aus der Lagerfeuerrunde zu Falco hinüber. „Diese Rose hat nicht nur hübsche Blütenblattaugen, sondern auch ganz schön gefährliche Stacheln. Vor denen musst du dich in Acht nehmen, sonst tut's richtig weh!"

Die Runde der Kämpfer lachte vergnügt und Anthus lachte mit ihnen. Nur Rosa sagte ernst: „Folge lieber seinem Rat, denn diese

Warnung erhältst du nur das eine Mal! Übrigens bin ich eine Frau und kein Mädchen! Hast du das alles verstanden?"
Falco senkte eingeschüchtert den Blick. „Jawohl - ich habe verstanden."

Das sechsundzwanzigste Kapitel

Vorhut

Nach einer kurzen Nacht machten sich Falco und Rosa auf den Weg in Richtung Sonnenuntergang. Sehr lange Zeit liefen sie schweigend nebeneinander. Falco fühlte sich dabei zwar unbehaglich, aber er ahnte, wie fatal ein falsches Wort von ihm werden konnte. Darum vermied er es, ein Gespräch mit seiner respekteinflößenden Begleiterin anzufangen. Der Falke flog hoch über ihren Köpfen und wies ihnen zielsicher den kürzesten Weg.

Sie hatten bereits ein gutes Stück der Strecke hinter sich gebracht, als Rosa mit einem Mal stehenblieb. Unauffällig hob sie die Hand, um Falco ebenfalls zum Stehen aufzufordern. Er verstand sofort und hielt im Laufen inne. Rosa lauschte konzentriert in den Wald. Nichts an ihrem Gesichtsausdruck verriet, was sie gerade dachte. Dann blickte sie Falco an und sagte laut: „Rühr dich nicht vom Fleck, ich muss mich mal eben in die Büsche schlagen." Er wagte nicht auch nur einen Muskel zu bewegen, als seine Begleiterin flugs im Unterholz verschwand.

Rosa kletterte behände auf einen Baum, um die Lage besser überblicken zu können. Sie hatte schon seit ihrer Abreise das Gefühl, als würden sie beobachtet. Je länger sie unterwegs waren, desto sicherer war sie, dass sie irgendjemand verfolgte. Zum Glück war ihr unbeholfener Weggefährte wenigstens schlau genug, die Klappe zu halten. So konnte sie sich auf verdächtige Geräusche konzentrieren. Wer auch immer da hinter ihnen her war wusste, wie man sich lautlos verhält. Aber eben nicht leise genug für ihre sensiblen Ohren.

Na warte, dachte sie, *dich werde ich jetzt stellen!*

Geschmeidig pirschte sie sich auf einem Ast entlang an den Verfolger heran. Als sie seine Richtung erahnen konnte, nahm sie vorsichtig ihren Bogen von der Schulter und zog einen Pfeil aus ihrem Köcher, um ihn auf den Bogen zu legen. Mit gespannter Waffe sprang sie vom Baum. Ihrem Gegenüber sträubte sich das Fell auf dem Rücken. Es fauchte vor Schreck auf. Rosa ließ die Waffe sinken.

„Du bist das! Kein Wunder hab ich so lange gebraucht, um dich ausfindig zu machen! Sag mal, spinnst du? Was fällt dir ein, uns hinterherzuschleichen, Lynx?"

Der Luchs brauchte einen Moment, um sich von seinem Schrecken zu erholen.

„Sei bloß froh, dass ich rechtzeitig erkannt habe, dass du kein Humano bist, sonst hätte ich dir einen Betäubungspfeil verpasst, der dir überaus schlecht bekommen wäre."

Lynx begann sich aus Verlegenheit ein wenig zu putzen. Einerseits war es ihm peinlich, entdeckt worden zu sein, andererseits gab es keinen Grund sich zu schämen, weil es um Rosa ging. Tatsächlich konnte er sich etwas darauf einbilden, wie lange sie gebraucht hatte, um ihn zu stellen.

„Los, raus mit der Sprache! Warum verfolgst du uns?", fragte sie unwirsch.

„Ich war nur auf dem Weg zu, zu...", er überlegte kurz.

Rosa schob derweil den Pfeil in den Köcher zurück und verstaute ihren Bogen wieder über der Schulter.

„Zu?", fragte sie grinsend. Lynx schüttelte sich kurz, um Zeit zu gewinnen.

„Naja", entgegnete er verlegen, „Zu meinem Reh. Ich habe Hunger und wollte zu meiner Beute zurückkehren. Was kann ich denn dafür, dass ihr zufällig in dieselbe Richtung lauft, in der ich meine Beute versteckt habe."

Rosa lachte auf.

„Das ist überhaupt nicht lustig!", sagte der Luchs beleidigt. Sie lachte einfach weiter. „Doch", brachte sie nur mühsam hervor, „das ist sogar urkomisch!"

„Warum?", wollte Lynx wissen.

„Weil du mit Abstand der schlechteste Lügner bist, den ich kenne!", gab sie zurück. „Das spricht für dein gutes Wesen, mein Lieber. Ich mag es, mit einer ehrlichen Haut zu tun zu haben. Und nun komm - lass uns zum Büble zurückkehren, bevor er mich noch suchen kommt und sich dabei in einem Brombeergebüsch verheddert - so ungeschickt, wie der sich anstellt."

„*Du!*", entfuhr es Falco fassungslos, als Rosa kurz darauf mit dem Luchs aus dem Unterholz schlenderte.

„Na, wenigstens hält er sich an meine Anweisungen", sagte Rosa, provokant grinsend, zu Lynx gewandt. Falco sah sie zum ersten Mal lächeln, was ihn in diesem Moment aber nur noch mehr ärgerte. „Ich hab ihm gesagt, er soll hier auf mich warten und siehe da – er hat es tatsächlich getan. Ist er nicht ein guter Junge?"

Der Luchs fühlte sich unwohl, wie sie sich in seiner Gegenwart über den Sohn des Meisters lustig machte. Er war keinesfalls bereit, dabei mitzumachen. Das störte Rosa aber nicht im Geringsten. Herausfordern konnte sie Falco auch sehr gut allein, das wusste sie. Und der Erfolg gab ihr Recht. Falco sah aus, als müsse er sich nur noch entscheiden, wen von beiden er sich zuerst vorknöpfen sollte. Er hatte nicht einmal mehr einen klaren Kopf dafür zu bemerken, wie die Wut langsam von ihm Besitz ergriff. Rosa und dem Luchs hingegen blieb das nicht verborgen. Lynx fühlte sich dabei immer schlechter. Die Kämpferin hingegen schien es anzuspornen, noch einen draufzusetzen. „Was meinst du, mein pelziger Freund – wie weit wird sein Gehorsam wohl reichen? Soll ich diesen Narren den Rest des Weges auf allen Vieren laufen lassen? Oder wenigstens mit gehörigem Abstand hinter uns, damit er uns nicht mit seinem dämlichen Anblick belästigt. Ach nein, warte, ich weiß noch was besseres..."

„Es ist genug!", fauchte der Luchs. „Sei endlich still!"

Rosa war so erstaunt, dass sie tatsächlich sofort verstummte. Lynx schritt langsam zu Falco und stellte sich direkt neben ihn. Vor lauter Verwunderung über diese Handlung des Verräters konnte er nicht einmal reagieren. So wartete er ab, was als nächstes geschehen würde. Der Luchs ermahnte Rosa:

„Schämst du dich eigentlich nicht, derart über einen freundlichen Selva herzuziehen, den du beschützen und dem du beistehen sollst. Du bist eine Schande für deine Art! Ich hätte dir wirklich mehr Respekt und Anstand zugetraut. Pfui!"

Die beiden Selvas lauschten verblüfft dieser unerwarteten Ansprache. Lynx wandte sich an Falco:

„Mit einem hat Rosa tatsächlich Recht, du bist wirklich ein guter Junge. Der beste, dem ich jemals begegnet bin. Es tut mir so leid, dich an diese Bande ausgeliefert zu haben. Ich hatte ehrlich nicht erwartet, dich derart heftigen Erniedrigungen ausgesetzt zu sehen. Hätte ich das geahnt, wäre ich nicht den Anweisungen des Falken gefolgt, um dich zu ihnen zu führen. Du hast es nicht verdient, derart mies behandelt zu werden. Ich hoffe nur, du kannst mir das glauben und mir diesen Verrat vergeben. Als ich gestern mit ansehen musste, wie sehr sie dich demütigten, habe ich mich im Unterholz verborgen, um in deiner Nähe zu bleiben, falls es noch schlimmer wird und ich eingreifen muss. Als ihr heute Morgen aufbracht, bin ich euch gefolgt, um auf dich aufzupassen. Ich möchte sehr gerne auch weiterhin dein Freund sein."

Falco wusste nicht, was er dazu sagen sollte. Dafür meldete sich nun wieder Rosa zu Wort. Sie schäumte vor Zorn.

„Was fällt dir eigentlich ein, dich hier einzumischen? Verschwinde, markiere von mir aus dein Revier oder friss deine Beute. Mach was immer du willst, aber hau endlich ab! Dies ist eine Selvaangelegenheit und geht dich überhaupt nichts an."

Der Luchs ließ sich von dieser Aufforderung nicht beeindrucken.

„Da liegst du aber ganz falsch, meine Liebe. Es wurde in dem Moment zu meiner Angelegenheit, als euer Falke mich beauftragt hat, den Jungen zu euch zu bringen. Damit wäre dieser Auftrag im Normalfall in der Tat für mich erledigt gewesen, doch dann sah ich, wie sehr ihr euch ihm gegenüber wie Menschen benommen habt. Seitdem fühle ich mich verpflichtet, ihn zu beschützen, wenn es sein muss auch vor dir!"

Rosas Wangen erglühten vor Wut und Scham.

„Was fällt dir ein, so mit mir zu reden. Ich...", sie zuckte einen Moment, als wolle sie nach dem Bogen greifen. Lynx und Falco erkannten ihre Absicht. Geistesgegenwärtig stellte sich Falco mit ausgebreiteten Armen vor den Luchs.

„Halt! Wenn du das tun willst, musst du erst einmal auf mich schießen! Da bin ich mal gespannt, wie du deinem Meister klarmachen willst, warum du seinen Sohn und dessen Freund töten musstest. Denn ich gehe ja wohl recht in der Annahme, dass eine für Humanos dosierte Ladung unsereins locker umbringt."

Rosa warf Falco einen feindseligen Blick zu und Falco warf ihn zurück. Er drehte sich zum Luchs um, der völlig perplex um Fassung rang.

„Komm Lynx, mein Freund. Es ist spät geworden. Lass uns daher zu deinem Reh gehen, damit du dich stärken kannst. Morgen Früh begeben wir uns zusammen in mein Dorf und ersinnen einen Plan, um Tilia zu retten."

Der Luchs stupste ihn kameradschaftlich mit der Schnauze an. Zu Rosa gewandt sagte Falco:

„Und du verschwinde dahin, wo du hergekommen bist und richte deinem Meister aus, dass wir deine und seine Hilfe nicht mehr benötigen!"

Falco und Lynx kehrten Rosa den Rücken zu und schritten gemeinsam ihren Weg weiter, der Quelle am Luchsfelsen entgegen. Rosa stampfte wütend mit dem Fuß auf, als sie ihnen nachblickte.

Nach einer weiteren unruhigen, frostigen Nacht, die Falco diesmal mit dem Luchs zusammen auf dessen Felsen, an sein warmes Fell gekuschelt, verbringen durfte, graute endlich der Morgen. Falcos Gedanken hatten sich die ganze Zeit um seinen Vater gedreht und was wohl Großonkel Galium dazu sagen würde, weil er seine Anweisungen nicht befolgt hatte und er nicht bei ihm war. Er machte sich auch Gedanken um den gestrigen Vorfall mit Rosa und wie sein Vater auf ihre Rückkehr reagieren würde. Darüber hinaus sorgte er sich um Tilias Wohlergehen. Doch das musste alles warten, bis es an der Zeit war. Eins nach dem anderen. Seine Reiseerlebnisse hatten ihn verändert. Er fühlte sich bedeutend selbstbewusster als auf dem Hinweg. Inzwischen hatte er einen starken Freund an seiner Seite - das half ihm sehr.

Dieser Freund tat sich im Moment noch einmal an den letzten Resten des Rehs gütlich. Da Falco kein Bedürfnis verspürte, diesem Frühstück beizuwohnen, verabredeten sie, sich danach unten an der Quelle zu treffen. Falco wollte sich dort erfrischen und seine Trinkflasche für die Reise füllen. Auf dem Weg dorthin bepackte er seine Sammeltasche mit so viel Proviant, wie er finden konnte, und stärkte sich nebenher für den bevorstehenden Marsch in die Heimat. Am Quelltopf legte er sein Oberteil ab, um sich von Staub und Schweiß zu befreien. Wie beim Hinweg steckte er danach den Kopf ins kalte Wasser, um endgültig die Müdigkeit zu vertreiben. Doch als er wieder auftauchen wollte, gelang es ihm nicht. Verzweifelt ruderte er mit den Armen, um das abzuschütteln, was immer ihn da unter Wasser drückte. Da spürte er einen harten Stoß in den Rücken und landete kopfüber im Wasser. Prustend und um Luft ringend tauchte er wieder auf.

Der Quelltopf war zwar nicht besonders tief, aber direkt daneben machte sich das Wasser bereits auf die zügige Reise talabwärts. Wenn ihn diese Strömung mitriss, war es nicht mehr weit bis zur nächsten Humanossiedlung. Er krabbelte auf allen Vieren ans Ufer. Als er den Blick erhob, stand eine grimmig dreinblickende Rosa über ihm.

„Was zum...?", brummte er verwirrt und verärgert. Er rappelte sich schnell auf, um nicht in dieser unterwürfigen Haltung vor ihr zu verharren.

„Na also, Früchtchen. Du kannst ja ganz gut auf allen Vieren laufen, wusste ich es doch", brummte sie. Er grabschte nach seinem Oberteil und zog es sich schnell über. Der derbe, staubige Stoff klebte unangenehm auf seiner nassen Haut, aber wenigstens wärmte er ein wenig. Seine Zähne begannen leise zu klappern, doch darauf konnte er jetzt keine Rücksicht nehmen.

„Verflixt, Rosa, was machst du noch hier? Ich hab dich doch heimgeschickt", schnaubte er wütend. Sie sah in schräg von der Seite an. Dieser Blick behagte ihm ganz und gar nicht.

„Was glaubst du, stellt der Meister mit mir an, wenn ich ihm erzähle, was gestern vorgefallen ist? Hä?" Falco zuckte mit den Schultern.

„Ist mir doch egal, du fieses Weibsstück. Er wird dir schon eine gerechte Strafe angedeihen lassen, nehme ich an", brummte er.

„Er würde mich verbannen! Das kann ich nicht riskieren, hast du das kapiert, Schlaukopf?", fauchte sie ihm ins Gesicht. Sie legte ihren Köcher, den Bogen und auch alles andere, was sie behindern konnte, ab und reichte ihm einen Stock, den sie aus dem Wald mitgebracht hatte. Er zögerte ihn entgegenzunehmen.

„Was soll ich damit?", fragte er stattdessen.

„Dich wehren!"

„Mich wehren? Gegen wen denn?"

„Gegen mich!"

Falco ergriff eher reflexartig den dargebotenen Stock, auch wenn er nicht wusste, was sie nun vorhatte. Sie zog ebenfalls einen Stock hervor und brachte sich breitbeinig in Kampfposition. Er war darüber viel zu irritiert um zu reagieren, als sie ihren Stock mit voller Wucht gegen seinen schlug. Er taumelte nach hinten und wäre dabei beinahe wieder in den Quelltopf gefallen. Als er sein Gleichgewicht wiedergefunden hatte, erhob er seinen Stock und blickte sie verärgert an.

„Das wird ja nicht gerade ein gerechter Kampf. Du hast viele Sommer deine Technik geschult und ich habe so etwas noch nie gemacht. Wenn du gewinnst - was freilich zu erwarten ist - kannst du dir nicht besonders viel auf deinen Sieg einbilden!"

„Das kannst du nicht wissen."

Sie schlug wieder gegen seinen Stock und er versuchte sie mit seinem von sich wegzudrücken.

„Was kann ich nicht wissen? Ob du deinen Triumph genießen wirst oder ob du gewinnst?"

Sie grinste ihn herausfordernd an: „Beides!"

Der ungleiche Kampf ging weiter. Sie rangen eine Weile miteinander. Bald bemerkte Falco, wie seine Abwehrbewegungen immer besser wurden, auch wenn er ihr dennoch nicht gewachsen war. Sie nahm ihn von hinten in den Schwitzkasten. Ihr Stock quetschte seinen Brustkorb ein, während sie hinter seinem Rücken stand und den Stock mit beiden Händen zu sich heranzog. Dumm nur, dass er dazwischenstand. Er spürte, wie sie ihm langsam die Luft zum Atmen abdrückte. Er drohte zu ersticken. Da drehte er seinen Körper, mit ihr im Doppelpack, einmal um die eigene Achse und noch ehe sie reagieren konnte, warf er sich mit ihr zusammen in den Bach Richtung Humanossiedlung. Sie musste den Stock loslassen, um sich ans Ufer zu retten, was sich alles andere als einfach gestaltete. Bald lagen beide prustend, viel weiter stromabwärts, nebeneinander am Ufer und schnappten nach Luft. Die Kälte des Wassers ließ sie schlottern. Als sie wieder zu Atem gekommen waren, wand sich die bibbernde Rosa zu Falco:

„Donnerwetter nochmal, Bursche! Ganz ehrlich, meinen Respekt! Das hätte ich dir nicht zugetraut! Du hast mich sowas ähnliches wie besiegt, schätze ich."

„Was soll das denn heißen?", fragte Falco verblüfft. Rosa lächelte unvermittelt.

„Das heißt, dass du dir soeben den Titel ‚Sohn des Meisters' erkämpft hast, auch wenn das ganz sicher nur Anfängerglück war und nach Vergeltung schreit."

Er wollte eben etwas darauf erwidern, als sie so befreit zu lachen begann, dass ihm nichts anderes übrigblieb, als in ihr Lachen einzustimmen.

Das siebenundzwanzigste Kapitel

Falkenaugen

Als das ungleiche Gespann Falco, Rosa und Lynx im Quercusclan eintraf, fiel die Begrüßung dort nur teilweise herzlich aus. Loxia warf Rosa einen höchst misstrauischen Blick zu. Schon allein ihre Kleidung und die Waffe erschienen ihr mehr als suspekt. Sie hatte nicht das geringste Bedürfnis, die Fremde näher als nötig kennenzulernen. Ihre Abneigung beruhte auf Gegenseitigkeit, daher war es Rosa ganz recht, als alle es für das Beste hielten, wenn sie nicht bei Loxia und Falco Quartier bezog, sondern die Nacht bei Galina und Strix verbrachte. Falco war im Grunde seines Herzens sehr erleichtert über diese Entscheidung. Es war besser, keine unnötige Eskalation zu provozieren, da die gesamte Situation schon aufreibend genug war. So verbrachte Falco die Nacht allein bei seiner Mutter, um ihr von seinen Reiseerlebnissen und der Begegnung mit Anthus zu berichten. Er ließ dabei allerdings lieber alle heiklen Stellen weg, die seine Mutter verärgern konnten. Daher fiel sein Bericht ziemlich kurz aus.

Rosa war sofort begeistert vom Baumhaus als Wohnstätte anstelle der althergebrachten Wohnhöhle. Auch die beiden Bewohner Galina und Strix gefielen ihr gut. Sie fühlte sich bei ihnen sofort willkommen und gemocht, ohne etwas dafür leisten zu müssen. Das war für sie eher ungewöhnlich, weshalb sie dieses Gefühl umso mehr genoss. Es war, als würden sich die drei schon ewig kennen. Alle Anspannung fiel von ihr ab. Sie genoss einfach den Augenblick. Rosa erzählte Tilias Eltern in allen Einzelheiten von der Begegnung mit Falco und ließ nichts dabei aus. Auch berichtete sie von ihrem Meister Anthus und der Falkengilde. Daher war ihr Bericht, im Gegensatz zu Falcos, sehr lang. Der Luchs fühlte sich hier ebenfalls sehr wohl. Er machte es sich auf einem dicken Ast vor dem Baumhaus bequem, um sich noch etwas auszuruhen, bevor er einen ersten nächtlichen Streifzug in dieser neuen Umgebung unternehmen wollte. Lang durfte dieser allerdings nicht dauern, da er aufgrund der ungewöhnlichen Umstände kurzfristig auf tagaktiv umschalten musste.

Im Baumhaus brannte noch das Feuer, als er, den Magen mit einem Baummarder gefüllt, von seinem Streif- und Beutezug zurückkehrte. Satt und zufrieden lagerte er sich wieder auf seinem Ast. Von drinnen drangen Unterhaltungsfetzen und leises Gelächter an sein Ohr. Lynx fühlte sich in diesem Moment so wohl, dass er die Augen schloss und zum ersten Mal in seinem Leben leise zu schnurren begann.

Falco fand am nächsten Morgen in aller Frühe Rosa auf dem Ast neben Lynx vor. Der Falke saß auf einem anderen und nahm offenkundig ihre Instruktionen entgegen. Noch während Falco zu ihnen heraufkletterte, hob der Falke bereits ab und verschwand.

„Einen schönen guten Morgen, der Herr", rief ihm Rosa mit strahlendem Lächeln entgegen. Unübersehbar hatte sie eine erholsamere Nacht als er. Sie wirkte auf ihn wie neugeboren. Falco kletterte verwundert zu ihr empor und setzte sich neben sie.

„Nüsse?" Sie hielt ihm eine Hand voll geschälter Haselnüsse unter die Nase. Er schnappte sich eine und kaute darauf herum. „Die wunderbare Galina hat eine sehr gut gefüllte Vorratskammer und ist überaus großzügig." Wieder strahlte sie so fröhlich wie ein unschuldiges Kind, das einfach sein Leben genießt, ohne zu ahnen, was das Wort „Verantwortung" bedeutet. Falco rang sich ein gequältes Lächeln ab.

„Was ist denn los mit dir, Falco? Du wirkst nicht gerade, als seist du glücklich, wieder zu Hause zu sein. Dabei ist es doch großartig hier. An deine Heimat könnte ich mich glatt gewöhnen. Lynx hat heute Nacht schon seine Runden gedreht und ist auch sehr zufrieden mit dem, was er gesehen hat. Komm Lynx, erzähl mal", forderte sie den Luchs auf, von seinen Erfahrungen zu berichten.

„Nun ja, dem ersten Eindruck nach gibt es hier zwar auch genügend Menschensiedlungen, aber die Straßen und Wege scheinen bei weitem nicht so stark belebt zu sein wie bei uns. Das ist sicher tagsüber anders, aber dennoch sind die Wege nicht so gut ausgebaut, was ein sicheres Zeichen dafür ist, dass hier nicht so viel los ist wie bei uns zu Hause", sagte der Luchs.

„Schön und gut", wandte Falco ein. „Es freut mich wirklich sehr, wenn es euch bei uns so gut gefällt, aber sind wir nicht hier, um Tilia zu suchen? Wir haben keine Zeit zu verlieren, und ihr sitzt hier herum und freut euch an der schönen Gegend."

„Nun sei doch nicht so bekümmert." Rosa klopfte ihm kameradschaftlich auf die Schulter. Falco zuckte leicht zusammen, weil er dachte, sie wolle ihn schlagen. Verstört zog sie ihre Hand zurück.

„Wir sind schließlich nicht alleine hier", fuhr sie fort. „Der Falke hat sich auf den Weg gemacht, um die Lage auszukundschaften. Dein überaus liebenswürdiger Onkel Strix war so nett, mir heute Nacht genau zu beschreiben, wo ihm Tilia abhandengekommen ist." Sie lächelte verklärt. Wie sehr sie Galina und Strix bereits ins Herz geschlossen hatte, war nicht zu übersehen. Sie stopfte die restlichen Nüsse in sich hinein und sprach mit vollem Mund weiter:

„Daher warten wir, bis der Falke von seinem Erkundungsflug zurückkehrt und uns Bericht erstattet, alles andere ist Zeitverschwendung. Keiner von uns fliegt besser als er oder hat schärfere Augen." Lynx brummte einen leisen Protest.

„Was denn?", erwiderte Rosa belustigt, „Du willst mir doch nicht etwa weismachen, du hast über Nacht fliegen gelernt? Wenn doch, will ich es sehen!"

Mit einem leichten Schubs tat sie so, als wolle sie den Kuder vom Ast stoßen. Dieser fauchte vor Schreck leise auf. Doch dann begann sie ihn unvermittelt hinter den Ohren und unterm Kinn zu kraulen. Kurz darauf begann er wieder zu schnurren. Rosa lächelte zufrieden.

„Das ist ja nicht zum Aushalten!", entfuhr es Falco gereizt. „Wenn ich euch so bei eurem Idyll zuschaue, werde ich ganz kribbelig!"

Lynx warf ihm einen vielsagenden Blick zu und genoss dabei weiter die ungewohnten Streicheleinheiten. Während Rosa ihn ungerührt weiterkraulte, sagt sie zu Falco:

„Wenn du möchtest, bist du sehr gerne als Nächster dran. Aber erst, wenn ich hier fertig bin."

„Soweit kommt's noch!", rief Falco empört aus. „Lieber würde ich..."

Die Rückkehr des Falken unterbrach seinen Protest. Grinsend stellte Rosa das Kraulen ein.

„Das ging aber schnell!", stellte sie fest, als der Falke auf dem Baum landete.

„Na, mein Guter, hast du was in Erfahrung gebracht?" Der Falke senkte den Kopf.

„Sehr gut!" Rosa sprang auf, um sich im Baumhaus ihre Kampfmontur anzuziehen und Köcher und Bogen zu holen. Dabei meldete sie sich bei Strix und Galina ab. Die drei traten gemeinsam vor die Türe.

„Passt gut auf euch auf!", sagte Galina fürsorglich.

„Das werden wir!", entgegnete Rosa vergnügt.

„Soll ich nicht doch lieber mitkommen?", wollte Strix wissen.

„Nein, nicht nötig", winkte Rosa ab. „Es ist ja nur die erste Erkundung. Wir verschaffen uns ein Bild von der Lage, kehren zurück und beratschlagen dann über unser weiteres Vorgehen. Außerdem sind der Meister und die Falken noch nicht da. Ein Befreiungsversuch ohne die Gilde wäre viel zu riskant."

Als sie den sorgenvollen Blick der Eltern sah, legte sie beiden die Hände auf die Schultern.

„Vertraut mir. Ich mache das nicht zum ersten Mal. Ich kenne mich mit sowas aus."

„Das hat Tilia auch gesagt, bevor die Katastrophe ihren Lauf nahm", stellte Strix niedergeschlagen fest. Rosa legte liebevoll die Hand auf seine Wange und streichelte sanft darüber. Falco glaubte seinen Augen nicht zu trauen. Solch eine zärtliche Geste hatte er ihr nicht zugetraut.

„Alles wird gut!", sagte Rosa entschlossen. Dann drückte sie Galina einen Kuss auf die Wange. „Ihr bekommt schon bald eure Tilia zurück – versprochen!"

Mit einer Handbewegung gab sie dem Falken, Lynx und Falco das Zeichen zum Abmarsch. Strix und Galina winkten ihren vier Hoffnungsträgern zum Abschied hinterher.

„Wie konntest du den beiden nur solch ein leichtsinniges Versprechen geben?", fragte Falco erbost, als sie außer Hörweite waren. „Du kannst doch nicht einmal wissen, ob wir Tilia überhaupt finden und wenn ja, ob sie noch lebt. Das ist unmöglich von dir!"

Rosa blieb völlig unbeeindruckt. Der Falke hatte sie gefunden, denn sonst wäre er nicht so schnell zurückgekehrt. Und wenn sie tot wäre, hätte er ihr das mitgeteilt. Da ihr sein Tonfall nicht gefiel, blieb sie ihm diese Erklärung jedoch schuldig. Eine Weile folgten die drei Verbündeten in sich gekehrt dem Falken, der über ihren Köpfen seine Kreise zog, bis sie nachkamen. Der Weg war Falco nicht unbekannt. Er schien sie direkt zu der Mühle zu führen, in der Tilia und Strix nach ihrem Unfall gestrandet waren. Irgendwann blieb Rosa abrupt stehen und begann sich aufmerksam umzusehen. Falco und der Luchs beobachtete sie verblüfft dabei.

„Warum halten wir hier an?", fragte Falco.

„Hier ist Tilia verschwunden. Genau so hat Strix mir die Stelle beschrieben. Besser kann man es nicht erklären. Dein Onkel ist wirklich gut!"

Sie umkreiste den Baum, unter den Tilia von ihrem Vater gebettet worden war. Dabei legte sie eine Hand auf dessen Borke. Falco vergaß beinahe zu atmen. Da war sie wieder – die konzentrierte Kämpferin und Fährtensucherin. Die Selvas hatten bereits vor langer Zeit verlernt, sich mit den Pflanzen zu unterhalten, und dennoch schien es ihm, als tausche sie sich gerade mit der Tanne aus. Nachdem sie die Umgebung und den Waldboden gründlich inspiziert hatte, bückte sie sich und hob etwas auf. Falco und Lynx konnten nicht sehen, was es war. Sie trat auf die beiden zu und legte das Etwas auf ihre flache Hand. Sie betrachteten es verwundert. Da lag die seltsam gestreifte Feder eines Falco völlig unbekannten Vogels. Sie wirkte vor allem deshalb merkwürdig, weil ihre Spitze fehlte. Was hatte das alles zu bedeuten? Fragend blickte er zuerst die Feder, dann Rosa an. Diese warf sie schwungvoll in die Höhe. Die Feder sank alsbald wieder zu Boden.

„Was muss das für ein merkwürdiger Vogel sein, der solch eine Feder besitzt? Mit solchen Federn kann er doch nicht fliegen", stellte Falco fest. Rosa nickte zustimmend.

„Genau deshalb wurde sie ihm auch gestutzt!"

„Wie bitte?", entfuhr es Falco entsetzt, „Wer tut denn sowas?"

„Na wer wohl? Zu solchen Dingen sind nur die Humanos fähig", antwortete Lynx.

„Aber was hat das mit Tilia zu tun? Sie hat doch keine Federn", fragte Falco Rosa.

„Die Feder hat nur am Rande etwas mit Tilia zu tun. Sie ist ein sicheres Indiz dafür, dass hier jemand nicht nur Selvamädchen brauchen kann, sondern auch Hühner klaut", erklärte sie ihm in aller Ruhe.

„Hühner?", entfuhr es Falco entsetzt. Rosa hingegen blieb gelassen.

„Wollen wir mal hoffen, dass sie nur das Huhn verspeist haben und nicht auch noch deine Tilia." Seinen schockierten Blick ignorierte sie. „Ich denke, mit ihr haben sie sicher was anderes vor. So wie es aussieht, war es eine Zufallsbegegnung, die aber sofort genutzt wurde. Solche Leute wie die sind sehr spontan und denken nicht lange nach, bevor sie handeln. Sie sehen eine Gelegenheit und packen sie beim Schopf", murmelte Rosa. Dabei blickte sie sich um, als erwarte sie, derjenige könnte gleich zurückkehren. Falco wurde es mulmig zumute. Er rückte sicherheitshalber etwas näher an Lynx heran. Rosa schien mit dieser Art Humanos nicht zum ersten Mal konfrontiert zu sein.

„Komm, der Falke wird ungeduldig." Sie wies mit dem Kopf auf einen Ast, auf dem der Vogel wartete, bis es endlich weiter ging. Etwas später überquerten sie den Bach, der an der Klingenmühle vorbeiführte. Nachdem sie auf der anderen Seite die Höhe der steilen Schlucht erreichten, ging es weiter Richtung Mitternacht. Als der Falke mit den Flügeln zu rütteln begann, hatten sie ihr Ziel erreicht. Rosa zog die Kapuze des Umhangs auf den Kopf und die Maske über die Nase.

„Es geht los", flüsterte sie. „Lynx, du bleibst hier. Die sind ganz sicher bis an die Zähne bewaffnet und machen bestimmt gerne einen wärmenden Pelzkragen aus dir."

Der Luchs verstand sofort und verzog sich widerspruchlos ins schützende Unterholz. Zu Falco gewandt sagte sie:

„Ab jetzt keinen Mucks mehr. Mach dich unsichtbar und achte auf meine Zeichen. Folge mir!"

Falco drehte sich um seine eigene Achse und verschwand vor ihren Augen. Die nickte ihm zu und schlich sehr vorsichtig zu der Stelle, an der ihr Falke immer noch rüttelnd die Stellung hielt. Mit einer Handbewegung zeigte sie ihm an, er könne sich jetzt zurückziehen, um keinen weiteren Verdacht zu erregen, was er augenblicklich tat.

Kurz darauf befanden sie sich oberhalb einer Felsformation. Ein schmaler Pfad führte in die Schlucht hinab. Aufs äußerste angespannt bewegte sich Rosa jedoch an der Oberkante des Steilhanges entlang, um sich genau umzusehen. Der hufeisenförmige Pfad führte durch die Klinge unter einer Felsgrotte hindurch. Von dessen Kante rieselte ein Wasserstrahl. Gelächter und Stimmen drangen an ihre Ohren. Geschirr klapperte. Es roch nach Alkohol und gebratenem Fleisch. Rosas geschulte Augen kreisten über das gut getarnte Räuberlager unterhalb des gegenüberliegenden Steilhangs. Sie hielt nach Tilia Ausschau. Ein Flüstern drang an ihr Ohr:

„Da ist sie", vernahm sie Falcos gehauchte Stimme direkt neben sich, „Im Käfig, an einem Baum, nah am Lagerfeuer."

Tatsächlich, nun sah es Rosa auch. Sie warf einen anerkennenden Blick in Falcos Richtung. Direkt am Lagerfeuer hing am Ast eines Baumes ein Käfig, in dem eine kleine Gestalt kauerte. Rosa musste näher heran, um besser sehen zu können. Mit Zeichen gab sie Falco zu verstehen, sich nicht von der Stelle zu rühren. Sie gehe jetzt da hinunter, um sich ein besseres Bild zu verschaffen. Vom unsichtbaren Falco war nichts zu hören. Rosa schlich vorsichtig weiter den rutschigen Hang nach unten. Bald ließ ihre Position es zu, Tilia genau in Augenschein zu nehmen und auch die Räuber zu belauschen. Die Unglückliche kauerte in ihrem gut gesicherten Gefängnis. Sie trug ein buntes Rüschenkleidchen, das auf jeden Fall von den Humanos stammen musste und überhaupt nicht zu ihr passte. Die Hände auf den Knien der angewinkelten Beine schlaff abgelegt, schien sie zu keiner Bewegung fähig. Den Kopf leicht gesenkt, war die Hälfte ihres bleichen Gesichts mit zerzaustem Haar bedeckt. So konnte man nur eines ihrer glasigen Augen erkennen, das völlig apathisch ins Leere blickte. Sie schien dieser Welt entrückt. Ob aus verzweifeltem Selbstschutz oder unfreiwillig war nicht zu ergründen.

Der Räuber, bei dem es sich scheinbar um den Hauptmann der Bande handelte, schmiedete gerade mit einigen Männern und Frauen, die allesamt Pfeifen schmauchten, Pläne über das weitere Schicksal ihrer Beute.

„Morga in aller Früh nehmet mir des kleine Monstrum zum Murrhardter Jahrmarkt mit."

Eine der verwahrlosten Weiber fragte laut:

„Willsch's verkaufa?" Der Hauptmann fuhr sie derb an:

„Ei, was denksch denn, Weib! Des isch sicher einiges Gold wert, aber wenn mer's behaltet ond uff de Märkt der Gegend als Kuriosum ausstellet, bringt's os deutlich mehr ei. Zuerscht de Ei'tritt, den ma für sowas verlange ko. Ond wenn die Leut dann fasziniert uff des monströse Ding glotzet, könnet die Kinder in eller Ruh die Beutel der Gaffer schneida. Ihr Weiber wahrsagt wie immer de Mädla der Stadt die Zukunft, und mir ganged danoch als gemachte Leut' hoim."

Die Zuhörer prosteten ihm anerkennend mit ihren Bierkrügen zu. Der Hauptmann lachte dröhnend.

„Scho als i des kleine Biest vor acht Johr des erschte Mol im Joosehof gseh han, wollt i's obedingt in d'Finger kriaga!" Er zog eine Frau derb an sich heran und drückte ihr einen feuchten Kuss auf die schmutzigen Lippen. Sie lachte schrill.

„Marie, mei klugs Weib! Du bisch die Beschte von älle. Bringt mir zum Abendbrot net blos fette Henna, sodern au no a Goldgrub mit ins Lager!" Die üppige Brust seiner Frau schwoll in ihrem tiefen Ausschnitt vor Stolz noch mehr an.

„Hasch scho gseha? Oser Tochter hot dem Ding a hübschs Kleidle gnäht. Des wird die Leut no mehr g'falle. Sieht's net aus wie a lebendig's Püpple? Sie wird's au no kämma ond die Haar nuffstecka, damit mer die spitzige Ohra besser sieht." Doch beim Blick in den Käfig wirkte sie nachdenklich. „Bloß so ganz lebendig sieht's ja net grad aus und des wird au net besser. S'will koi Fleisch essa und Kunststückle will's au koine macha, so sehr ma's au deswega mit ama Messer piesackt. Was mache mir denn damit, wenn's irgendwann kaputt goht?" Ihr Mann winkte ab.

„Dann isch s' au egal. Wenn's eh koine Kunststückle macha will und nur blöd vor sich hin glotzt, könnet mir's au ausstopfa. Die Leut zahlet genauso dafür, wie wenn's lebt." Alle gaben ihm grölend Recht. Wieder prosteten sie sich zu und schütteten Bier in sich hinein, dass es seitlich an den Mundwinkeln herunterfloss.

Angewidert und überaus besorgt hatte Rosa dies alles belauscht. Als es neben ihr wütend knurrte, dachte sie schon, der Luchs wäre, entgegen ihrer Anweisung, zu ihr vorgestoßen. Doch dann verstand sie, wer sich in Wahrheit seinem Ärger Luft verschaffte.

„Falco", flüstere sie, „bist du das?"

„Ja", brummte er neben ihr.

„Wie müssen hier ganz schnell weg, bevor wir entdeckt werden", sagte sie leise.

In Windeseile traten sie den Rückweg an.

Das achtundzwanzigste Kapitel

Alle für Eine

Als sie im Quercusclan eintrafen, begaben sie sich sofort zu Strix und Galina. Die besorgten Eltern waren zwischen der Erleichterung über Tilias Auffinden und den schrecklichen anderen Neuigkeiten hin und her gerissen. Diese Zerreißprobe zehrte an ihren ohnehin schon stark strapazierten Nerven. Rosa hatte den Falken schon vor Ort zu Anthus entlassen, um diesem Meldung zu machen, wo sie zu finden waren und wie sehr die Zeit drängte. Wenn die Räuber Tilia auf einem Jahrmarkt ausstellten, würde es sicher nicht mehr lange dauern, bis die Humanos sich im Wald gezielt auf die Suche von anderen Selvas begaben. Dies und die Tatsache, dass sie allem Anschein nach mehr tot als lebendig war, duldete keinen weiteren Aufschub: Es galt, schnellstens zu handeln.

„Rosa, wie können wir helfen?", fragte Strix entschlossen.

„Für dich habe ich einen sehr speziellen Auftrag, Strix", antwortete sie.

„Ich werde tun, was immer du von mir verlangst!"

„Kann man den Humanos in der Mühle unten in der Klinge wirklich trauen?"

Ohne zu zögern entgegnete er: „Ja, das kann ich dir versichern!"

„Sehr gut! Du kennst sie und sie kennen dich. Geh zu ihnen und erzähle ihnen alles, was geschehen ist. Dann bitte sie um Hilfe. Wenn sie so sind, wie du sagst, werden sie dir diese Bitte nicht verwehren."

Strix bekam es mit der Angst zu tun.

„Aber was soll schon eine unschuldige Müllerfamilie, die keiner Fliege etwas zuleide tun kann, gegen eine Bande bewaffneter Räuber ausrichten? Dadurch bringen wir sie in fürchterliche Gefahr!" Schon alleine bei der Vorstellung, was die Räuber mit den guten Leuten anstellen würden, wurde ihm angst und bange.

„Das ist mir auch klar", sagte Rosa, „Du sollst den Müller ja nur

197

darum bitten, in das große Humanosdorf zu gehen und den dort zuständigen Oberamtmann auf den Aufenthaltsort der Räuber hinzuweisen. Den Rest erledigen die dann schon!"

„Ich breche sofort auf!"

Rosa hielt ihn am Arm fest, um ihn daran zu hindern.

„Nein, noch nicht! Wir brauchen einen Vorsprung, damit die Humanos Tilia und uns nicht mehr zu Gesicht bekommen. Wir brechen daher zusammen auf, und du gehst zur Mühle, während wir zur Grotte weiterziehen." Damit war Strix einverstanden.

„Und was soll ich tun?", fragte Galina. „Ich kann hier auf keinen Fall untätig herumsitzen und warten, bis alles vorüber ist. Es geht schließlich um meine Tochter! Ich will helfen!" Rosa antwortete ihr prompt:

„Laufe durch den ganzen Clan und sammle alle Seile ein, die du auftreiben kannst. Dann bringe sie mit allen Clanmitgliedern zusammen zur Claneiche. Strix, kannst du sie dabei unterstützen und dafür sorgen, dass jeder auch etwas von seinem Brennholzvorrat mitbringt? Das stapelt ihr dort auf und entfacht ein Feuer, um das ihr euch alle versammeln sollt."

„Ein Clanfeuer? Aber das hat es doch schon seit hunderten von Sommern nicht mehr gegeben. Wer sollte wagen, es zu entzünden?", gab Galina zu bedenken.

„Das lass mal meine Sorge sein. Trommelt ihr die Clanmitglieder, Seile und das Holz zusammen, den Rest überlasst mir."

„Natürlich, du kannst dich auf uns verlassen!", gaben beide zurück.

„Falco", sagte Rosa. Er nahm sofort Haltung an, wie ein strammstehender Soldat, der seine Befehle erwartet. „Du gehst jetzt mit mir zu deiner Mutter – ich muss mit ihr sprechen."

Falco war dieser Vorschlag alles andere als geheuer. Wenn er mit Rosa bei seiner Mutter auftauchte, würde das ganz sicher ein großer Reinfall werden.

„Aber das...", wollte er zum Protest ansetzen, doch Rosa unterbrach ihn ungeduldig: „Jetzt ist nicht die Zeit für ‚Abers'. Sie ist doch die weise Frau des Clans, oder nicht?"

„Ja, und eine verflixt gute dazu!", bestätigte er.

„Dann führe mich sofort zu ihr. Danach übernehme ich. Was ich mit ihr zu besprechen habe, geht dich sowieso nichts an. Du musst daher außerhalb der Wohnhöhle warten, bis ich wieder rauskomme." Falco seufzte tief. Wenn das mal gut ging!

Es ging gut und ehe sich Falco recht versah, trat Rosa auch schon wieder aus der Wohnhöhle heraus. An ihrem Gürtel hing ein großer Beutel, dessen Inhalt für ihn ein Geheimnis blieb. Loxia trat hinter ihr nach draußen. Rosa wandte sich noch einmal zu ihr um:

„Vielen Dank für deine großzügige Unterstützung! Du weißt, was nun zu tun ist."

Loxia nickte und erhob die Hand zum Abschiedsgruß. Rosa tat es ihr energisch nach, Falco eher halbherzig. Er wusste nicht, was er von all dem halten sollte

„Und nun zu deinem Großonkel Galium. Hurtig!", trieb sie ihn an. Beide wetzten gemeinsam zu Galiums Wohnhöhle.

„Der altehrwürdige Galium oderatum, nehme ich an", sprach ihn Rosa respektvoll an. Dieser entgegnete fröhlich. „Alt? Ja. Ehrwürdig? Da habe ich so meine Zweifel. Und du bist sicher die mutige Kämpferin Rosa von der Falkengilde. Strix hat mir schon viel Gutes von dir berichtet." Sie verbeugte sich höflich vor dem Alten.

„Zu euren Diensten!", säuselte sie. Beide lachten über Falcos offensichtliches Erstaunen.

„Sehr schön", sagte Galium unternehmungslustig. „Es freut mich sehr, dich nun persönlich kennen zu lernen. Und was geschieht jetzt als nächstes?"

„Begib dich bitte unverzüglich zur Claneiche. Dort wird es in Kürze sehr lebendig zugehen. Alle Clanmitglieder werden erscheinen und einen Holzstapel errichten. Sobald alles bereit ist, gebührt dir als Clanältester die Ehre, das erste Clanfeuer des Quercusclans seit langer Zeit zu entzünden!"

Galium strahlte übers ganze Gesicht. „Um das zu erleben, hat es sich gelohnt, so alt zu werden. Es wird mir eine große Freude sein!"

Kurz darauf fanden sich nach und nach tatsächlich alle Clanmitglieder bei der Eiche ein und schichteten den Holzhaufen auf. Loxia war ebenfalls anwesend und überwachte das Vorgehen. Rosa knotete mit Galinas Hilfe die einzelnen Seile zu zwei langen zusammen und band diese dann mit dem letzten Seil auf den Rücken des Luchses, der diese Prozedur geduldig über sich ergehen ließ. Als alles bereit war umarmten sich Galina und Rosa zum Abschied. Galina flüsterte ihr in Ohr:

„Bring mir meine Tochter heil zurück."

„Das werde ich", entgegnete Rosa genauso leise. Sie winkte Loxia und Galium noch einmal zu. Dann machte sich die außergewöhnliche Truppe auf den Weg zu ihrer Rettungsmission.

Strix trennte sich an der Wieslauf von den anderen, um den Müller zu informieren und ihn unsichtbar nach Welzheim zu begleiten, falls noch Unklarheiten auftauchen sollten. Er wusste, diesmal würde es ihm gelingen, denn schließlich ging es um das Leben seiner Tochter. Bald hatte der Rest der Gruppe den Abstieg zur Felsgrotte erreicht. Rosa und Falco befreiten den Luchs von seiner ungewohnten Last.

„Lynx, mein Freund. Es ist besser, wenn du dich zurückziehst", warnte ihn Falco. „Die haben Pistolen, Gewehre und Messer. Das wird ganz sicher sehr gefährlich."

„Ist schon Recht", sagte der Kuder. „Ich werde wieder hier auf euch warten, aber sobald ich etwas Ungewöhnliches höre oder sehe, kann ich für nichts garantieren."

Die beiden Selvas machten sich auf den Weg zum Räuberlager. Falco trug die beiden Seile über den Schultern. Rosa hielt den Bogen schon bereit. Sie warf noch einmal einen sorgenvollen Blick gen Himmel, aber vom Falken war weit und breit nichts zu sehen. Eigentlich konnten sie auch nie und nimmer in so kurzer Zeit hier sein. Sie streifte Kapuze und Maske über. Falco machte sich unsichtbar. Die Seile verschwanden mit ihm. Rosa verbot sich, der aufsteigenden Angst zu viel Raum zu geben. Falco spürte ihre Unsicherheit, was nicht gerade zu seiner Beruhigung beitrug. Die beiden wollten diesmal nicht ihren bewährten Beobachtungsposten beziehen, sondern den Pfad der Humanos nutzen, um näher ans Lager heranzukommen. Sie passierten die Grotte und befanden sich nun auf dem Pfad direkt oberhalb der Räuberbande. Sie lugten über den Rand des Hanges auf sie hinunter. Die Räuber hatten sich ums Feuer gelagert und gaben dabei beinahe ein friedliches Bild ab. Dennoch saß die Furcht den heimlichen Beobachtern in allen Gliedern. Tilia wirkte im Zwielicht der untergehenden Sonne noch blasser und zerbrechlicher als heute Morgen. Der Schein des tanzenden Feuers spiegelte sich in ihren glasigen Augen wider. Von Angst, Wachen, Hunger und Durst erschöpft, schien sie dem Tod näher zu sein als dem Leben. Lange hielt sie das nicht mehr durch. Falco entfuhr ein Seufzer der Verzweiflung. Er schwebte in einem Zustand zwischen Furcht und Hoffnung. Mit Schaudern stellte er sich vor, was diese gräßlichen Humanos bereits alles mit ihr angestellt hatten und was sie ihr womöglich noch antun wollten. Auch Rosa war in gespannter Erwartung der Dinge, die noch kommen sollten. Am liebsten wäre es ihr gewesen, wenn endlich die Gilde zur Verstärkung auftauchte. Allein konnten sie das doch niemals schaffen. Beide waren so in ihre trübsinnigen Gedanken vertieft, dass sie die herannahenden Schritte viel zu spät bemerkten.

Mit einem beherzten Hechtsprung an die Hangseite des Pfades versuchte sich Rosa noch in Sicherheit zu bringen. Doch da hatte der Räuber ihre Bewegung im Dämmerlicht bereits wahrgenommen und sich nach dem vermeintlichen Kleintier gebückt. Er schnappte sie am Kragen und wollte sie hochheben, doch geistesgegenwärtig zog sie einen ihrer präparierten Pfeile aus dem Köcher und schoss ihn dem Räuber direkt zwischen die Augen. Der schrie auf und ließ Rosa wieder fallen. Er entfernte den für ihn sehr kleinen Pfeil und musterte ihn erstaunt. Was war das denn? Der Stachel eines Tieres oder die Dorne einer Pflanze? Wütend warf er ihn zu Boden und hätte damit beinahe den unsichtbaren Falco getroffen. Der Räuber kratzte sich an der Einschussstelle und setzte kopfschüttelnd seine Wachrunde fort.

„Das war knapp", flüsterte Rosa mit bebender Stimme.

„Zu knapp", entgegnete Falco. „Was sollen wir jetzt machen?"

„Wir warten, bis die Giftmischung ihre Wirkung zeigt. Der Schuss saß gut. Es kann nicht allzu lange dauern."

„Und was dann?"

„Dann ist er für eine ganze Weile außer Gefecht gesetzt."

„Bleiben ja nur noch circa dreißig andere übrig. Wie viele Pfeile hast du denn dabei?"

„Nicht genug."

Es dauerte nicht lange, da nahte bereits der nächste Wachposten. Der schien nicht ganz so einfältig wie der Erste zu sein und auch nicht so betrunken. Er blieb direkt vor den beiden stehen, um das Lager zu überblicken. Sie drückten sich gegen die feuchte Erde des Klingenhangs und wagten kaum zu atmen. Rosa begann die Wand geschickt zu erklettern, um ihm von hinten einen Pfeil in den Hals zu verpassen, da die Betäubungsmischung am schnellsten im Kopfbereich wirkte. Doch genau in diesem Moment bewegte sich der Räuber und der Pfeil flog an ihm vorbei und war auf Nimmerwiedersehen verschwunden. Sie spannte sofort nach, aber er schien ihre Bewegung bemerkt zu haben und drehte sich zu ihr um. Sie hatte sich mit dem Bein in einer ausgespülten Baumwurzel eingefädelt, um beide Hände zum Nachladen und Spannen des Bogens frei zu haben. Wenn die Sonne noch hoch am Himmel gestanden wäre, hätte er sie direkt vor seinem Gesicht gesehen. Langsam erhob er eine Laterne, um die Wand anzuleuchten. Da erblickte er die kleine vermummte Gestalt, die mit gespanntem Bogen einen Pfeil auf sein Gesicht richtete.

„Was zum Teufel...", entfuhr es ihm, da prasselten bereits die Pfeile auf sein Gesicht ein. Die kleine Gestalt spannte schneller nach als er reagieren konnte. Nicht alle Pfeile trafen, aber einer hatte nur knapp sein Auge verfehlt, was ihm solche Schmerzen verursachte, dass er diesen erst einmal herauszog. Als er sich wieder der schießenden Gestalt zuwandte, war sie wie ein Spuk verschwunden. Er leuchtete mit seiner Laterne suchend den Pfad ab. Da nahm er eine huschende Bewegung war und reagierte sofort. Rosa zappelte in seiner großen Hand und wollte mit dem Bogen auf ihn einschlagen, weil ihr die Pfeile ausgegangen waren.

„Was bisch du?", fragte der Räuber verwundert. „Bisch du au so a Ding, wie mir im Käfig hocke ham?"

Er hielt die Laterne näher an die Hand, in der Rosa zappelte und wild um sich schlug. „Donnerwetter, du bisch ja wirklich so a Ding. Des isch dem Boss bestimmt a saftige Belohnung wert! Zwoi send besser als ois. Und du bisch au viel lebendiger als des andere."

Der Juckreiz an den Einschussstellen wurde immer unerträglicher. Deshalb stellte er die Laterne ab, um die Stachel zu entfernen und sich zu kratzen. Da ertönte unvermittelt ein furchtbarer Schrei, der ihm das Blut in den Adern erstarren ließ. Er griff nach seiner Laterne. Im Lichtschein gewahrte er noch ein solches Wesen, das mit erhobenen Armen direkt auf ihn zu rannte. Noch ehe er sich fragen konnte, ob es hier vielleicht ein Nest von denen gab, ertönte von diesem Winzling nochmals ein Aufschrei, bei dem es ihm mit voller Wucht etwas in den Oberschenkel rammte. Vor Schreck und Schmerz ließ er seine kostbare Beute fallen, und ums Herumgucken waren beide Gestalten wie vom Erdboden verschluckt. Er schüttelte den Kopf über sich selbst und zog den schmerzhaften Stachel aus seinem Fleisch. Am besten war es wohl, niemanden etwas davon zu erzählen. Die würden ihm sowieso nicht glauben und sowas bedeutete nur Ärger. Als einer vom Lager zu ihm heraufrief, was denn los sei, lautete dessen Antwort: „Nix. Älles in beschter Ordnung!"

Etwa eine halbe Stunde später sackte er in sich zusammen und wurde von fürchterlichen Horrorbildern heimgesucht. Er hatte das Gefühl, durch ein wild kreisendes Kaleidoskop unaufhaltsam in die Tiefe zu stürzen. Er ahnte nicht, dass sich sein Kamerad bereits in einem ähnlichen Albtraum befand wie er. Es sollte Stunden dauern, ehe sie wieder daraus erwachen würden.

Keuchend flüchteten sich Rosa und Falco zum Luchs, der nach Falcos Schreien bereits drauf und dran gewesen war, zu seiner Rettung zu eilen. Sie verkrochen sich zusammen im Unterholz. „Ganz ehrlich Rosa, ich dachte immer, Tilia ist verrückt, aber du bist eindeutig noch viel durchgeknallter als sie! Der hätte dich beinahe gekriegt. Du bist ja völlig irre, dein Leben so leichtfertig aufs Spiel zu setzen", schimpfte Falco, um seinem Ärger Luft zu machen. Rosa rang immer noch nach Atem, begann dabei aber auch hustend zu lachen. Falco wandte sich empört Lynx zu: „Siehst du das? Sie wäre eben beinahe gefangen worden, und was fällt ihr dazu ein? Sie lacht!" Er konnte nicht fassen, was er da eben erlebt hatte und was er immer noch erlebte. Hoffentlich erwachte er bald und lag friedlich auf seinem Mooslager.
„Reg dich nicht auf", gluckste Rosa vergnügt. „Das war doch ein Wahnsinnskampf. Das hat Spaß gemacht, da fühlt man sich hinterher doch gleich viel lebendiger!"
„Wahnsinn ist wahrlich das passende Wort dafür", brummte Falco säuerlich.
Rosa hingegen strahlte übers ganze Gesicht:
„Lynx, du hättest ihn sehen sollen. Es war unglaublich, wie er es mit diesem riesenhaften, bis an die Zähne bewaffneten Humano aufgenommen hat. Falco ist ein echter Held! Er hat mich gerettet."
Sie drückte dem frischgebackenen Helden einen Kuss auf die Wange, was diesen erschreckte und Lynx belustigte.
„Ich danke dir!", hauchte sie.
„Wenn du das so sagst, weiß ich nicht ob du es wirklich ernst meinst oder dich über mich lustig machst", murrte er, während

er sich den feuchten Kuss von der Wange wischte.

„Wie könnte ich mich über jemanden lustig machen, der sich beherzt einen verfehlten Pfeil schnappt, um ihn mit wildem Kampfgeschrei einem Humano in den Oberschenkel zu rammen. Das war unglaublich! Ehrlich. So manch ein Kämpfer der Falkengilde hätte so etwas nicht gewagt. Ich werde beim Meister ein gutes Wort für dich einlegen, damit er dich in unsere Gilde aufnimmt. So einen wie dich können wir gut brauchen!" Falco wusste vor Verlegenheit nicht, wohin er seinen Blick wenden sollte. Sie schien es tatsächlich ernst zu meinen. „Aber zuerst gehen wir wieder da runter und holen Tilia raus!"

„Was, wir sind eben erst knapp einer Katastrophe entgangen, und du willst dich nochmal in dieses Räubernest wagen? Bist du sicher? Wollen wir nicht doch auf die Falken warten?", fragte er besorgt.

„Du hast Tilia doch gesehen. Bis dahin kann es bereits um sie geschehen sein. Uns läuft die Zeit davon", gab sie ihm zu bedenken. Der Luchs meldete sich zu Wort:

„Aber diesmal geh ich näher mit ran, sonst kann ich euch nicht beistehen, falls ihr mich braucht."

„Du musst das nicht tun!", sagte Falco.

„Das weiß ich, aber ich *will* es tun. Ich bin dein Freund und werde mein Leben für dich riskieren, wenn es sein muss. Weißt du, ich habe mich bisher immer gefragt, was das Leben für mich tun kann. Ich finde es ist nun an der Zeit, dass ich frage was ich für das Leben tun kann."

„Sehr gut gesprochen, Lynx!" Rosa streckte den Arm mit geballter Faust in die Luft um seinen Worten den gebührenden Nachdruck zu verleihen. Sie schien nach diesem ersten Kontakt sehr viel zuversichtlicher als zuvor.

„Also, dies ist mein Plan: Lynx, du beziehst Stellung am unteren Ende der Klinge, um Falco in Empfang zu nehmen, wenn er mit Tilia bei dir ankommt. Falco, wir platzieren uns wieder direkt oberhalb des Räuberlagers und somit auch über Tilias Käfig. Wir zurren das eine Ende unserer Seile an einem Baumstamm fest. Das andere Ende binden wir um den Bauch, um uns daran abzuseilen. Du seilst dich zum Käfig ab und befreist Tilia. Hier hast du ein Messer, mit dem wirst du das Schloss ganz sicher knacken können. Dein Onkel Strix hat mir erzählt, wie technisch begabt du bist."

„Woher hast du das? Es ist kein Selvamesser.“

„Nein, es gehört einem Humano, der heute Nacht ganz sicher keine Verwendung mehr dafür hat“, stellte sie sachlich fest.

„Der Räuber von vorhin? Du hattest noch Zeit ihn zu bestehlen?“

„Ich hab es mir nur geliehen. Aber pass auf, für unsereins ist das Teil riesig und schwer!“ Falco nahm es entgegen und war über dessen Gewicht erstaunt.

„Steck es dir in den Gürtel, damit du die Hände zum Klettern frei hast. Aber Obacht, schneid dir keine Körperteile ab, die du vielleicht nochmal brauchst.“

Rosa grinste spitzbübisch. Falco zog es vor, nichts darauf zu erwidern. Sie sprach weiter:

„Also Falco, du schnappst dir Tilia, wirfst sie dir über die Schulter und verschwindest, unten zur Klinge raus. Pass aber auf, da könnten auch noch Wachen stehen. Ich werde ein wenig für Durcheinander in der Bande sorgen, dann komme ich nach.“

„Was hast du vor?“, fragte Falco.

„Nur damit ihr nicht auch in Panik ausbrecht, sei euch so viel verraten: Es wird einen gehörigen Krach machen und gewaltigen Rauch verursachen.“

Falco und Lynx blickten sich verwundert an.

„Wenn alles läuft wie es soll, wäre es besser, ihr seid bis dahin verschwunden, denn dieser Rauch wird es in sich haben.“ Sie verdrehte wie toll die Augen und wischte sich mit der flachen Hand vor dem Gesicht herum. Die beiden Zuhörer wollten sich nicht die Blöße geben, ihr Unverständnis zu offenbaren. Kurz darauf brachen sie auf, um Rosas Plan in die Tat umzusetzen.

Alles lief wie erwartet. Falco mühte sich zwar gewaltig mit dem großen Messer ab, aber irgendwann gelang es ihm doch, das massive Vorhängeschloss damit zu knacken. Die Räuber schliefen schnarchend um das Feuer verteilt. Keiner von ihnen ahnte, dass ihre beiden oberen Wachen ausgeschaltet worden waren und der Feind von dort kam. Die apathische Tilia bemerkte Falcos Anwesenheit nicht. Er wagte nicht einmal, ihr ins Ohr zu flüstern, dass er da war, um sie zu befreien. Er streichelte ihr nur kurz mit der flachen Hand über den Rücken. Er konnte ihre Knochen durch den dünnen Stoff des seltsamen Kleides deutlich spüren. Eine Träne des Mitgefühls rann ihm über die Wange, während er sie schulterte. Sie besaß höchstens noch die Hälfte ihres früheren Gewichts. Das Seil war exakt lang genug, um sich damit bis zum Waldboden hinunterzulassen.

Gute Arbeit, Rosa!, dachte er beeindruckt. Er löste es von seinem Bauch und pirschte auf leisen Sohlen die Klinge bergabwärts, die federleichte Tilia auf seinen Schultern fiel dabei nicht ins Gewicht. Im Dunkeln war es ein Leichtes für ihn, sich an den beiden betrunkenen unteren Wachen vorbei zu schleichen. Am Ende der Klinge erwartete ihn Lynx. Falco bettete die Bewusstlose auf den Rücken des Luchses, doch sie rutschte immer wieder ab, weil sie sich in diesem Zustand nicht festhalten konnte.

„Was nun?", fragte er den Luchs ratlos. „Daran hat Rosa nicht gedacht. Wie sollst du denn Tilia in Sicherheit bringen, wenn ich kein Seil mehr habem um sie auf deinen Rücken zu binden? Und das, mit dem wir die langen Seile auf dir befestigt hatten, liegt oberhalb der Klinge. Das können wir auch nicht mehr holen. Da haben wir also die erste Schwachstelle ihres brillanten Plans."

Der Luchs drehte den Kopf zu ihm. Seine Augen funkelten verstehend.

„Oh nein, das gehört zu ihrem Plan dazu. Ich kann Tilia nur weit weg von hier bringen, wenn du dich hinter sie setzt und festhältst. Geniale Rosa – sie hat einfach an alles gedacht! Nur so kann sie vermeiden, dass du zu ihr zurückkehrst, sobald du Tilia bei mir in Sicherheit weißt."

„Verflixt nochmal, das darf doch nicht wahr sein! Was jetzt?", brummte Falco.

„Sitz auf und ab mit uns in den Quercusclan zu Tilias Eltern. Rosa schafft das ganz sicher ab jetzt auch sehr gut ohne uns", sagte der Luchs.

Falco konnte dieser vernünftigen Aufforderung nur noch Folge leisten.

Rosa stand breitbeinig am Rand des Steilhangs und beobachtete wachsam Falco bei Tilias Befreiung. Sobald etwas schiefgehen sollte, würde sie eingreifen, aber er erledigte seine Aufgabe so kaltblütig wie ein echter Falke. Ein wenig irritierte es sie, weshalb sie in diesem Moment stolz auf ihn war. Aber immerhin war er ihr Schüler und er lernte unglaublich schnell! Als er sich mit Tilia auf den Schultern aus dem Staub machte, ohne sich noch einmal nach ihr umzudrehen, flüsterte sie ihm hinterher: „Guter Mann!"

Bedächtig löste sie den Knoten des Seils, das um ihren Bauch gebunden war, und ließ es achtlos hinter sich fallen. Sie nahm ihren Bogen und den leeren Köcher von den Schultern und bettete sie liebevoll auf eine Moosplatte, über einen Felsstein, der oberhalb des Pfades aus dem Hang ragte. Von allem Ballast befreit, trat sie an die Kante dieses Felsbrockens. Beide Arme nach oben gestreckt, warf sie den Kopf in den Nacken, um in den sternenreichen Nachthimmel zu sehen. Da erblickte sie die wohlbekannten Umrisse eines Vogels direkt über sich.

Sie sind da!, durchfuhr es sie.

Mit einem schwungvollen Satz sprang sie kopfüber vom Felsen, als plane sie einen Kopfsprung ins tiefe Wasser. Ihr größter Herzenswunsch erfüllte sich just in diesem magischen Moment. Einmal nur mit dem Falken fliegen. Tränen der Ergriffenheit schossen ihr in die Augen, gepaart mit einem nie gekannten Glücksgefühl der Freiheit und des vollkommen inneren Friedens. So kurz dieser Augenblick auch war, er gehörte ihr allein, und niemand konnte ihr ihn jemals wieder nehmen.

Mit einer geschmeidigen Wende brachte sie ihren Körper wieder in die richtige Position und landete sicher auf den Füßen, direkt neben der Feuerstelle. Noch ehe die Räuber überhaupt begriffen, was gerade geschah, riss sie ihren Beutel vom Gürtel und schüttete dessen Inhalt in hohem Bogen ins Lagerfeuer. Mit einem lauten Knall explodierte dieser beinahe im selben Augenblick. Rosa begann so heftig zu lachen, dass ihr wieder die Tränen kamen. Wie ein geölter Blitz wetzte sie durchs Räuberlager, wo die erschrockenen Humanos noch immer versuchten zu verstehen, was denn eigentlich gerade vor sich ging. Im allgemeinen Durcheinander bemerkte niemand die kleine Gestalt, die sich einen Spaß daraus machte, zwischen den herumrennenden Humanos im Zick-Zack-Kurs ihren Weg zu finden.

Als die Räuber sich eben von ihrem Nachtlager aufgerappelt hatten, stürmten und rutschten wie aus dem Nichts Wildschweine den feuchten Steilhang hinunter auf das Lager zu und verwüsteten es vollständig. Was sie nicht mit ihren Hufen zertrampelten, wurde von ihren im Matsch rutschenden Leibern zerdrückt oder mit den enormen Eckzähnen aufgespießt und zerstört. Die Räuber wollten aus der Klinge nach unten fliehen, jedoch kamen von dieser Seite ebenfalls etwa ein halbes Dutzend Wildschweine auf sie zugestürmt, welche die unteren Wachen vor sich hertrieben. Im allgemeinen Chaos und der Dunkelheit dauert es eine Weile, bis einige Mitglieder der Räuberbande bemerkten, dass auf den Rücken der Wildschweine kleine Wesen saßen. Sie trugen grüne Umhänge mit Kapuzen und Masken, die ihre Gesichter bis zur Nase bedeckten. Mit winzigen Bögen schossen sie Pfeile, so klein wie Stacheln, auf die Menschen ab, die sich in Panik bald gegenseitig über den Haufen rannten. Die meisten Geschosse trafen sie im Gesicht oder der Halsgegend. Etwas abseits dieses Durcheinanders stand auf der Plattform der Grotte ein Wildschwein, auf dessen Rücken ein Wesen mit blauem Umhang saß und das Geschehen beobachtete.

Erst als das gesamte Lager verwüstet darnieder lag, verzogen sich die Angreifer, so schnell wie sie gekommen waren, im Dunkel der Nacht.

Eine gut bemannte Polizeistreife, die vom Klingenmüller Rau auf das Lager der Räuberbande aufmerksam gemacht worden war, traf am nächsten Morgen zeitig in der Frühe am Ort des Geschehens ein. Sie hatten mit heftiger Gegenwehr gerechnet. Schließlich handelte es sich um die gefürchteten Räuber, die bereits seit vielen Jahren die Gegend in Angst und Schrecken versetzten und auch nicht vor Mord und Brandstiftung zurückschreckten. Wie wunderten sich die Ordnungshüter daher, als alle Mitglieder der Bande kreuz und quer verstreut in der Geldmacherklinge herumlagen. Entweder waren sie weggetreten, weinten, zitterten oder benahmen sich sonst irgendwie merkwürdig. Es schien, als seien nur die Kinder vom Schlimmsten verschont geblieben. Die Bandenmitglieder konnten allesamt ohne jegliche Gegenwehr dingfest gemacht und ins Gefängnis abtransportiert werden.

Der erste Eindruck ließ zunächst auf Volltrunkenheit schließen. Später deutete ein Arzt die Symptome jedoch folgendermaßen: Alle Erwachsenen befanden sich eindeutig in einem anderen heftigen Rausch, wobei jedoch die meisten von ihnen offensichtlich vorher auch reichlich dem Alkohol zugesprochen hatten. Dazu kam eine wilde Mischung aus so gefährlichen Gewächsen wie Tollkirsche, Bilsenkraut, Pilzen und allem möglichen anderen dubiosen Pflanzen, von denen man lieber die

Finger lässt. Dies erklärte auch die haarsträubenden Geschichten, die sie erzählten, als sie nach vielen Stunden wieder halbwegs bei Sinnen waren. Seltsame Berichte von kleinen vermummten Wesen, die zuerst ihr Feuer in die Luft jagten und danach auf durchgedrehten Wildschweinen in ihr Lager ritten, um es zu verwüsteten. Dabei seien sie auch noch von ihnen mit Pfeilen beschossen worden. Diese blödsinnigen Hirngespinste glaubte ihnen natürlich kein Mensch. Freilich war es etwas seltsam, warum anscheinend alle dieselben Halluzinationen gehabt hatten, doch auch so etwas sollte ja vorkommen. Unerklärlich erschien jedoch diese massive Zerstörung im Lager. Hatten sie es selbst im Rausch so zugerichtet? Das würde man wohl nie erfahren, aber es war ja auch nicht so wichtig.

Das neunundzwanzigste Kapitel

Wieder vereint

Als der Luchs mit Tilia und Falco auf dem Rücken wohlbehalten im Clan eintraf, untersuchte und behandelte Loxia die Befreite sofort in ihrer Höhle. Unterdessen berichtete Falco Strix und Galina vor der Höhle von den Geschehnissen im Räuberlager. Danach erzählte Strix ihm, wie sich die Müllerfamilie umgehend nach Erhalt der schrecklichen Nachricht um den Esstisch geschart hatte. Sie stellten auf dessen Mitte eine Kerze und legten die Bibel daneben. Dann begannen sie unverzüglich für die Errettung ihrer kleinen Freundin zu beten, noch bevor sich der Müller mit ihm zusammen auf den Weg zu den Welzheimer Behörden machte.

Zur selben Zeit waren sämtliche Clanmitglieder ums Feuer versammelt, um ebenfalls für den Erfolg der Befreiungsmission zu beten und die alten Lieder für die Große Macht zu singen. Die Leitung dieses uralten Rituals oblag Loxia. Galium rannen dabei Tränen der Freude in seinen weißen Rauschebart. Er war von Herzen dankbar, das noch erleben zu dürfen, und sang lauter als alle anderen.

Als Loxia die Untersuchung der Patientin abgeschlossen hatte, bat sie die geduldig vor ihrer Tür Wartenden einzutreten.

„Tilia hätte diese Tortur nicht einen Tag länger überstanden. Es war tatsächlich Rettung im letzten Moment. Sie braucht sehr viel Ruhe und liebevolle Zuwendung. Nicht nur ihr Leib, sondern vor allem ihre Seele wurde sehr schwer verwundet. Diese Medizin muss sie regelmäßig einnehmen."

Sie drückte Galina einen Beutel mit Kräutern in die Hand.

„Morgen werde ich wieder nach ihr sehen. Gebt gut auf sie Acht, und falls es schlechter mit ihr wird, gebt mir sofort Bescheid. Und zieht ihr dieses scheußliche Humanoskleid aus! Am besten verbrennt ihr es danach sofort im Freien, aber außerhalb des

Clandorfes, damit der Qualm nicht die ganze Luft verpestet."
Loxia streichelte Tilia sanft über das zerzauste, stumpf gewordene Haar. Ein Geste, die weit über die Fürsorge einer weisen Frau für eine Patientin hinausging. Hier sorgte sich eine Tante um ihre an Leib und Seele schwer geschundene Nichte. Die Eltern erfüllte dies mit noch mehr Freude und Dankbarkeit.
Falco ließ es sich nicht nehmen, Tilia nach ihrer medizinischen Versorgung eigenhändig ins Baumhaus zu tragen. Loxia zog sich derweil in ihre Wohnhöhle zurück, um etwas Stille in dieser aufreibenden Nacht zu suchen.

Wenig später überließ Falco Tilia ihren Eltern. Etwas verloren stand er nun mit Lynx bei der Claneiche herum, wo die anderen Clanmitglieder noch fröhlich Tilias Rettung feierten. Ihm war ganz und gar nicht nach Jubeln zumute.
„Es dauert schon viel zu lang", raunte er seinem Freund unruhig zu. „Rosa müsste doch schon längst hier sein. Am besten kehren wir nochmal zum Räuberlager zurück. Wahrscheinlich steckt sie in Schwierigkeiten und braucht unsere Hilfe!"
Lynx wollte gerade etwas entgegnen, als eine fremde Wildschweinrotte aus dem dunklen Wald auf das Feuer des Quercusclans zutrat.
„Sieh doch!", rief der Kuder. Falcos Augen folgten seinem erstaunten Blick.
Auf den Schweinen ritten die Mitglieder der Falkengilde! Rosa saß hinter Anthus, an dem sie sich festhielt. Als sie Falco erblickte, sprang sie mit einem eleganten Satz vom Schwein ab, noch ehe es recht zum Stehen kam. Mit völlig verdrecktem Gesicht, dem man genau ansah, wo die Maske aufgehört hatte, weil es unterhalb der Nase einigermaßen sauber war, stürmte sie ihm freudestrahlend entgegen, schloss ihn in die Arme und drückte ihn fest an sich. Falco war so erleichtert, sie zu sehen, dass er sie emporhob. Laut rief er aus:
„Meine unvergleichliche Heldin ist wieder da!"
Der Luchs leckte die beiden so heftig ab, dass sie umfielen. Rosa sprang sofort wieder auf die Beine, warf Bogen und Köcher von sich, bot Falco die Hand um ihm aufzuhelfen, und tanzte gleich darauf ausgelassen mit ihm ums Feuer. Die Musiker begannen spontan dazu aufzuspielen. Anthus lächelte über diesen lustigen Anblick.

Die Wildschweine ließen ihre kleinen Reiter absteigen, um sich danach in den Wald zu trollen, wo sie sich etwas Fressbares suchten.

Die gut gelaunten Falkenkämpfer gesellten sich zu den Clanmitgliedern und ließen sich rings um das Feuer des Lagers nieder. Sie wurden von den jungen Frauen des Dorfes mit Essen, Getränken und neugierigen Blicken willkommen geheißen.

Anthus nahm sich kaum Zeit, um mit den anderen den gemeinsamen Erfolg zu feiern. Ihm war viel wichtiger, sofort Loxia zu sehen. Zaghaft klopfte er an die Eingangstüre ihrer Wohnhöhle. Dabei verspürte er deutlich mehr Angst als eben noch im Wald beim Kampf gegen die Räuber. Vielleicht war dies aber schlichtweg der Tatsache geschuldet, dass er hier nicht seine Truppe vorschicken konnte. Diesen Weg musste er ganz allein beschreiten. Anthus fühlte sich so einsam und hilflos wie schon lange nicht mehr. Die Tür öffnete sich nach einem langen Moment des Wartens.

„Ich grüße dich, Loxia. Es ist schön, dich zu sehen. Darf ich reinkommen?", sagte er leise.

Sie bat ihn mit einer Handbewegung, einzutreten.

Sie ist noch genauso würdevoll und schön wie damals!, durchfuhr es ihn wie ein Schauer. Er fühlte sich in ihrer Nähe auf einmal nicht nur alt, sondern auch unbedeutend.

Loxia musterte ihn lange Zeit schweigend. Ihr unergründlicher Blick bereitete ihm zunehmend Unbehagen. Der glorreiche Meister hatte seine Meisterin wiedergefunden. Er sehnte sich nach einem Schluck Wasser, wagte aber nicht, sie darum zu bitten. Sie bot ihm kein Mooskissen an und auch sonst keinerlei Geste der Gastfreundschaft. Anthus räusperte sich, wobei er verlegen seine Kehle rieb.

„Du siehst aus, als bräuchtest du etwas zu trinken", vernahm er unvermittelt ihre Stimme.

Sie nahm sein gekrächztes: „Ja, das wäre wunderbar" zum Anlass, ihm einen Becher Wasser zu reichen. Dankbar leerte er diesen gierig in einem Zug. Danach fühlte er sich etwas besser. Sie füllte den Becher nochmals und auch diesen leerte er hastig. Mit einem Dank reichte er ihr den leeren Becher wieder. Sie räumte ihn weg und warf ihm sofort wieder diesen merkwürdigen Blick zu. Er fühlte sich verpflichtet den Anfang zu machen:

„Du siehst gut aus, Loxia. Die Jahrhunderte konnten dir nichts anhaben", begann er das Gespräch. Sie warf ihm einen derart ablehnenden Blick zu, dass er eine Gänsehaut davon bekam. Als sie endlich zu sprechen begann, wünschte er sich jedoch sofort, sie hätte es nicht getan.

„Das kann ich von dir nicht behaupten! Sieh nur, wie du herumläufst!", sagte sie grimmig. „Wie kommt ein Selva bloß auf den irrwitzigen Gedanken, sich aus Humanosstoffen Kleidung zu nähen? Es muss ja Tage gedauert haben, um ihren Gestank herauszuwaschen."

„Das hat es", gab Anthus mit beschämt gesenktem Blick zu.

„Und dann kämpfst du auch noch. Als ob das unserer Art entspricht oder es irgendetwas bewirken könnte, wenn man sich wehrt."

Anthus erhob den Blick. „Du hast doch heute selbst gesehen, was es bewirken kann. Tilia ist befreit und lebend zurückgekehrt, und die Räuberbande wird bald dingfest sein. Was du da sagst, ist unlogisch. Warum darf ich dir denn nicht einfach mal meine Beweggründe erklären?"

Loxia hielt sich theatralisch die Ohren zu und schüttelte heftig den Kopf.

„Nein, nein, nein und nochmals nein! Ich will nichts davon hören. Deine Rechtfertigungen werden mich nicht überzeugen!"

„Das sind doch keine Rechtfertigungen. Du hast dir eine voreilige Meinung über mich gebildet. Ich möchte nichts weiter als dir meine Geschichte erzählen, damit du weißt, wie es mir in den letzten Jahrhunderten ohne dich ergangen ist. Bitte entschuldige, falls das jetzt zu hart klingt, aber wenn du eine niedrige Meinung von einem anderen hast, obwohl du in Wirklichkeit gar nichts über ihn weißt, dann ist das hochmütig. Nimm dir doch bitte die Zeit, mein neues Ich kennenzulernen. Dann wirst du bestimmt deine Ansicht über mich ändern."

„Niemals!", rief sie aus. „Mein Entschluss steht fest. Du darfst nicht mehr in mein Leben zurückkehren, denn du hast dich zu sehr verändert!"

„Wie bitte?", fragte Anthus erstaunt. „Du hast mich damals weggeschickt, weil ich so war, wie ich eben war und nun willst du mich wieder loswerden, weil ich mich verändert habe und so bin, wie ich jetzt bin? Es tut mir leid, ich verstehe das nicht. Aber ich muss es verstehen, um dich wirklich loslassen und endlich vergessen zu können!"

„Oh ja, natürlich", schimpfte sie drauflos, „der gnädige Herr braucht für alles eine Erklärung. Das hatte ich völlig vergessen. Ganz zu Beginn unserer Beziehung mussten wir ja unbedingt die Poetentaube aufsuchen, damit du sie fragen kannst, was Liebe ist und ob wir tatsächlich füreinander bestimmt sind. Das war damals ein schöner Reinfall für dich." Sie grinste schadenfroh. „Die Gute hat dich durch ihr rätselhaftes Gedicht nur noch mehr verwirrt, als du es sowieso schon warst. Als ob man die Liebe einfach mal so analysieren könnte und mit dem Verstand erfassen. Das ist lächerlich! Aber sicher hast du das längst vergessen, weil das Kämpfen für dich mittlerweile wichtiger geworden ist. Ist ja auch egal, inzwischen gibt es nämlich keine dichtenden Tauben mehr, die du befragen könntest. Denen ist die Lust aufs Reimen gründlich vergangen, weil sie mehr damit beschäftigt sind nicht von Humanos oder Falken geschnappt zu werden!"
Ihre zynische Bemerkung ließ Anthus um Luft ringen. Sie warf ihm einen triumphierenden Blick zu, der sich ihm wie ein Dolch ins Herz bohrte. Loxia verschränkte kämpferisch die Arme vor dem Körper. Jetzt hatte sie ihn genau da, wo sie ihn haben wollte. Er fühlte sich gedemütigt. Sie erwartete eine seiner hilflosen Ausreden, doch stattdessen begann er zu rezitieren:

> „Ihr seid heut hier um mich zu fragen,
> was ich zur Liebe weiß.
> Was soll ich euch denn dazu sagen?
> Solch ein Gefühl hat seinen Preis.
>
> Es kostet euch, und das ist klar,
> zunächst einmal das Herz,
> ist dann der andre mal nicht da,
> erlebt ihr auch den Schmerz."

„Was sagst du da?", flüsterte Loxia. Ihre Augen weiteten sich und füllten sich mit Tränen. Sie war außerstande es zu verhindern. Er hatte sich das Gedicht der Turteltaube tatsächlich bis heute gemerkt! Wie konnte das sein? Er fuhr fort:

„Es fühlt ganz warm und weich sich an,
wenn ihr zusammen seid,
dass euch dann nichts erschüttern kann,
und ihr euch nur noch freut.

Genießt die Gunst, die euch geschenkt,
die Liebe zu erleben,
die Große Macht die Schritte lenkt,
sie wird euch Klarheit geben.

Wenn füreinander ihr bestimmt,
dann wird sie es euch sagen,
wenn man sich nur die Zeit mal nimmt,
sie auch danach zu fragen."

Loxia spürte, wie der Schutzmantel, mit dem sie ihr Herz um-
schlossen hatte, zu zerreißen begann. Ihre Gedanken drifteten
in die Zeit ab, als ihre Liebe noch so herrlich frisch war. Sie hatte
niemals aufgehört, ihn zu lieben. Deshalb musste sie ihn weg-
schicken, denn sonst hätte sie ihrem Clan in all den Jahren nicht
die ungeteilte Aufmerksamkeit geschenkt, wie es ihrer Meinung
nach ihre Pflicht war. Da stand er nun vor ihr - die Liebe ihres
Lebens, und drang wieder mit solcher Leichtigkeit in ihr Herz
ein, dass sie ganz schwach davon wurde. In seiner Gegenwart
ließ sie einfach zu schnell die Deckung fallen. Dabei hatte sie
sich so sehr vorgenommen, stark zu bleiben. Er sah so unglaublich gut aus in dieser außergewöhnlichen Kleidung und vor
allem dem aufregenden blauen Kapuzenumhang. Er war noch
immer der charmante, gutaussehende Held, der ihr damals das
Herz gestohlen hatte. Was sollte sie nur tun? Sein trauriger Blick
drang ihr ins Gemüt. Am liebsten hätte sie sich in seine starken Arme geworfen und ihn angefleht zu bleiben. Was, wenn
dieser Entschluss falsch war und sie danach die Konsequenzen
ihrer Schwäche ertragen musste? Sie wusste es nicht. Ein gewis-
ses Restrisiko blieb immer. So blickte sie ihm nur schweigend in
seine mit Trauer gefüllten Augen. Er jedoch sagte:
„Damals wusste ich die Worte der Taube nicht zu deuten, aber
ich hatte sehr lange Zeit, darüber nachzudenken und sie in meinem Herzen zu bewegen. Darüber bin ich selbst auch zu so etwas
wie einem Poeten geworden. Tag und Nacht habe ich über uns

beide und auch unseren Sohn nachgedacht. Dabei entstand wie von selbst ein Gedicht in meinem Kopf, der sonst nur Verteidigungsstrategien ersinnen kann. Niemand kennt mich so gut wie du, Loxia. Daher weißt du auch, dass es mir sehr schwerfällt, meine Gefühle in Worte zu fassen. Meine Güte, ich bin halt nur ein Mann. Daher möchte ich dir das Gedicht vortragen, das meine Empfindungen der letzten Jahrhunderte ohne dich beschreibt. Wenn du danach immer noch möchtest, dass ich für immer aus deinem Leben verschwinde, werde ich es tun. Das verspreche ich dir!"

Loxia fehlten die Worte. Er begann sein Gedicht zu rezitieren:

> „Ach wie lange ist es her?
> Viel zu lange Zeit!
> Daran zu denken fällt mir schwer -
> bin kaum dazu bereit.
>
> Es tut zu weh, denk ich daran,
> ich musste von dir geh' n.
> Was ward es mir ums Herz so bang -
> durft' ich dich nie mehr seh' n?
>
> Nur sterben wollt' ich ohne dich,
> wozu sollt' ich noch leben?
> Der Seelenschmerz nie von mir wich,
> konnt' lang dir nicht vergeben.
>
> Mein Herz hast du mir rausgerissen,
> und dann hast du's zertreten,
> danach hast du es weggeschmissen,
> und mich zu geh'n gebeten.
>
> Wie sollt' ich leben ohne dich,
> und unsren lieben Sohn?
> Hinausgeworfen hast du mich -
> danach kein weit'rer Ton.
>
> Wie ein Irrlicht ward mein Leben,
> flackernd, unstet und geheim,

es sollte keinen Frieden geben -
denn du warst einfach zu gemein.

So irrt' ich lange Zeit umher,
suchte nach einem Sinn,
es fiel mir so unsagbar schwer,
ich wusste nicht wohin.

Ich betete zur Großen Macht,
voll Inbrunst immerzu,
bei Tage und auch in der Nacht -
fand einfach keine Ruh.

Ich stöhnte laut aus tiefster Brust,
‚Ach - geb' sie mir zurück!'
Doch mir war leider auch bewusst,
nur Wunder führ'n zum Glück.

Drum wünschte ich ein Wunder mir,
ließ niemals nach zu bitten,
ich wollt' so sehr zurück zu dir,
was habe ich gelitten!"

Loxia stand ihm noch immer sprachlos gegenüber. Tränen liefen ihr über die Wangen, die sie mit einer fahrigen Handbewegung zur Seite wischte. Anthus verharrte eine ganze Weile regungslos und wartete auf eine weitere Reaktion von ihr. Irgendetwas, das ihm verriet, was in ihr vorging. Die Tränen ließen zwar eine Gefühlsregung erkennen, aber eine klare Aussage waren sie nicht. Nach einer gefühlten Ewigkeit sagte er daher leise: „Also gut, ich habe verstanden…"
Langsam drehte er sich um und trat auf die Tür der Wohnhöhle zu. Als er eben den Riegel öffnen wollte, vernahm er direkt hinter sich ihre Stimme:
„Nein, bitte warte!"
Er drehte sich um. Sie war etwas kleiner als er und blickte daher zu ihm auf. Ihre Blicke verschmolzen ineinander. „Anthus, es tut mir so unendlich leid!"
Angst kroch in ihm hoch. Was sollte das bedeuten? Er wagte

nicht zu atmen, als sie weitersprach. „Bitte, kannst du versuchen, mir zu verzeihen, was ich dir angetan habe? Ich war eine selbstsüchtige Närrin und habe damit nicht nur dir, sondern auch mir selbst und Falco sehr wehgetan." Anthus lauschte schweigend ihren Worten. „Ich kann verstehen, wenn du deshalb nichts mehr mit mir zu tun haben möchtest. Falls du mir aber eine Gelegenheit schenkst, es wieder gut zu machen, wäre es mir eine Freude, dich wieder hier bei mir zu haben. Als den Mann an meiner Seite, der zu mir gehört und mich ergänzt."

Anthus räusperte sich, bevor er zu einer Antwort fähig war: „Weißt du, was mir gerade einfällt?", fragte er.

„Ich habe keine Ahnung", antwortete sie mit bebender Stimme.

„Die letzte Strophe meines Gedichts:

> Und heute, da stehst du vor mir,
> ich kann es gar nicht fassen.
> Will niemals wieder weg von dir
> und auch nicht von dir lassen!"

Loxia lachte befreit auf, als Anthus sie fest in seine Arme schloss. Ein Kuss besiegelte ihre gemeinsame Zukunft.

Das dreißigste Kapitel

Sonnwendfest

Ausgelassen feierte der Quercusclan das erste Sonnwendfest seit unzähligen Sommern. Mit Musik und Gesang, wie es sich von alters her gehörte, tanzten sie ums Clanfeuer. Neuer Lebensmut hatte sich eingestellt, seit jener Nacht, als die Falken ihrem Leben eine Wende gaben, weil sie wegen einer der ihren eine ganze Bande böser Humanos zur Strecke gebracht hatten. Seither hatte sich viel im Quercusclan verändert. Kein anderer Clan konnte schließlich ein Ehepaar als Leitung vorweisen. Sie die weise Frau, er der Anführer. Loxia und Anthus tanzten vergnügt, zwischen den anderen Clanmitgliedern, zu mitreißenden Trommel- und Flötenklängen ums Feuer herum und klatschten dabei lachend in die Hände. Von würdevoller Distanz zum Rest des Clans konnte keine Rede sein.

Ihr gemeinsamer Sohn Falco saß etwas abseits des Trubels, zwischen zwei jungen Frauen, die munter miteinander schwatzten und dabei offensichtlich einiges zu kichern hatten.

„Nun verrat uns schon das Geheimnis!", drängte Tilia ihre Freundin Rosa. „Wir wollen beide endlich wissen, wie du es geschafft hast, ganz alleine solch ein Durcheinander im Räuberlager zu verursachen. Was hast du da ins Feuer geworfen?"

Falco spitzte die Ohren. Er war gespannt, ob es Tilia tatsächlich gelang, das Geheimnis zu lüften, dessen Lösung ihm Rosa bisher einfach nicht preisgeben wollte. Diese zierte sich ein bisschen und Falco war sich sicher, auch heute würde wieder nichts daraus. Doch dann sollte es anders kommen als gedacht.

„Also gut", begann Rosa, „Zur Feier des Tages, weil Galina und Strix sich heute das Jawort gegeben haben."

Tilias Augen leuchteten entzückt und ihre Wangen glühten rosig. „Das wurde ja aber auch wirklich mal Zeit, nach so vielen hunderten von Sommern", stellte Tilia strahlend fest.

„Deshalb", fuhr Rosa fort, „erzähle ich euch nun die verrückte Geschichte, von der wirklich jedes Wort war ist."

Tilia und Falco waren ganz Ohr.

„Als ich mit Falco und Lynx auf dem Weg zu eurem Clan war, schlug ich mein Nachtlager an einer sehr interessanten Quelle auf."

„Erinnere mich bloß nicht daran", bemerkte er schmunzelnd.

„Du hättest da überhaupt nicht sein sollen. Schließlich hatte ich dich zurückgeschickt."

„Wie gut, dass ich nicht auf dich gehört habe, mein Lieber. Denn als ich mich vor dir und Lynx bei der Quelle verbarg, hatte ich eine höchst aufschlussreiche Begegnung mit dem Geist der Quelle."

„Dem Geist der Quelle? Hu!", sagte Tilia und kicherte. Falco schmunzelte etwas unsicher. Rosa tat ja vieles, aber lügen gehörte nicht dazu.

„Ihr könnt es mir glauben. Nachts erschien mir der Geist. Er sah schauerlich aus, nicht so wie die anderen netten Quellgeister, die ich seither kannte. Er erzählte mir, wie er lange Zeit friedlich so nah bei den Humanos gelebt hatte. Doch dann, eines Tages, bauten sie ganz in seiner Nähe eine Mühle. Auch das wäre noch nicht das Problem gewesen, aber als der Geist die ersten Getreidesäcke sah, wunderte er sich, warum das Getreide so komisch aussah und so seltsam roch. Er ging der Sache nach und fand bald heraus, was wirklich in dieser Mühle gemahlen wurde, nämlich Pulver, das man zum Abfeuern von Waffen benötigt."

Ihre beiden Zuhörer erschraken. Tilia schlug sich vor Schreck die Hand vor den Mund, um nicht zu schreien.

„Es verärgerte den Geist über alle Maßen, was die Humanos mit seinem schönen Wasser anstellten. Da verwandelte er sich vor lauter Zorn in einen scheußlichen Pulverteufel und begann den Leuten in der Mühle das Leben schwer zu machen. So sorgt er immer wieder für Unfälle, indem er ab und zu mal was in die Luft fliegen lässt."

„Das ist hart, aber irgendwie auch verständlich", warf Falco ein.

„Ja, genau das dachte ich mir auch. Und weil ich ja in dieser Nacht bekanntlich nichts Besseres zu tun hatte, kletterte ich kurzerhand in die Mühle und füllte mir einen der herumliegenden Beutel mit diesem Pulver. Man weiß ja nie, für was man sowas mal gebrauchen kann." Tilia und Falco lachten.

„Zum Beispiel, um fiese Räuber aufzumischen", sagte Falco.

„Genau! Als ich dann sah, mit wie vielen wir es zu tun hatten, war mir schnell klar, dass ich hier mit meinen wenigen Pfeilen nicht allzu weit kommen würde. Daher habe ich mir von Loxia eine umwerfende Rauschmischung zusammenstellen lassen, und sie gleich unter das Pulver gemischt, damit es sich über den Rauch des Feuers verteilen kann."

„Das hast du also vor unserem Aufbruch bei ihr geholt!", warf Falco erfreut ein, denn nun war auch dieses Geheimnis gelüftet.

„Genau. Als ich ihr erklärte, wofür ich dieses Gemisch brauche, hat sie es mir sofort zusammengestellt."

„Wie konntest du so sicher sein, dass sie es dir tatsächlich gibt?", wollte Tilia wissen.

„Wer sagt denn, dass ich mir sicher war? Aber es bestand Hoffnung, weil sie doch schließlich die Frau des Meisters ist." Rosas treuherzige Aussage brachte die beiden zum Lachen.

„Manchmal ist es vielleicht sogar besser, wenn man die Person, die man um etwas bittet, nicht so gut kennt, denn dann ist man nicht mit Vorurteilen belastet", erklärte sie weiter.

„Da ist was dran!" Falco begriff, was sie damit meinte.

„Doch nun kommt!" Rosa erhob sich und ergriff Tilias und Falcos Hand, um sie zeitgleich auf die Füße zu ziehen. „Lasst uns tanzen gehen. Morgen muss ich ja schon wieder gen Heimat aufbrechen. Schließlich habe ich jetzt eine Gilde zu leiten. Auch wenn die Hälfte von uns sich inzwischen zu eurem Clan gesellt hat. Wer weiß, vielleicht werden wir eines Tages ja auch noch zu euch umsiedeln. Wir werden sehen."

„Das wäre schön!", sagten Falco und Tilia wie aus einem Mund.

Epilog

Strix, Tilia und Falco saßen auf dem steilen Hang der Wieslaufschlucht, in einem Meer von Waldmeister. Das bestän-
dige Rauschen des nahen Wasserfalls klang wie die schönste
Musik in ihren Ohren. Das schützende Unterholz im Rücken bot
eine perfekte Tarnung vor den neugierigen Blicken der Mühlen-
kunden, die mit ihren Eseln der Mühle zustrebten. Von dort hatten sie einen wunderbaren Blick auf den Ort, der alles in ihrem
Leben verändert hatte - die Klingenmühle.
„Übrigens hat mir Onkel Galium kurz vor seiner Heimkehr in
den Schoß der Großen Mutter noch verraten, wofür genau ich
auserwählt bin", sagte Strix so beiläufig, als sei dies nichts Besonderes.
„Er hat es die ganze Zeit gewusst und dir nichts davon verraten!"
Falco war überrascht, das zu hören.
„Typisch Großonkel Galium!" Tilia grinste breit. „Nun sag uns
schon, was du tun sollst!"
Strix sprach weiter: „Es hieß ja immerzu nur: ‚Finde es selbst
heraus'. Daraus wurde letztendlich leider nichts. Galium sagte
mir, ich sei dafür bestimmt, ein Botschafter zwischen Selvas und
Humanos zu werden."
„Aber das bist du doch längst", stellte Tilia verwundert fest und
deutete auf das Mühlengebäude.
„Nein, er meinte, der Tag wird kommen, dann werde ich einem
Humano unsere Geschichte erzählen. Derjenige wird sie dann
aufschreiben und verbreiten, damit alle davon erfahren können
und uns danach hoffentlich als das respektieren, was wir eben
sind, nämlich ein Teil des großen Ganzen – der Schöpfung."
Tilia und Falco waren beeindruckt.
„Vielleicht ist das der Humano, den er gemeint hat." Tilia deutete
auf einen jungen Humanosmann, der auf der anderen Uferseite
zwischen Sägemühle und Wasserlauf auf einem dort liegenden
Baumstamm saß und konzentriert etwas auf ein Blatt Papier

schrieb.

„Nein, der kann es nicht sein, denn die Zeit ist noch nicht gekommen. Die Humanos geben sich jetzt erst einmal ihrer neuen Lieblingssache hin, die sie ‚Wissenschaft' nennen. Da haben sie keinen Sinn für solche Wesen wie uns. Wir müssen noch sehr viel mehr Geduld haben."

„Bis sie diese Wissenschaft wieder aufgeben?", fragte Falco.

Strix schüttelte den Kopf. „Ich denke nicht, dass sie die nochmal aufgeben werden, aber eines Tages werden sie erkennen, dass Wissenschaft eben nicht alles im Leben ist. Erst dann kann ich unsere Geschichte erzählen. Bis dahin werden nochmal ungefähr zweihundert Sommer ins Land ziehen. Es hat also noch ein wenig Zeit."

„Erzählst du dem Humano dann auch deine Reiserlebnisse? Ich würde dafür sogar lesen lernen, damit ich endlich weiß, was dir damals widerfahren ist", erklärte Tilia scherzhaft.

„Bis dahin werde ich es dir schon noch erzählen", meinte Strix. „Und ja – wenn es sich ergibt, werde ich ihr auch das erzählen. Es wird nämlich kein Mann, sondern eine Frau sein, die ihr Herz für mich öffnet."

„Warum bloß wundert mich das nicht?", stellte Tilia fest und lachte laut.

Der junge Humano, der dort unten an der Mühle saß, ließ die emsige Schreibfeder ruhen und legte sie und das Papier, auf das er geschrieben hatte, beiseite. Aus seiner Westentasche zog er schmunzelnd einen seltsamen, kleinen Gegenstand. Er schob ihn in den Mund, hielt ihn mit der linken Hand fest und schien ihn mit der Bewegung eines Fingers seiner rechten Hand in Schwingung zu versetzen. Dadurch entlockte er dem Ding merkwürdige, rhythmische Töne, zu denen er mit dem Bein wippte. Überrascht beobachteten Falco und Strix ihn dabei. Tilia sprang auf und begann wild zu seiner Musik zu tanzen. Der Mann erhob seinen Blick, den Hang hinauf, direkt zu den drei Selvas. Strix und Falco erstarrten. Konnte er sie etwas sehen? Als er nun eindeutig in ihre Richtung zwinkerte, sahen sie erstaunt zu Tilia, die ihm fröhlich beim Tanzen zuwinkte.

„Tilia", ermahnte sie Falco streng, „du sollst dich doch nicht mehr mit den Humanos einlassen!" Sie tanzte winkend weiter und sagte lässig:

„Ach was, das ist doch bloß der Justinus, mit seiner Maultrommel. Der ist schwer in Ordnung. Er ist ein Heiler, der in Welzheim oben lebt und schreibt. Er und sein nettes Frauchen haben vor einem halben Jahr ein ganz süßes Töchterle bekommen, die Marie. Und kochen kann sein Rickele!" Sie schnalzte mit der Zunge vor Begeisterung. Strix und Falco blickten sich vielsagend an, ehe sie ebenfalls zaghaft zu winken begannen.

Namensbedeutung

(in der Reihenfolge ihrer Erwähnung)

Name	Herkunft	Bedeutung
Strix aluco	Strix aluco (biol.)	Waldkauz
Die Selvas	la Selva (span.)	der Urwald
Humanos	Humanos (span.)	Menschen
Tilia	Tilia platyphylla (biol.)	Sommerlinde
Falco	Falco peregrinus (biol.)	Wanderfalke
Baumtöter	Selvaausdruck	Verunglimpfung der Menschen
Erdluitle	Schwäbisch-Fränkischer Wald	Sagenwesen
Galina	Galina (griech.v.Galene)	Stille (See), Ruhe, Frieden
Loxia	Loxia curvirostra (biol.)	Fichtenkreuzschnabel
Oxalis	Oxalis acetosella (biol.)	Waldsauerklee
Quercusclan	Quercus (biol.)	Eiche
Galium	Galium oderartum (biol.)	Waldmeister
Glis Glis	Glis Glis (biol.)	Siebenschläfer
Anthus	Anthus trivialis (biol.)	Baumpieper
Fagusclan	Fagus (biol.)	Buche
Lynx	Lynx (biol.)	Luchs
Rosa	Rosa (biol.)	Rose

Glossar

Auf dem Walde, Bezeichnung für den Welzheimer Wald, u.a. in der Oberamtsbeschreibung (OAB) des Oberamts Welzheim

Abendwärts, gegen Abend = westlich (OAB), Abend= Westen

Morgenwärts, gegen Morgen= östlich (OAB), Morgen= Osten

Mittagwärts, gegen Mittag= südlich (OAB), Mittag=Süden

Mitternächtlich, gegen Mitternacht = nördlich (OAB), Mitternacht=Norden

Sommer = Bezeichnung für Jahr (bei den Selvas)

Mäander = Windungen/Schleifen bei Wasserläufen

Samhain = wichtigstes Fest der Kelten zum Jahresende, das vom 31. Oktober bis zum 2. November auch von den Selvas in alten Zeiten (siehe „Im Schatten der Eichen") noch gefeiert wurde

Sommersonnwende = längster Tag des Jahres, die Sonne erreicht die größte Mittagshöhe, auf der Nordhalbkugel der Erde zwischen 20. und 22. Juni

Wintersonnwende = kürzester Tag des Jahres, die Sonne erreicht die niedrigste Mittagshöhe, zwischen dem 21. und 22. Dezember auf der Nordhalbkugel der Erde

Klinge = Schlucht

Nuppen (oder Noppen) = in der Glasherstellung kleine Posten Glas, die auf Fuß, Schaft oder Wandung des Gefäßes in Form von Tropfen aufgesetzt wurden. Der mit N. besetzte Gefäßkörper ist häufig zylindrisch oder leicht konisch

Wengerter (von Wengert = Weinberg) = Winzer

Schuh/Fuß (altes Längenmaß) = je nach Land 28-32 cm

Kuder (Jägersprache) = das männliche Tier beim Eurasischen Luchs

Zoll (alte Längenmaßeinheit = auch Daumenbreit/e) = meist 2,54 cm. Heute noch u.a. in den USA und Großbritannien in Gebrauch

Bergspiegel (Erdspiegel) = ein Spiegel, mit dem man laut alter Sagen und Aberglauben angeblich Schätze unter der Erde aufspüren konnte. Er wurde auch zum Wahrsagen verwendet.

Lammas = altes Schnitterfest, das nach der Kornernte am 1. August begangen wurde.

Fakten und ein kurzer Blick
hinter die Kulissen

Der Schriftsteller Wolfdietrich Schnurre sagte einmal: „Märchen-
macher sind zuerst Verhaltensforscher gewesen."
Den größten Teil dieses Buches habe ich in der Coronakrise geschrieben. Für jemanden wie mich, der gerne das Verhalten von
Menschen erforscht, war dies eine lehrreiche Studienzeit. Weil
erforschen nicht gleich verstehen ist, halte ich mich mit Beur-
teilungen oder gar Verurteilung zurück. Denn wenn uns diese
Krise etwas gelehrt hat, dann dass man sich seiner Sache nicht
immer so sicher sein kann, wie das viele Menschen glauben. In
der Gesellschaft hat sich ein heftiges Schwarzweiß-Denken ausgebreitet, welches die Nation in zwei Lager spaltet. Für Grau-
stufen oder gar Farbenfreude gibt es wenig bis keinen Platz.
Doch das Leben ist nun mal bunt und nicht schwarzweiß. Es gibt
immer viel mehr als zwei Seiten und Meinungen, die alle irgendwie richtig oder falsch sein können. Deshalb ist es wichtig,
selbstverantwortlich darüber nachzusinnen und sich ein eigenes
Urteil zu bilden. Dabei gilt zu bedenken: Nicht diejenigen, die
am lautesten schreien, haben automatisch Recht.

Sämtliche um die historischen Fakten herumgebauten Geschichten der Selvas und Menschen sind fiktiv. Bei den Hintergründen
zu den Fakten fasse ich mich so kurz wie möglich, weil es sonst
den Rahmen dieses Buches sprengt. Mein recherchiertes Material
würde nämlich locker für mehrere „Historische Menschenro-
mane" ausreichen. Da dies aber eine „Selvageschichte" ist,
musste ich leider sehr viele Abstriche machen. Wer noch mehr
erfahren möchte, den verweise ich auf das Quellen- und Litera-
turverzeichnis. Außerdem möchte ich Ihnen, verehrte/r Leser/in,
folgende Vereine und Museen bzw. deren Homepage ans Herz
legen:
Museum Welzheim, www.museumwelzheim.de
Ebniseeverein, www.ebniseeverein.de
Glasmuseum Spiegelberg, www.glasmuseum-spiegelberg.de
Heimatmuseum Gschwend–Horlachen, www.gschwend.de

Carl-Schweizer-Museum in Murrhardt,
www.carl-schweizer-museum.de
Köhlerverein Schwäbischer Wald e.V., www.sdw-rems-murr.de
Stadtmuseum Nördlingen, Stadtmuseum-noerdlingen.de
sowie Touren mit den Naturparkführern,
www.die-naturparkfuehrer.de

Jeder einzelne Schauplatz, über den ich erzähle, ist wunderschön und sehenswert. Meist befinden sich dort Informationstafeln, die Auskunft über die geschichtlichen oder geologischen Hintergründe geben.

Der Schwäbische Wald war im ausgehenden Mittelalter ein hervorragender Standort für Glashütten. Alle zur Glasherstellung benötigten Rohstoffe wie Quarzsand, Pottasche, Kalk und Holz waren reichlich vorhanden oder gewinnbar. Ab dem ausgehenden 15. Jahrhundert wurde der Schwäbische Wald durch die Glashütten immer mehr erschlossen. Darunter war auch die Glashütte in Walkersbach. Zwei Punkte machen diese zu etwas Besonderem. Erstens war keine andere Hütte so lange in Betrieb wie sie (von 1508 bis um 1707). Zum Zweiten wurde bei den Glashütten Neulautern und Walkersbach durch Funde der Beweis erbracht, dass an diesen beiden Standorten Chevronperlen gefertigt wurden. Ihre Herstellung war sehr anspruchsvoll, weshalb sie um 1500 zunächst nur in Venedig und erst ab dem 17. Jahrhundert auch in anderen Ländern hergestellt werden konnten. Sie zählten zum kostspieligsten Glasschmuck und dienten als Zahlungsmittel. Diese Funde belegen den hohen Stand der Glastechnik im Schwäbisch-Fränkischen Wald. Tilia zeigt sie als Teil ihres Schatzes ihrem Vater. Auch die Nuppenbecher aus Waldglas sind eine regionale Besonderheit. Der beschriebene wurde in Walkersbach gefunden.
Die Glashütte in Walkersbach stand sicher nicht an der Stelle, an der sie im Forstlagerbuch des Andreas Kieser von 1685 dargestellt ist, sondern ca. 100 Meter nördlich des Dorfes, ungefähr dort, wo sich heute der Steinmetzbetrieb Fuchs befindet. Dieser Standort ist aus diversen Gründen am plausibelsten. Zur Produktionsstätte gehörten neben der großen Glashütte u.a. ein Pochwerk, Ställe und das Herrenhaus. Das gesamte Areal zog sich vermutlich vom oben genannten Gelände bis in die Ortsmitte.

Der Begriff „Wiedertäufer" ist eine Verunglimpfung der damals als Sekte verschrienen christlichen Gemeinschaft, welche die Feier des Abendmahls und die Kindertaufe nicht anerkannten. Sie bezeichneten sich selbst als „Täufer", weil sich der Mensch aus Glauben und eigenem Willen erst als Erwachsener taufen lassen könne. Aufgrund ihrer strengen Verfolgung durch die weltliche und kirchliche Obrigkeit mussten sie sich heimlich in kleinen Gruppen in Häusern oder an geheimen Orten im Wald zum Gottesdienst versammeln. Bedingungen für einen solchen Treffpunkt war ein erhöhter Stein, den man als Kanzel nutzen konnte, eine freie Fläche für die Zuhörer und Wasser für die Taufe. Der „Geiststein" bei Walkersbach war nachweislich solch ein Versammlungsort. Bei Ergreifung der Mitglieder drohte ihnen der Einzug ihres Eigentums, Landesverweis, der Kerker oder gar die Todesstrafe.

Die Glasmacherfamilie Greiner aus Walkersbach war als „Täufer" bekannt. Sie lebten aber friedlich und gemeindebezogen. Der erste Hüttmeister in Walkersbach, Peter Greiner, konnte keiner ihrer Anhänger sein, da er bereits vor 1552 starb. Seine beiden Söhne Andreas und Blasius dagegen sind aktenkundig. Blasius trat nach dem Tod seines Vaters dessen Nachfolge als Hüttmeister an. Vermutlich kamen die Kontakte zur Täuferbewegung über den Verkauf des Glases zustande. Blasius Greiner wurde wegen seiner Aktivitäten bei der Täuferbewegung 1567 für über zwei Jahre im Kloster Maulbronn eingekerkert. Zum schlesischen Reformator Caspar von Schwenckfeld waren Kontakte vorhanden. Bei Blasius' Sohn Jakob fand man später einige von dessen Büchern. Im Jahr 1525 führte Schwenckfeld Glaubensgespräche mit der Gemeinschaft der „Wiedertäufer". Er war keiner ihrer Anhänger, tolerierte sie jedoch. Schwenckfeld war ein Verfechter der Glaubensfreiheit. Ihm war gleichgültig, ob jemand Katholik, Lutheraner, Zwinglianer oder Wiedertäufer war. Er war ein Mann der Ökumene und wollte, dass alle Menschen im Geist christlicher Liebe handeln. Geschwisterliche Gemeinschaft im Geist Jesu Christi erfüllte sein Denken und Handeln, weshalb er rücksichtslos verfolgt und verleumdet wurde. Dieser Mann war eindeutig seiner Zeit weit voraus!

Beim „Tier- oder Wildbad" („Welzheimer Bad"), handelte es sich um ein Heilbad, das östlich von Welzheim unterhalb des römischen Limes lag, der sich auf der Höhe des Tannwaldes entlang zog. Wie lange dieses Bad existierte ist unklar. Eine Sage erzählt, sie sei so entdeckt worden, wie es in diesem Buch beschrieben ist. Hinweise auf das „Tierbad" finden sich auch in einem Lagerbuch von 1489. Seine Blütezeit erlebte das Heilbad Anfang des 17. Jahrhunderts, welche der Arzt Johann Remmelin aus Schorndorf in den Jahren 1619 und 1628 sehr genau beschrieb. Aus seinen Aufzeichnungen stammt meine detaillierte Beschreibung des Bades und der medizinischen Anwendungen. Heute ist der Weiler Tierbad kein Wohnplatz mehr. Am 25. Januar 1899 brach dort ein Feuer aus. Die letzten Gebäude, zwei Wohnhäuser und Scheunen unter einem Dach, brannten völlig nieder. Ein Mensch kam dabei ums Leben. Außer dem Vieh war der einzige Besitz, der noch gerettet werden konnte, ein Harmonium, das dessen Besitzer Johann Jakob Bauer auf dem Rücken aus dem brennenden Gebäude trug. Es ist noch im Besitz seiner Urenkelin. Heute sind nur noch der Flurname Tierbad und ein Brunnengumpen übrig. Dieser befindet sich in einer umzäunten Viehweide und ist ebenfalls von einem Zaun umgeben. Der Gumpen wurde im Sommer 1983 letztmals leergepumpt und gesäubert. Aus einem weißgräulichen Felsgestein traten drei Quellen aus, deren Wasser vor Ort verkostet wurde. Nur das Wasser einer Quelle schmeckte deutlich schweflig, das einer anderen nur noch leicht und das der dritten überhaupt nicht. Die Wasserqualität und die geringe Schüttung führten zu dem Schluss, dass entweder das einst sehr stark schwefelhaltige Wasser eine neue Ader gefunden hat und direkt in die Lein fließt oder die ursprüngliche Hauptquelle nicht gefunden wurde.

Die tragische Geschichte von der Geburt des Georg Friedrich vom Holtz erschien mir bei der ersten Entdeckung in der Oberamtsbeschreibung Welzheim von 1845 zu unglaublich, um wahr zu sein. Daher prüfte ich diverse Quellen, ob es sich um eine Sage oder Legende handelt. Weil ich dafür keine Hinweise fand, gehe ich davon aus, dass die Geschichte sich tatsächlich so zugetragen hat. Georg Friedrich vom Holtz wurde am 1. November 1597 wie beschrieben bei der Burg Waldenstein geboren und nach dem Tod seiner Mutter von diversen Verwandten großge-

zogen. Im Dreißigjährigen Krieg brachte er es bis zum General-
feldzeugmeister. Er wohnte an seinem Lebensende mit seiner Familie in Alfdorf, wo er auch starb. Seine Nachfahren leben noch
heute dort. Über das Schicksal seiner zwei Jahre älteren Schwester konnte ich nicht viel in Erfahrung bringen. Sicher ist nur,
dass sie noch lebte, als ihre Mutter kurz nach der Geburt des
Bruders starb.

Der Dreißigjährige Krieg erreichte erst ab 1634, nach der
Schlacht bei Nördlingen, auch den Welzheimer Wald. Er traf die
Bevölkerung mit voller Härte. In dieser Region fanden zwar
keine Schlachten statt, aber immer wieder durchziehende Truppen drangsalierten die Zivilbevölkerung schwer. Sie verübten
jede Menge unbeschreiblicher Gräueltaten an der sowieso schon
armen Landbevölkerung: Morde, Folterungen, Verstümmelun-
gen, Vergewaltigungen, abgeschlachtetes Vieh, Plünderungen,
abgebrannte Gebäude und Felder. Nach den Soldaten kam der
Hunger, dann die Pest. Die Verluste von Menschenleben waren
enorm hoch. In dieser Zeit veröдеten vielen Orte und Höfe. Entweder waren die Bewohner gestorben, geflohen oder die Häuser
abgebrannt. Einige wurden nicht wieder aufgebaut oder erhiel-
ten manchmal einen neuen Namen. Zu den vielen verwüsteten
Orten gehörten unter anderem das Tierbad, die Klingenmühle
bei Welzheim sowie die Glashütte und viele Häuser von Walkersbach. Alle drei wurden wieder aufgebaut und in Betrieb genommen, aber weder das Tierbad noch die Walkersbacher
Glashütte kamen danach noch einmal richtig in Schwung.

Köhler gab es überall in der Gegend, daher hatte ich die freie
Wahl, wo ich Tilias Köhlerbegegnung spielen lassen möchte. Wer
über ein geschultes Auge verfügt, kann heute noch an vielen
Stellen im Waldboden die schwarzen Verfärbungen der ehemaligen Meiler erkennen. Da ich selbst unterhalb des Schautenhofs
meine persönliche Begegnung mit den modernen „Köhlern" und
ihrem Meiler hatte, entschied ich mich für diese Gegend. Der
Schautenhof entstand erst 1715, daher existierte er zur Zeit meiner Erzählung noch nicht.

Der Joosenhof ist wohl eine Gründung des 17. Jahrhunderts.
Pfarrer Heinrich Prescher weist im zweiten Teil seiner Beschrei-

bung über die Reichsgrafschaft Limpurg 1790 darauf hin, die Einwohner vom Joosen- und benachbarten Rappenhof versichern, dass sich in den beiden Höfen niemals Sperlinge sehen lassen, weder im Sommer, noch im Winter. Das fand ich bemerkenswert. Ob, wann und warum der Hof tatsächlich abbrannte, konnte ich aus zeitlichen Gründen nicht in Erfahrung bringen. Auch wer zu dieser Zeit dort wohnte, musste leider fiktiv bleiben. Ein Großbrand ist gut möglich, die Erdluitlesage, die noch heute als Begründung dafür herhalten muss, wohl eher nicht. Wenn ich so etwas höre, reizt es mich natürlich, die Ehre der Erdluitle zu retten.

Im Gespräch zwischen Tilia und der Bäuerin geht es u.a. um das Steinkohlebergwerk in Mittelbronn. Am Anfang, im Jahr 1596, befand man die Qualität dieser Kohle als die beste in ganz Württemberg. Später galt sie als eher minderwertig. Gleichzeitig mit dem Bergwerk wurde in Frickenhofen eine Vitriolsiederei errichtet. Ihr Standort ist heute nicht mehr bekannt. Aus dem in Mittelbronn mitgeförderten Schwefelkies wurde Schwefel und Vitriol gewonnen. Bei Vitriol handelt es sich um eine alte Bezeichnung für alle wasserlöslichen Salze der Schwefelsäure, also einen Grundbaustein der Chemie. Man nutzte es unter anderem zum Färben. Der erste Steinkohleabbau in Mittelbronn erfolgte von 1596 bis 1617. Im Laufe der Jahrhunderte gab es diverse Versuche, das Bergwerk wieder einzurichten, den letzten 1921.

Im Juni 1783 brach der isländische Vulkan Laki aus und stieß monatelang Asche, Staub und Schwefel in die Atmosphäre. Damit sorgte er für eine jahrelange, weiträumige Klimaveränderung. Diese Aerosolwolke nannten die Gelehrten damals u. a. „Höhenrauch". Sie breitete sich über die nördliche Hemisphäre der Erdkugel aus und hielt sich hartnäckig von Juni bis August/September in fast ganz Europa. Sie erzeugte einen Treibhauseffekt, der zunächst zu einem extrem heißen und trockenen Sommer führte. Mancherorts gab es heftige Gewitter mit vielen Blitzeinschlägen. Es heißt, dieses Jahr sorgte für den Durchbruch des von Benjamin Franklin erfundenen Blitzableiters. Während dieser Sommer den Menschen in Island, England und Frankreich Tod und Missernten brachte, ging der Jahrgang 1783 als Jahrhundertwein in die deutsche Winzergeschichte ein. Wegen der auffälligen Witterung wurde das Jahr 1783 als „annus mirabilis" (wundersames oder sonderbares) Jahr bezeichnet. Auf den heißen, trockenen Sommer folgte ein extrem kalter Winter mit überdurchschnittlich hohem Schneefall und Eis. Ende Februar 1784 setzte plötzlich heftiges Tauwetter ein, welches für verheerende Überschwemmungen, Tod und Zerstörung u. a. in ganz Deutschland sorgte. Daraufhin folgten mehrere kalte Jahre, die in Europa zu Missernten und infolgedessen zu Versorgungskrisen und Hunger führten. Diese gelten bei manchen Gelehrten als einer der Gründe für den Ausbruch der Französischen Revolution 1789.

Bei den Waldvermessern, die Onkel Galium zum Verstummen brachten, handelte es sich um die Mitarbeiter von Andreas Kieser, der im Jahr 1686 Daten für die Forstkartensammlung im Schorndorfer Forst aufnehmen ließ. Seine Vermessungsmethoden waren neuartig und erstaunlich präzise. Vor allem, weil erstmals bereits direkt im Gelände gezeichnet wurde. Außerdem ließ er ab ca. 1681/82 mit drei speziellen Kompassen arbeiten, die, wie Kieser selbst schrieb, eher wie ein „Astrolab" ausgerüstet waren. Leider haben die Vermesser trotz aller Genauigkeit aus mir nicht bekannten Gründen die Klingenmühle übersehen, und aus zeitlichen Gründen u.a. die Ortsansicht von Welzheim nicht gezeichnet.

Tilia versteckte ihre Schätze im abgegangen Hof Unterwetzler. Er befand sich südwestlich von Pfahlbronn, an oder im Wald, der noch heute den Gewannnamen „Wetzler" trägt. Der Wald liegt zwischen der Pfahlbronner Sägmühle und Strauben, wo sich heute die „Wetzlerhütte" befindet. Außerdem taucht der Hof Unterwetzler 1474 und 1475 in Kauf- und Lehensurkunden des Klosteramts Lorch auf. Wann und warum dieser Einzelhof verschwand und wo seine genaue Lage war, ist heute nicht mehr zu klären. Vermutlich in der Nähe einer Quelle oder eines Brunnens, da jede Wohnstätte sauberes Trinkwasser benötigt.
Bei der großen, reichen Stadt, weit Richtung Mitternacht, von der Tilia ihrem Vater in ihrer „Humanos Festung" erzählt, handelt es sich um die für ihre Salzsieder bekannte freie Reichsstadt (Schwäbisch) Hall.

Die Funktionen von Ebnisee, Flößerei, Schlittenweg und Holzriese habe ich bereits in der Geschichte beschrieben. Der Damm für den Flößersee wurde 1744 gebaut, das Wasser 1745 erstmals angestaut und 1746 zum ersten Mal geflößt. Der Schlittenweg war bereits vorhanden, wurde aber 1787 noch zum Ebnisee hin ausgebaut. Der genaue Verlauf des Schlittenweges und der Holzriese ist heute noch bekannt. Die Klötze und Scheiter wurden über die Wieslauf in die Rems bei Schorndorf geflößt. Von dort ging es weiter bis Waiblingen und Neckarrems, wo sie gelagert und als Brennholz nach Stuttgart gefahren wurden. Die Flößerei auf der Wieslauf wurde 1861 eingestellt. Der Ebnisee wurde 1884 wieder dauerhaft angestaut und erfreut sich als Ausflugsziel bis heute bei vielen Menschen großer Beliebtheit. Es existierte 1744 u.a. auch bei Walkersbach ein Flößersee, dessen Reste heute noch südlich des Ortes erkennbar sind. Die Flößerei am Walkersbach endete ebenfalls 1861.

Über die Klingenmühle und ihre Bewohner konnte ich einiges in Erfahrung bringen. Es gibt unterschiedliche Angaben über das Alter der Mühle. Laut dem Buch „Welzheim – vom Römerlager zur modernen Stadt" belegt ein Dokument aus dem Staatsarchiv Ludwigsburg, dass die Klingenmühle im Dreißigjährigen Krieg abgegangen ist. Sie bestand somit bereits längere Zeit davor.
Die Gebäude der Mühle, wie ich sie in der Geschichte beschreibe, waren im Jahr 1784 so vorhanden. Alte Karten, Pläne und Steuerlisten belegen dies.
Die Müllerfamilie Rau lebte 1784 wirklich in der Mühle. Bei zwei älteren Töchtern, die ich in der Geschichte nicht erwähne, gehe ich davon aus, dass diese 1784 bereits verheiratet und aus dem Haus waren. In der Geschichte stelle ich die Familie als fromme Pietisten dar. Ob sie das tatsächlich waren, kann ich nicht sagen, aber völlig abwegig ist es sicher nicht.
Die Müllerin sagt zu ihrer Tochter den etwas befremdlich anmutenden Satz: „Erscht wenn's warm ond tot isch, isch's wirklich tot." Bei Unterkühlungen gilt der Lehrsatz: „Niemand ist tot, solange er nicht warm und tot ist", weil während der Unterkühlung die Stoffwechselaktivität vermindert ist.
Ob in der Klingenmühle ein gusseiserner Kastenofen stand, kann heute nicht mehr mit Gewissheit gesagt werden. Solche Öfen konnten sich nur wohlhabende Bauern und sicher auch Müller

leisten. Da laut Steuerliste die Müllerfamilie Rau im 18. Jahrhundert nicht arm war, ist dies also durchaus möglich. Die Ofensteine sind eine typische Volkskunst dieser Gegend. Beides ist im Welzheimer Museum zu besichtigen. Die dortige Bauernstube und die Küche dienten mir übrigens als Inspiration für die Beschreibung der Mühleneinrichtung. Ein Besuch lohnt sich also auf jeden Fall.

Räuber, Gauner und Vaganten trieben zu dieser Zeit überall in der Gegend ihr Unwesen, wie ich es exemplarisch in der Geschichte beschreibe. Aus der Not des Krieges, der Armut, Flucht und anderen Gründen waren sie zum Leben in dieser Parallelgesellschaft gezwungen. Sie waren brutal, skrupellos und hinterhältig. Auf keinen Fall waren Räuber oder ihr Leben romantisch. Die Räuberbande der Erzählung ist genauso fiktiv wie die Geschichten, die ich über sie erzähle. Bei den Personenbeschreibungen habe ich mich u.a. am berühmtesten Räuberhauptmann dieser Gegend orientiert, „Hannikel" Jakob Reinhard, geboren 1742, hingerichtet 1787, und seiner Bande. Die „Jauner" sprachen in Anwesenheit vom Fremden in einer Geheimsprache, die „Rotwelsch" genannt wurde. Leider fand ich keine Gelegenheit, dies in die Geschichte einzubauen. Die „Zinken" waren eine geheime Zeichensprache, mit der sie sich untereinander Hinweise gaben, z. B. wo es was zu holen gab. Echte Polizeiarbeit, wie wir sie heute kennen, gab es damals noch nicht. Sie wurde wegen dieser Banden aber immer nötiger und daher ausgebaut. Fahndungslisten, Steckbriefe und Streifen existierten bereits.

Das fiktive Räuberlager habe ich in der Geldmacherklinge bei Schmalenberg in der Nähe der Wieslauf angesiedelt. Der Markt, zu dem die Räuber in Murrhardt gehen wollten, war einer der drei Murrhardter Jahrmärkte, am Dienstag nach Quasimodogeniti, den meine treuen Leser bereits aus dem Historischen Roman „Im Zeichen der Fische" kennen. Leider passte keiner der Welzheimer Markttermine zeitlich in die Geschichte.

Der Luchs liegt bei seiner ersten Begegnung mit Falco auf einem der nadelförmigen Einzelfelsen, aus deren Formation der Ursprungsfels besteht. Dieser befindet sich am Trauf einer Bergzunge, die nahe der Schlucht des Quellbachs liegt. Der Quelltopf, an dem sich Falco morgens erfrischt, ist die größte, mittlere Quelle des heute als „Weißer Kocher" bezeichneten Kocherursprungs bei Unterkochen, der aus mehreren Quellen entspringt, die sich schnell vereinigen.

Die nahegelegene Pulvermühle stammte aus dem 18. Jahrhundert. Sie wurde 1868 amtlicherseits stillgelegt, nachdem es dort zu mehreren tödlichen Unglücksfällen aufgrund heftiger Explosionen kam. Die Geschichte des Quellgeistes habe ich auf der Homepage der „Narrenzunft Bärenfanger e.V. Unterkochen" entdeckt und für meine Zwecke etwas angepasst.

Die außergewöhnliche, runde Form des Nördlinger Ries rührt vom Einschlag eines Meteoriten, der dort einen Krater bildete. Bei der großen runden Stadt in seiner Mitte handelt es sich um die ehemalige Reichsstadt Nördlingen/Ries (Schwaben/Bayern). Der damalige Galgenberg heißt heute Marienhöhe. Er liegt außerhalb der südlichen alten Stadtmauer und trägt noch heute den nackten Rabenstein oder Hexenfelsen. Noch bis 1814 stand auf ihm der fest installierte Galgen. In den Jahren zwischen 1589 und 1598 wurden neben dem Galgen die Scheiterhaufen errichtet, auf denen die meisten der als Hexen verurteilten 34 Frauen und ein Mann verbrannt wurden. Die Stadtbewohner versammelten sich zu den Hinrichtungen rund um den Felsen, der als Bühne fungierte, um dem Spektakel beizuwohnen. Hierzu stieß ich auf folgendes Zitat von Christian Mayer (1876): „So war es in der alten Zeit, welche die gute heißt."

Die Schlacht bei Nördlingen fand am 5. und 6. September 1634 südwestlich der Stadt statt. Sie war eine der Hauptschlachten des Dreißigjährigen Krieges. Ausführliche Details hierzu findet man unter anderem in diversen Büchern und im Internet.

Damals gab es noch keine Uniformen im heutigen Sinne. Als Erkennungsmerkmal in der Schlacht dienten seit dem 16. Jahrhundert Schärpen („Feldbinden"), Schulterbänder, Armbinden, Federbüsche am Hut oder andere „Feldzeichen". Die Schweden trugen überwiegend blaue, ihre Offiziere dunkelgrüne, die Franzosen weiße und die Kaiserlichen rote Erkennungsmerkmale. Einheitliche Uniformen gab es nur teilweise und generell erst ab der zweiten Hälfte des 17. Jahrhunderts. Die Farben waren bewusst leuchtend, damit man im Pulverdampf der Schlacht gut die eigenen Leute vom Feind unterscheiden konnte. Natürlich war diese Schlacht nicht die erste und auch nicht die letzte in dieser Gegend.

Der Arzt und Dichter Justinus Kerner verbrachte die Jahre 1812 bis 1815 als praktischer Arzt mit seiner Frau Friederike, genannt „Rickele", in Welzheim. Rickele galt als sehr gute Köchin und Gastgeberin und war eine fleißige, fromme Pietistin. Da Kerner im September 1786 geboren wurde, ist er im Epilog siebenundzwanzig Jahre alt. Im Jahr 1815 wurde er Oberamtsarzt in Gaildorf, 1819 in Weinsberg. Das erste von drei Kindern, Rosa Maria, genannt „Marie", wurde am 2. Dezember 1813 in Welzheim geboren. Kerner selbst war ein beliebter, feinfühliger Arzt, welcher der Natur sehr verbunden war und in ihr Trost fand, da er zur Schwermut neigte. Später interessierte er sich unter anderem auch für mystische Phänomene. Daher ist es nicht abwegig, dass er solche Wesen wie die Selvas tatsächlich wahrnehmen konnte. Es heißt, die Sägemühle der Klingenmühle bei Welzheim habe ihn zu dem Gedicht „Dort unten in der Mühle" inspiriert. Beweisen kann man das allerdings nicht.

Sollte etwas historisch nicht ganz korrekt sein, bekenne ich mich schuldig und plädiere auf künstlerische Freiheit. Alle meine Berater sind daran unschuldig. Dasselbe gilt für die Korrektur und Gestaltung des Buches. Menschen unterlaufen Fehler, selbst wenn man ein Projekt noch so genau unter die Lupe nimmt. In einem Buch von 1843 fand ich einen schönen Satz, mit dem ich schließen möchte: „Geringe Druckfehler wird der geneigte Leser selbst zu finden und zu verbessern wissen."

Sylvia Bäßler, Kirchenkirnberg, Anno 2020, Herbstzeit

Danksagung

Mein erster Dank gebührt Gott, der mich beim Schreiben überreich mit Inspirationen beschenkt hat. Auch bei diesem Buch stellte er mir wieder extrem kooperative Menschen als Wegbegleiter zur Seite. Und wie immer wurde ich durch wunderbare Fügungen mit vielen von ihnen zusammengebracht. Ohne diese Helferinnen und Helfer wäre das Buch nicht so prall gefüllt mit Leben. Es war mir eine Freude und Ehre, mit all diesen wunderbaren Menschen gemeinsam daran zu wirken und zu weben. Mein besonderer Dank geht diesmal vor allem an:

Jonathan und Samantha, meine Kinder, für unzählige inspirierende Impulse, wobei meine Tochter auf Liebesszenen und mein Sohn auf Kampfszenen spezialisiert waren. Mein Sohn hat sich dabei so sehr ins Zeug gelegt, dass ich ihn, vor allem beim letzten Teil, schon beinahe als Coautor benennen kann. Außerdem hat er einen Großteil der wunderschönen Zeichnungen, die den Innenteil des Buches bereichern, gestaltet.

Dietmar Bäßler, mein Ehemann, der mit mir zusammen alle möglichen Örtlichkeiten inspizierte und immer wieder meiner Logik auf die Sprünge half. Auch einige seiner wunderschönen Zeichnungen bereichern das Innere des Buches. Außerdem danke ich ihm für sein Verständnis, wenn ich wieder in eine andere Welt abtauchte und dadurch meine Alltagspflichten vernachlässigte.

Erika Dangel, eine Murrhardter Malerin, für das wunderschöne Aquarell, welches das Titelblatt ziert. Diese Auftragsarbeit wurde von ihr speziell nach meinen Wünschen für das Buch angefertigt. Die Bilderklärung folgt im Anschluss an die Danksagung. Mehr über die Künstlerin habe ich bereits in der dritten Auflage meines Historischen Romans „Im Zeichen der Fische" (Seite 381) erzählt. Die Hobbymalerin hat seit dem Jahr 2000 eine eigene Galerie in der Entengasse 4 in Murrhardt.
E-Mail-Adresse: erika.dangel@gmx.de

Carola Kaufmann und Stefan Müller, die ehemaligen „Müller" aus der Klingenmühle. Ohne sie hätte ich den Mühlenteil niemals so umsetzen können. Die alten Unterlagen und Karten von Stefan und die inspirierenden Vorortbegehungen mit ihm und Carola waren unbezahlbar. Ihre beispiellose Hilfsbereitschaft und herzliche Gastfreundschaft erwärmten mir Herz und Seele. Vielen Dank an die beiden für die wunderbare Kooperation und daraus entstandene Freundschaft! www.schwammhof.de

Albrecht und Ruth Bauer von der Gärtnerei „Tannhof". Ohne die beiden wäre ich mit meinem Tierbadkapitel ganz schnell auf dem Trockenen gesessen. Vielen Dank für die Gastfreundschaft, die vielen hilfreichen Hinweise, die überaus interessante Vorortbegehung, die Fotos und Unterlagen. www.bauer-tannhof.de
In diesem Zusammenhang danke ich auch **Gabriele Bitzer,** geb. Bauer, für die vielen alten Bilder, Karten, die Hintergrundinformationen und die Geschichte vom Harmonium. Außerdem **Waltraud (Walli) Berger,** für die Vermittlung zum Ehepaar Bauer und die freundlichen Botendienste.

Wolfgang Grabe, Naturparkführer, für seine spontane, tatkräftige Unterstützung bei der Beschaffung aufschlussreicher Literatur rund um Welzheim.

Konrad Jelden, 1. Vorsitzender des Ebniseevereins, für sein sofortiges Entgegenkommen, bei meiner Recherchenanfrage über den Ebnisee und die Flößerei.

Prof. Dr. Manfred Krautter, Naturparkführer, der sich mit sämtlichen Themen bestens auskennt, die heimatkundlich für mich relevant waren, für seine großzügige Bereitschaft, sein Wissen mit mir zu teilen.

René Schuppert, Mitglied des Köhlervereins Schwäbischer Wald e.V., für das aufschlussreiche Gespräch am Kohlenmeiler beim Schautenhof und die wertvollen „Insider-Unterlagen" über die Walkersbacher Ortsgeschichte. Außerdem danke ich den zur Zeit meines Besuches ebenfalls „diensthabenden Köhlern" **Peter Schuppert und Magnus Sombrutzki.**

Dr. Gerhard Strobel, Vorsitzender der Schutzgemeinschaft Deutscher Wald-Kreisverband Rems-Murr e.V., für das freundliche Gespräch vor Ort am Kohlenmeiler und die vielen hilfreichen Hinweise und Anregungen zu meinen Recherchen.

Christian Schweizer, Leiter des Carl-Schweizer-Museums und Stadtführer in Murrhardt, der mir all meine diversen geschichtlichen Fragen ausführlich und fachkundig beantwortet hat und mir wertvolle Unterlagen zur Verfügung stellte. Ihn als ein „Wandelndes Lexikon" zu bezeichnen wäre untertrieben. Er ist eher eine „wandelnde Enzyklopädie". Einen Besuch in der neuen stadtgeschichtlichen Abteilung des Museums in Murrhardt kann ich nur wärmstens empfehlen.

Michaela Köhler, Naturparkführerin, Limes-Cicerone, Freundin und eine direkte Nachfahrin des Arztes, medizinischen Schriftstellers und Dichters Justinus Kerner, für das inspirierende Gespräch über ihren Urahnen.

Elisabeth Klaper, Historikerin, freie Mitarbeiterin der Murrhardter Zeitung und meine gute Freundin, die mein Manuskript wieder auf ihre akribische und einfühlsame Art Korrektur gelesen hat.

Nils Hoffmann, für die aufwendige und liebevolle Umsetzung des gesamten Buch-Designs und die angenehme Zusammenarbeit.

Und die vielen anderen Menschen, die ich hier nicht alle namentlich erwähnt habe.

Bilderklärung des Aquarells von Erika Dangel, Murrhardt
Titelblatt (Umschlag-Vorderseite):
„Klingenmühle", Aquarell, Oktober 2020
Copyright des Covergemäldes bei Erika Dangel.

Diese Darstellung der Klingenmühle entspricht, auf meinen aus-
drücklichen Wunsch hin, nicht ganz exakt der Realität, damit
der Wasserfall gut in Szene gesetzt werden konnte. Der Zustand
der Klingenmühle entspricht in etwa dem der 1970er Jahre, was
dem Wiedererkennungseffekt geschuldet ist. Heute besitzt sie
kein Mühlrad mehr. Zur Zeit der erzählten Geschichte sah die
Mühlenanlage noch völlig anders aus (siehe Lageplan). Sie
wurde im Lauf der Jahrhunderte immer wieder baulich stark verändert. Es gibt einige Bilder aus verschiedenen Epochen, jedoch
- keine mir bekannten - aus dem 18. Jahrhundert. Die Maler der
alten Welzheimer Ansichtskarten um 1900 haben sich wohl beim
Zeichnen viel künstlerische Freiheit erlaubt. Sehr interessant
finde ich die Darstellung des Justinus Kerner als alten Mann an
der Mühle. Als er in Welzheim lebte und wirkte, war er jedoch
noch jung. Mehr dazu unter „Fakten und ein kurzer Blick hinter
die Kulissen".

Verzeichnis der Abbildungen
mit Quellen

Umschlag-Illustration: Aquarell „Klingenmühle"
Erika Dangel, Murrhardt

Seite 6-7
Bleistiftzeichnung Umgebungskarte (Panorama)
Dietmar Bäßler, Murrhardt-Kirchenkirnberg

Seite 8
Bleistiftzeichnung Orientierungskarte (Weg zum Nördlinger Ries)
Dietmar Bäßler, Murrhardt-Kirchenkirnberg

Seite 31
Bleistiftzeichnung Kohlenmeiler
Dietmar Bäßler, Murrhardt-Kirchenkirnberg

Seite 76
Bleistiftzeichnung Siebenschläfer
Jonathan Bäßler, Murrhardt-Kirchenkirnberg

Seite 94
Bleistiftzeichnung Waldglasbecher mit Nuppen
Dietmar Bäßler, Murrhardt-Kirchenkirnberg

Seite 129
Bleistiftzeichnung Kastenofen mit Ofenstein
Dietmar Bäßler, Murrhardt-Kirchenkirnberg

Seite 158
Bleistiftzeichnung Baumfalke
Jonathan Bäßler, Murrhardt-Kirchenkirnberg

Seite 164
Bleistiftzeichnung Eurasischer Luchs
Jonathan Bäßler, Murrhardt-Kirchenkirnberg

Seite 181
Bleistiftzeichnung Rosa
Jonathan Bäßler, Murrhardt-Kirchenkirnberg

Seite 209
Bleistiftzeichnung Mitglied der Falkengilde auf Wildschwein
Jonathan Bäßler, Murrhardt-Kirchenkirnberg

Seite 250-251
Bleistiftzeichnung Situationsplan der Klingenmühle nach der
Urkarte NO XXXVI 36 von 1831
Dietmar Bäßler, Murrhardt-Kirchenkirnberg

Literatur- und Quellenverzeichnis
(Auszug)

Walkersbach, Glashütten, (Wieder)täufer/Schwenckfeld
Bürgerverein Walkersbach e.V. Hrsg.: 1262-2012 – 750 Jahre Walkersbach, Leben von und mit dem Wald. Denkendorf 2012
Eberlein, Paul Gerhard: Ketzer oder Heiliger? Caspar von Schwenckfeld – der schlesische Reformator und seine Botschaft. Studien zur Schlesischen und Oberlausitzer Kirchengeschichte 6. Metzingen/ Württ.1999
Hasenmayer, Marianne und Denzler, Thomas: Schwäbische Heimat - Zeitschrift für Regionalgeschichte, württembergische Landeskultur, Naturschutz und Denkmalpflege, April-Juni 2015/2, S. 142-149 Die Glashütten im Schwäbischen Wald. Tübingen 2015
Moser, Finanzrat, herausgegeben von dem Königlichen statistisch-topographischen Bureau, Mitglied des Königl. statistisch-topographischen Bureau: Beschreibung des Oberamts Welzheim. Stuttgart und Tübingen 1845.

Welzheim, Tierbad, Alfdorf, Pfahlbronn,
Waldenstein und Burg Leineck
Fritz, Gerhard und Schurig, Roland, Hrsg.: Die Burgen im Rems-Murr-Kreis. Remshalden-Buoch 1994
Historischer Verein Welzheimer Wald: Heft 11, Jahresheft 2000, S.44-57 Das Tierbad bei Welzheim, Helmut Glock. Welzheim 2000
Lorenz, Sönke, Schmauder, Andreas, Hrsg.: Welzheim – vom Römerlager zur modernen Stadt. Eine Schriftreihe des Instituts für Geschichtliche Landeskunde und Historische Hilfswissenschaften der Universität Tübingen. Filderstadt 2002
Moser, Finanzrat, herausgegeben von dem Königlichen statistisch-topographischen Bureau, Mitglied des Königl. statistisch-topographischen Bureau: Beschreibung des Oberamts Welzheim. Stuttgart und Tübingen 1845.
Prescher, Heinrich: Geschichte und Beschreibung der Reichsgraffschaft Limpurg Band I. und II. Band I 1789, Band II 1790. Reprint, Kirchberg an der Jagst 1977.
Remelin, Johannes D. Dr. Phil. & Med. (Arzt in Schorndorf): Fe-

rinae Welzheimenses. Das ist die gründliche Erforschung von Natur, Eigenschaften und Gebrauch des heilsamen Wildbrunnens zu Weltzen, das Thierbad oder Wildbad genannt... Augsburg 1619
Schahl, Adolf: Die Kunstdenkmäler in Baden Württemberg – Rems-Murr-Kreis Band I und II. München; Berlin 1983
Vom Holtz, Freiherr Maximilian Gottfried Friedrich: General Feldzeugmeister Georg Friedrich von Holtz auf Alfdorf, Hohenmüringen, Aichelberg u.s.w. Ein Lebensbild aus dem 17. Jahrhundert 1597-1666. Stuttgart 1891

Holzgewerbe, Köhlerei, Flößerei und Ebnisee
Ebniseeverein e.V, Hrsg.: Ebnisee an der Idyllischen Straße im Schwäbischen Wald. Fellbach 2010
Historischer Verein Welzheimer Wald, Heft 11, Jahresheft 2000, S.4-39 „250 Jahre Ebnisee – vom Floßsee zum Erholungsgebiet", Welzheim 2000
Strobel, Gerhard Dr., Köhlerverein Schwäbischer Wald e.V., Vereinsgeschichte, Technik der Köhlerei, Köhlerwoche 2017. Auf der Internetseite www.SDW-Rems-Murr.de
Lorenz, Sönke und Schmauder, Andreas Hrsg.: Welzheim – vom Römerlager zur modernen Stadt. Eine Schriftreihe des Instituts für Geschichtliche Landeskunde und Historische Hilfswissenschaften der Universität Tübingen. Filderstadt 2002
Wandel, Uwe Jens: Zur Flößerei auf Rems und Wieslauf. Aufsatz , o.J.

Vaganten und Räuber
Breger, Claudia: Ortslosigkeit der Fremden – „Zigeunerinnen" und „Zigeuner" in der deutschsprachigen Literatur um 1800 - Studien zur Literatur- und Kulturgeschichte.Köln 1998
Fritz, Gerhard Hrsg.: Räuberbanden und Polizeistreifen – Der Kampf zwischen Kriminalität und Staatsgewalt im Südwesten des Alten Reichs zwischen 1648 und 1806, Historegio Band 5. Remshalden 2003
Küther, Carsten: Räuber und Gauner in Deutschland - Kritische Studien zur Geschichtswissenschaft 20. Göttingen 1976
Pflug, Johann Baptist, neu hrsg. von Zengele, Max: Aus der Räuber- und Franzosenzeit Schwabens. Die Erinnerungen des schwäbischen Malers aus den Jahren 1780-1840. Weißenhorn 1975

Puchner, Günter: Kundenschall - Das Gekasper der Kirschen-pflücker im Winter – Übersetzungen ins Rotwelsch. München 1974

Rothfuss, Uli: Schäffer, Räuberjäger – Der erste moderne Krimi-nalist Württembergs. Tübingen 1997

Joosenhof, Frickenhofen und Mittelbronn

Bienert, Hans-Dieter, Bohn, Eberhard, Fritz, Gerhard und Henn-ecke, Manfred (Hrsg.): Von Erdluitle und dem Wilden Heer. Sagen und Geschichten aus dem Schwäbisch-Fränkischen Wald - Westlicher Teil. Remshalden-Buoch 1996

Königlich statistisch-topographisches Bureau (Hrsg.): Beschrei-bung des Oberamts Gaildorf. Stuttgart 1852.

Konietzny, Walter (Hrsg.): Heimatbuch – Porträt und Geschichte der Gemeinde Gschwend im Ostalbkreis – Erholungsort im Na-turpark Schwäbisch-Fränkischer Wald. Gschwend 2008

Reichardt, Lutz: Ortsnamen des Rems-Murr-Kreises - Veröffent-lichungen der Kommission für geschichtliche Landeskunde in Baden-Württemberg, Reihe B Forschungen 128. Band. Stuttgart 1993

Klingenmühle

Diverse historische Unterlagen (Pfingstliste, Familiendaten, Kar-ten u.ä.) aus diversen Archiven sowie alte Zeitungsartikel

Unterkochen (Kocherursprung und Pulvermühle) und Nörd-lingen/Ries

Diverse Dokumentationen zu den Themen Hexenverfolgung in Nördlingen und die Schlacht bei Nördlingen

Diverse Dokumentationen und Imagebroschüren zur Stadt Nörd-lingen und dem Ries

Diverse Internetseiten, Karten und vor Ort-Recherchen (Kocher-ursprung)

Königlich statistisch-topographisches Bureau (Hrsg.): Beschrei-bung des Oberamts Aalen, Seite 315 (Pulvermühle) und Seite 15 (Quelle weißer Kocher). Stuttgart 1854

Mayer, Christian: Die Stadt Nördlingen - Ihr Leben und ihre Kunst im Lichte der Vorzeit. Nördlingen 1876

Memminger, J.G. D. Hrsg. : Württembergische Jahrbücher für vaterländische Geschichte, Geographie, Statistik und Topogra-

phie, Jahrgang 1836, Erstes Heft, Seite 21 u. 22 (Pulvermühle). Stuttgart und Tübingen 1837
Stadtarchiv Nördlingen: Zwei historische Zeichnungen vom Galgen um 1800

Lieder
„Wenn alle Brünnlein fließen", Schwäbisches Volkslied
Der Text ist seit dem 16. Jahrhundert belegt und taucht erstmals um 1520 in der Handschrift Leonhard Klebers, unter dem Titel „Die Brünnlein, die da fließen, die soll man trinken", auf. Das Lied, wie wir es heute kennen, wurde von Friedrich Silcher 1855 in seine Liedersammlung aufgenommen. Es ist in diversen Liederbüchern zu finden.
„Die güldne Sonne voll Freud und Wonne"
Text: Paul Gerhardt 1666, Melodie: Johann Georg Ebeling 1666. Ev. Gesangbuch für ELK-WUE Nr.449. Stuttgart 1996
„Geh aus, mein Herz, und suche Freud"
T.: Paul Gerhardt 1653, M.: August Harder vor 1813. Ev. Gesangbuch für ELK-WUE Nr.503. Stuttgart 1996

Allgemein
Arvay, Clemens G.: Der Biophilia Effekt – Heilung aus dem Wald. Wien 2015
Arvay, Clemens G.: Der Heilungscode der Natur - Die verborgenen Kräfte von Pflanzen und Tieren entdecken. München 2018
Diverse Internetseiten: Bücher von zeitgenössischen Augenzeugenberichten und Dokumentationen zum Thema Extremwinter 1783/84 auf der nördlichen Hemisphäre aufgrund des Ausbruchs des Laki-Kraters auf Island und den darauf eintretenden Wetterereignissen im Frühjahr 1784.
Kaufmann, Carola: Pflanzenportraits und Rezepte – Wildkräuter im Schwäbischen Wald.
Selbstverlag 2019. Erhältlich bei: info@schwammhof.de
Meier, Ernst, Hrsg.: Deutsche Sagen, Sitten und Gebräuche aus Schwaben. Erster Teil. Stuttgart 1852

Kartenwerke

Diverse aktuelle Topographische- und Wanderkarten des Schwäbisch-Fränkischen Waldes

Diverse reproduzierte Württembergische Flurkarten aus dem
Landesarchiv Baden-Württemberg, Staatsarchiv Ludwigsburg,
aus der Zeit der Landvermessung 1818-1840

Gadner, Georg 1596 und Oettinger, Johannes 1609 und 1612.
Württ. Statistisches Landesamt, Hrsg. : Chorographia Ducatus
Wirtembergici, Atlas aus Forstbezirkskarten. Stuttgart 1936

Maurer, Hans-Martin und Schiek, Siegwalt, Hrsg.: Alt Württemberg in Ortsansichten und Landkarten von Andreas Kieser 1680-
1687, Band 1,2 und 3. Stuttgart 1985

Rachel, V. L., gez. Karte von dem K. Württ. Oberamt Welzheim.
Stuttgart 1891

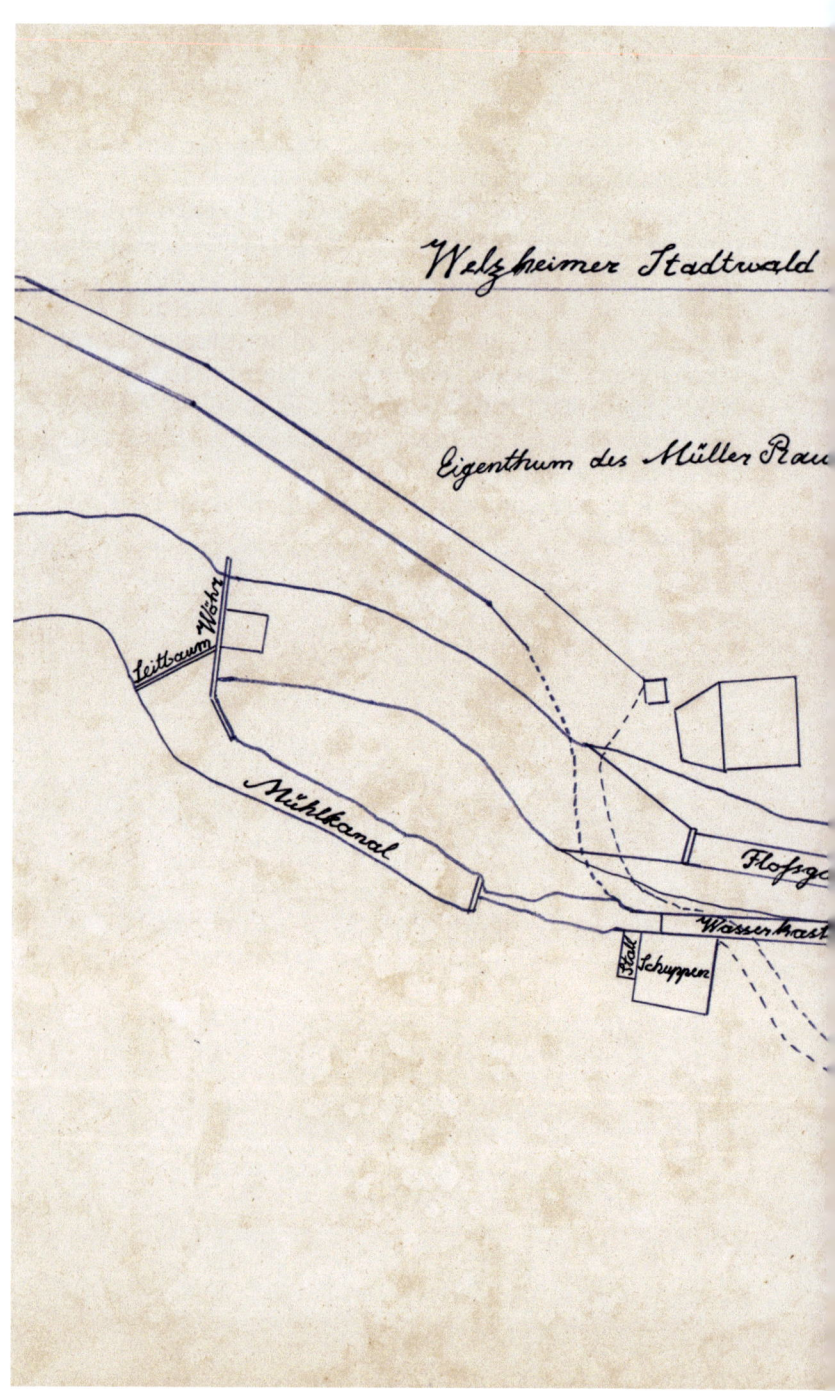

Welzheimer Stadtwald

Eigenthum des Müller Rau

Leitbaum
Wehr
Mühlkanal
Floßge
Wasserkast.
Stall Schuppen

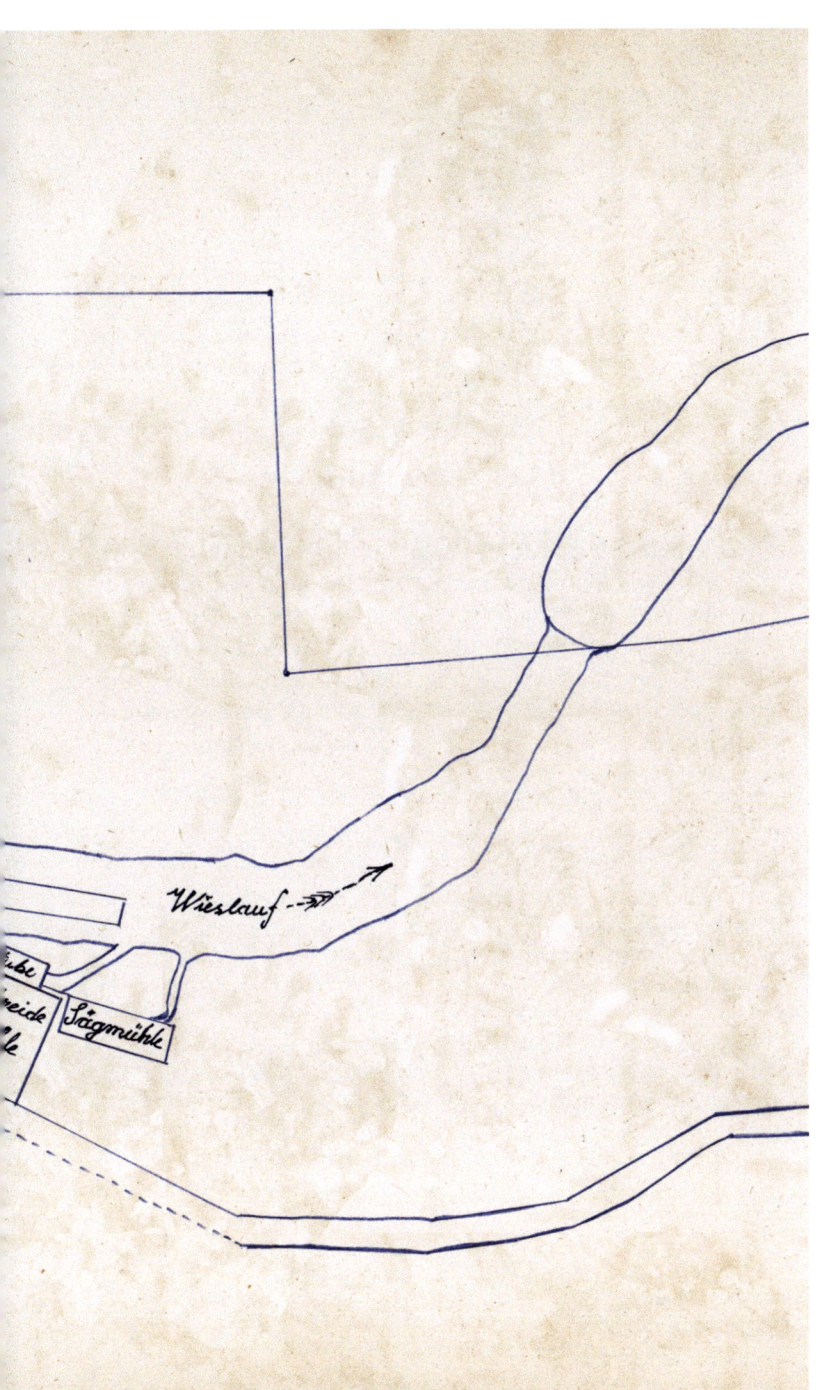

Über die Autorin

Sylvia Bäßler lebt mit ihrer Familie in Kirchenkirnberg, einem
Stadtbezirk von Murrhardt. Ihre Faszination für menschliche Ver-
haltensweisen, die Freude an tiefsinnigen Geschichten, leiden-
schaftliches Interesse an Historischem und Mystischem, ihr tiefer
Glaube an Gott und ihren Auftrag, sowie die Liebe zu ihrer Wahl-
heimat im Schwäbisch-Fränkischen Wald sind ihre Inspirations-
quellen. Ihre E-Mail Adresse zur Kontaktaufnahme lautet:
sylvia.baessler@t-online.de

Von ihr sind bisher im Buchhandel erschienen:

„Im Schatten der Eichen", Einhorn Verlag, Schwäbisch Gmünd 2014,
ISBN 9783957470041
(nur noch über die Autorin direkt zu beziehen,
im Buchhandel vergriffen)

„Welschensommer", BoD, Norderstedt 2017,
ISBN 9783746048116
auch als E-Book erhältlich

„Im Zeichen der Fische" 3. Auflage, BoD, Norderstedt 2019,
ISBN 9783749482948
auch als E-Book erhältlich

„Im Schatten der Buchen – Zurück zu den Wurzeln",
BoD, Norderstedt 2020,
ISBN 9783752689297
auch als E-Book erhältlich
(Fortsetzung des Buches „Im Schatten der Eichen"